Wiener Schweigen

W0370930

Iris Strohschein, 1970 geboren, lebt in Wien. Sie studierte ebendort Publizistik, Soziologie und Geschichte und arbeitet im Bildungsbereich. Im Emons Verlag erschien »Das Bild vom Tod«.

Dieses Buch ist ein Roman. Handlungen und Personen sind frei erfunden. Ähnlichkeiten mit lebenden oder toten Personen sind rein zufällig.

IRIS STROHSCHEIN

Wiener Schweigen

KRIMINALROMAN

emons:

Bibliografische Information der Deutschen Nationalbibliothek
Die Deutsche Nationalbibliothek verzeichnet diese Publikation in der Deutschen Nationalbibliografie; detaillierte bibliografische Daten sind im Internet über http://dnb.d-nb.de abrufbar.

MIX
Papier aus verantwortungsvollen Quellen
FSC® C083411

© Hermann-Josef Emons Verlag
Alle Rechte vorbehalten
Umschlagmotiv: mauritius images / Alamy
Umschlaggestaltung: Tobias Doetsch
Druck und Bindung: CPI – Clausen & Bosse, Leck
Printed in Germany 2012
ISBN 978-3-89705-966-5
Originalausgabe

Unser Newsletter informiert Sie
regelmäßig über Neues von emons:
Kostenlos bestellen unter
www.emons-verlag.de

1

Die Luftblasen der drei Taucher stiegen langsam zur Wasseroberfläche. Vorsichtig, um nicht hängen zu bleiben, schwammen sie über vermoderte Baumstämme, Äste und Steine. Plötzlich stutzte einer der Taucher – und ruderte erschrocken zurück.

Eine knöcherne Hand ragte aus dem Dickicht. Träge bewegte sie sich im Wasser, schien den Männern zu winken. Nicht weit davon hing ein Brustkorb in ein paar Zweigen, gleich daneben ein Bein. Die Knochen waren so dunkel, dass sie sich kaum von den Ästen der Bäume abhoben.

Die Taucher glitten über ein Feld aus Armen, Beinen, Totenschädeln und Brustkörben.

2

Rosa tauchte unter. Der Kirchturm am anderen Ende des Sees verschwand; als sie wieder auftauchte, kam er erneut in ihr Blickfeld. Sie kraulte zügig auf den Steg zu, auf dem ihre Kleidung und ein Handtuch lagen. Ein paar Meter vor dem Ufer drehte sie sich auf den Rücken und ließ sich treiben. Die Sonne schien ihr ins Gesicht.

Sie nutzte den ersten richtig heißen Sonnentag, um schwimmen zu gehen. Das Wasser des Sees würde den ganzen Sommer über angenehm kühl bleiben, für manche sogar zu kühl. Der Frühling hatte mit starken Regenfällen begonnen, die den Boden aufgeweicht und dafür gesorgt hatten, dass in Österreich zahlreiche Muren abgegangen waren. Als Rosa den Steg erreicht hatte, stieg sie aus dem Wasser und legte sich auf die warmen Bretter. Der Geruch des Holzes erinnerte sie an ihre Kindheit, als sie mit ihrer Schwester im Gänsehäufel in Wien nach dem Wettschwimmen auf einem Steg, der in die Alte Donau ragte, gelegen hatte. Sie blinzelte zwischen die Holzbretter, im grünen Wasser stand reglos ein Schwarm Weißfische. Ihre Muskeln und Sehnen entspannten sich, sie wurde müde.

Als ihr Mobiltelefon läutete, schrak sie auf. Sie musste wohl eingeschlafen sein.

»Rosa, wir haben etwas gefunden, bei dem wir deine Hilfe brauchen«, begann Liebhart unvermittelt. »Wann kannst du kommen?«

Rosa setzte sich auf, rieb sich die Augen und antwortete benommen: »Ich kann in einer Stunde in Wien sein.«

»Gut, ich bin im Kuchelauer Hafen.«

»Wo genau?«

»Die Stelle kannst du nicht übersehen, die Kuchelauer Hafenstraße ist hier gesperrt, der Stau zieht sich bis über die Nordbrücke. Ich gebe den Verkehrspolizisten an der Absperrung Bescheid; sie sollen dich so nah wie möglich zufahren lassen.«

»Wieso ist denn gleich die ganze Straße gesperrt?«, wollte Rosa wissen, doch Liebhart hatte bereits aufgelegt.

Auf der Fahrt nach Wien dachte sie über ihren alten Schulkameraden Liebhart nach; er war nach der Matura in den Polizeidienst eingetreten, und sie hatte Kunstgeschichte und Psychologie studiert. Sie hatten nur sporadisch Kontakt gehabt, bis Liebhart sie im letzten Jahr bei der Aufklärung eines Mordfalls, bei dem ein Gemälde eine wichtige Rolle gespielt hatte, um ihre fachliche Unterstützung gebeten hatte. Bevor der Mörder damals gefasst werden konnte, war es ihm gelungen, Rosa in seine Gewalt zu bringen. Er hatte sie krankenhausreif geprügelt. Ihr Magen krampfte sich bei dem Gedanken daran noch heute zusammen. Sie hatte den Vorfall schlecht verarbeitet, und Liebharts Anruf wühlte die Erinnerungen erneut auf. Ihre Schulter, die damals ausgerenkt worden war, begann zu schmerzen.

Der Stau begann schon bei der Auffahrt zur Nordbrücke. Die Emotionen der Autofahrer kochten bei der mörderischen Hitze hoch und entluden sich in einem sinnlosen Hupkonzert. Rosa musste den überforderten Verkehrspolizisten, der schwitzend und mit hochrotem Kopf am Rande der Fahrbahn stand und versuchte, den Verkehr zu regeln, anbrüllen, damit er sie in diesem Lärm überhaupt verstand. Er bedeutete ihr, auf dem Pannenstreifen bis zur Abfahrt zur Kuchelauer Hafenstraße zu fahren.

Auf der Mitte der Nordbrücke ließ sie ihren Blick zum Leopoldsberg schweifen; sie erstarrte vor Schreck, bremste ab und blieb stehen.

Ein großer Teil des östlichen Berghanges, der zum Hafen hin abfiel, war verschwunden. Die Trasse, auf der die Hafenstraße Richtung Klosterneuburg führte, war unter den Erdmassen begraben. Rosa schluckte und krallte die Hände um das Lenkrad.

Das wütende Klopfen eines Polizisten an ihre Autoscheibe schreckte sie auf. Er fuchtelte mit den Armen und schrie sie an, dass sie gefälligst weiterfahren solle, die Straße müsse für die Einsatzfahrzeuge frei bleiben. Sie trat aufs Gas, schlängelte sich auf der Hafenstraße durch ein Chaos aus Feuerwehr, Polizei- und Rettungsautos, wurde von mehreren Polizisten, deren Nerven blank lagen, erneut angebrüllt und stellte ihr Auto wenig später in der Wigandgasse im Kahlenbergerdorf, nahe der Unglücksstelle, ab.

Dunstig stieg ihr der faulige Geruch von gebrochenen Kanalrohren und brackigem Wasser in die Nase. Eine Staubwolke lag in der Luft. Der Weg zum Hafen gestaltete sich schwierig. Feuerwehrmänner schleppten schwitzend, in voller Montur, Bergungswerkzeug, weitere Einsatzkräfte telefonierten aufgeregt oder gaben laut Anweisungen über die Köpfe der Anwesenden hinweg. Hinter der Absperrung hatten sich Schaulustige versammelt, und die parkenden und langsam fahrenden Autos blockierten die Zufahrtsstraße. Polizisten vergeudeten ihre Zeit mit der Befragung von Menschen, die nichts wussten, aber unglaublich viel zu berichten hatten.

Rosa entdeckte Liebhart, der in einer Gruppe von Männern stand und über das Wasser zu einer schmalen Landzunge deutete, die den Hafen von der Donau trennte. Als er Rosa sah, eilte er auf sie zu. Umständlich klemmte er sich eine Mappe mit Unterlagen, die er bei sich trug, unter die Achsel und hielt ihr das Absperrband hoch.

Rosa begrüßte ihn abwesend, ihr Blick wanderte über weiße Leichensäcke, die in drei Reihen am Ufer lagen. »Sind diese Menschen alle von den Erdmassen erdrückt worden?«

Liebhart schüttelte den Kopf: »Nein, es ist weitaus komplizierter. Wir vermuten ein anonymes Massengrab im Hang. Bis jetzt wurden achtzehn Skelette geborgen, die Taucher sagen, im Hafen liegen sicher noch einmal über zwanzig.«

»Wir können froh sein, dass der Hang in den Hafen abgegangen ist.« Rosa drehte sich um und sah in das Gesicht Schurrauers, eines Kollegen Liebharts. »Ein Stück weiter östlich, und die Knochen wären in der Donau gelandet, und dann hätte sie die Strömung weggeschwemmt. Die Anthropologen müssen feststellen, wie alt die Skelette sind.«

»Keine schöne Arbeit«, meinte sie und schlang die Arme um den Körper, weil sie zu frösteln begann. Schweigend starrte sie ein paar Sekunden auf die Toten am Ufer, bevor sie von Liebhart wissen wollte: »Aber was hat das alles mit dir als Chefinspektor des Morddezernats zu tun? Sind diese Menschen ermordet worden? Und was mich noch brennender interessiert: Was hat das mit mir zu tun? Sind Kunstgegenstände im Spiel?«

Liebhart sah zu den Schaulustigen, die sich hinter dem Absperrband drängten. Er zog Rosa zu einem Holztisch mit zwei Bänken, die, abgeschieden vom Trubel, nahe dem Wasser standen und von den Erdmassen verschont geblieben waren. Als sie sich setzte, dachte Rosa an die unzähligen Wanderer, die hier schon ihre Jause eingenommen und währenddessen den Blick auf das ruhige Wasser im Hafen genossen hatten. Das Bild stand im krassen Gegensatz zu dem Anblick, der sich ihr jetzt bot: Leichensäcke, ein Bergungsboot und kleine Motorboote auf dem Wasser. Und zahllose Menschen, die hektisch umherliefen.

Schurrauer blieb mit den Händen in den Hosentaschen stehen, Liebhart nahm neben Rosa Platz. Er öffnete eine Mappe und breitete großformatige Fotos vor ihr auf dem Tisch aus. »Gestern bin ich zu einem Tatort in Wien, in den 3. Bezirk, gerufen worden: Friedrich Kobald, ein berühmter Sammler sakraler Gegenstände.«

Rosa unterbrach Liebhart. »Oh Gott. Ich bin Kobald ein-, zweimal begegnet. War ein unscheinbarer, eher schüchterner Mann. Soviel ich weiß, hat er Philosophie und Religionswissenschaften an der Uni Wien gelehrt.«

Liebhart schob Rosa das Foto eines Weihwassersprengels hin. »Er wurde damit in seiner Wohnung nahe dem Belvedere erschlagen.«

Sie nahm das Bild in die Hand. »Ein Aspergill, sieht wertvoll aus.«

»Richtig, ist es auch!«

»Ist etwas aus seiner Sammlung entwendet worden?«

»Nur eine Monstranz. Das wissen wir, weil Kobald einen umfangreichen und detaillierten Katalog seiner Wertgegenstände bei seiner Versicherung deponiert hatte. Mit Fotos und allem Drum und Dran.«

»Gibt es schon Verdächtige?«

»Wir haben zahlreiche Fingerabdrücke auf der Tatwaffe gefunden. Sie passen zu der Leiche eines jungen Mannes, die heute Morgen bei den Taucharbeiten hier im Hafen etwas weiter stromaufwärts entdeckt wurde. An Hand- und Fußgelenk hing ein Seil.«

Rosa biss sich auf die Lippen. »Wisst ihr schon, wer der Tote war?«

»Ja, ein Wanderer hat hier, unweit vom Ufer, vor ein paar Tagen einen Rucksack gefunden und bei der Polizei im Kahlenbergerdorf abgegeben. In der Brieftasche, die sich darin befand, war ein Ausweis, den wir anhand des Fotos der Wasserleiche zuordnen können. Sein Name war Andrzej Zieliński, ein junger Pole. Im Rucksack war auch ein Notizbuch, es ist noch bei der Spurensicherung, danach lassen wir es übersetzen. Dieses Schwarz-Weiß-Foto haben wir zwischen den Seiten gefunden.« Liebhart hielt ihr einen Plastikbeutel hin.

Sie griff danach und betrachtete das Bild ausgiebig. Es war eine alte Aufnahme auf dünnem Karton, circa dreißig mal fünfundzwanzig Zentimeter groß. Die weiße Umrandung war in leichten Wellenlinien geschnitten, so wie bei Fotografien früher üblich. Eine Frau mit Kopftuch und schlichter Kleidung zeigte mit der rechten Hand auf eine Ikone, die hinter ihr an der Wand hing.

»Eine Marienikone«, brummte Rosa.

Schurrauer tippte mit dem Finger auf ein paar lose Blätter auf dem Tisch. »Das sind Kopien aus dem Notizbuch. Zieliński hat die Ikone mit Bleistift auf fast jede Seite gezeichnet.«

Rosa warf einen Blick auf die Kopien. »Habt ihr eine Theorie, wie das alles zusammenhängt? Und was den Mörder von Friedrich Kobald hierhergeführt hat?«

Liebhart begann gereizt hin und her zu wetzen. »Moment, Rosa, mit dir gehen schon wieder die Pferde durch. Wir wissen nicht, ob Andrzej Zieliński der Mörder von Kobald ist. Seine Fingerabdrücke waren nicht die einzigen auf dem Weihwassersprengel. Der Gerichtsmediziner muss erst feststellen, wie lange Zieliński schon im Wasser gelegen hat. Wenn er länger als zwei Tage tot ist, kommt er als Täter nicht in Frage.«

»Aber er muss das Aspergill in der Hand gehabt und den Sammler vermutlich gekannt haben.«

»Stimmt, und mehr kann man darüber auch nicht sagen.«

»Auf jeden Fall«, schaltete sich Schurrauer ein, »ist auffällig, dass Kobald sakrale Gegenstände gesammelt hat und Zieliński ein Foto von einer Ikone bei sich hatte, die ihm offensichtlich viel bedeutet hat, sonst hätte er sie nicht so oft gezeichnet.«

Liebharts Mobiltelefon läutete. Er nahm ab und gab mehrere knappe Anweisungen.

»Entschuldige.« Er rieb sich müde die Augen, nachdem er das Gespräch beendet hatte. »Wir sind hinter einer Bande von Autodieben her, die bei ihrem letzten Coup zwei Unbeteiligte, die ihnen in die Quere gekommen waren, getötet haben. Ich schlafe wegen dieser Sache seit drei Tagen im Büro.« Er wandte sich an Schurrauer. »Wir müssen in einer halben Stunde im 3. Bezirk sein. Unsere Leute haben einen leer stehenden Autotransporter mit vier gestohlen gemeldeten Fahrzeugen gefunden.«

Er atmete tief ein. »Rosa, kannst du herausfinden, ob es einen Zusammenhang zwischen der gestohlenen Monstranz von Friedrich Kobald und der Ikone von Andrzej Zieliński gibt?«

Rosa rieb sich die Hände. »Das Problem ist, dass ich weder die Monstranz noch die Ikone untersuchen kann, oder?«

Liebhart nickte und warf einen verstohlenen Blick auf seine Armbanduhr.

Sie runzelte die Stirn. »Ich werde versuchen, anhand des Bildthemas und der Darstellungsform festzustellen, woher die Ikone stammt. Eine Analyse des verwendeten Materials halte ich trotzdem für unumgänglich, sonst wird das Ergebnis recht dürftig.«

Ungeduldig antwortete Liebhart: »Versuche, aus dem, was wir haben, möglichst viel herauszuholen. Wenn wir mehr über die Kunstgegenstände wissen, könnte uns das unter Umständen etwas über den Mörder und Dieb sagen.«

»Wenn die Monstranz, wie du sagst, in dem Katalog genau beschrieben ist, hilft mir das auf jeden Fall weiter.« Sie überlegte kurz und fügte dann hinzu: »Falls Andrzej Zieliński der Mörder von Friedrich Kobald ist, müsste die Monstranz in seinem Besitz gewesen sein.«

»Wir wissen noch nicht, wo er gewohnt hat, und im Rucksack war sie nicht.« Liebharts Telefon läutete erneut, er stand auf und ging mit dem Gerät am Ohr ein paar Schritte Richtung Wasser.

Rosa meinte zu Schurrauer: »Soviel ich weiß, gehört eine Monstranz zur Lateinischen Messe. Ikonen wiederum sind Heiligenbilder der Ostkirche, besonders der orthodoxen Kirche des byzantinischen Ritus. Ich vermute daher, dass es bei dem Fall allgemein um wertvolle sakrale Gegenstände geht.«

Sie dachte kurz nach, bis Liebhart an den Tisch zurückkam. »Ich habe gehört, dass die Sammlung von Friedrich Kobald sehr umfangreich ist. Warum wohl ist gerade *diese* Monstranz gestohlen worden?«

»Klingt verdächtig nach Auftragsdiebstahl«, meinte Liebhart und blieb mit den Händen in die Hüften gestützt stehen. »Die Spurensicherung hat Fingerabdrücke eines vorbestraften Autodiebes, den wir in unserer Datenbank haben, in dem leer stehenden Transporter gefunden«, informierte er Schurrauer schnell und seufzte an Rosa gewandt: »Ich hab keine Ahnung, wie wir die viele Arbeit bewältigen sollen.«

»Am besten, ich nehme dir so viel ab, wie ich kann, und sehe mir Kobalds Sammlung an.« Rosa erhob sich, sie wollte die beiden nicht länger aufhalten. »Dann kann ich mir ein besseres Bild machen. Da es eine Privatsammlung ist, hatte ich noch keine Gelegenheit, sie zu sehen. Ist die Wohnung schon freigegeben?«

»Du meinst wohl eher das Museum. Dort befinden sich über hundert Exponate auf hundertzwanzig Quadratmetern, und die Spurensicherung muss jeden Gegenstand untersuchen. Die sind noch lange nicht fertig. Wir treffen uns morgen in Wien, dann gebe ich dir den Katalog, und du kannst dir alles ansehen. Wir müssen rasch handeln, sonst wird die Spur kalt. Hehler haben gut funktionierende Netzwerke und sind verdammt schnell.«

Rosa wies auf das Marienbild in ihrer Hand. »Wäre es nicht sinnvoller, zuerst mit den Angehörigen von Zieliński zu reden? Die können dir vielleicht eher sagen, ob er Kobald kannte, was es mit der Ikone auf sich hat und wieso sie für ihn so eine große Bedeutung hatte.«

Liebhart wiegte langsam den Kopf. »Das versuchen wir natürlich auch, allerdings … Wer weiß, ob wir die so schnell finden –«

Eine Explosion ließ alle zusammenfahren. Liebhart drückte Rosa unter den Tisch, Schurrauer ging in Deckung und presste schützend die Arme um seinen Kopf. Als wieder Ruhe eingekehrt war und Rosa glaubte, dass keine Gefahr mehr bestand, kroch sie vorsichtig unter dem Tisch hervor. Über dem Kahlenbergerdorf stieg eine Rauchsäule auf; Feuerwehrsirenen waren zu hören. Liebhart sprang auf, griff zu seinem Mobiltelefon und versuchte, mit der Polizei im Dorf Kontakt aufzunehmen, doch die Leitung war besetzt.

»Setz dich in mein Auto, bis wir wissen, was da los ist«, meinte er dann zu Rosa.

Seitdem sie zusammengeschlagen worden war, war Liebhart sehr um sie besorgt. Er gab sich noch immer die Schuld für das, was ihr damals passiert war.

Rosa verdrehte die Augen. »Ich bin hier sowieso überflüssig, wir sehen einander morgen.«

Liebhart nickte ihr kurz zu, während er sich bereits wieder sein Telefon ans Ohr hielt.

Rosa kletterte eine niedrige Böschung hinauf, da der Weg, den sie gekommen war, von einem Bergungsteam blockiert wurde. Oben drehte sie sich um und blickte noch einmal über die Reihe von Plastiksäcken. Die Taucher hatten inzwischen weitere Skelette geborgen, sie wurden mit Hilfe eines Lastenaufzuges aus dem Wasser auf das Bergungsboot gehoben.

Hinter den Absperrbändern klickten Kameras, Rosa konnte ein paar Journalisten anhand ihrer professionellen Fotoausrüstung erkennen. Die ankommenden und abfahrenden Transportwägen für die menschlichen Überreste machten einen Heidenlärm. Autotüren wurden zugeschlagen, Kommandos erteilt, und Rufe schallten über den Hafen. Polizeihunde wurden, auf der Suche um weitere Beweisstücke, das Ufer entlanggeführt. Die feuchte Erde war aufgerissen und hatte sich in braunen Matsch verwandelt.

Rosa ging langsam zu ihrem Auto zurück. Liebhart hatte ihr eine vergrößerte Kopie des Fotos der Ikone und das Bündel Kopien der Seiten aus dem Notizbuch von Andrzej Zieliński mitgegeben. Vom Ende der Bloschgasse stieg noch immer die Rauchsäule auf. Rosa wurde von einem Feuerwehrmann angehalten.

»Mein Auto steht in der Wigandgasse.« Sie wusste im selben Moment, als sie es aussprach, dass das kein überzeugendes Argument war, sie passieren zu lassen.

»Da kann jetzt keiner durch«, schnappte der Mann. »Im Pfarramt hat es eine Explosion gegeben.«

»Ist eine Gasleitung leck, vielleicht durch den Murenabgang?«

»Das wissen wir noch nicht, gengan S' jetzt weiter!«

Sie ging langsam die Bloschgasse hinunter bis zur Unterführung und blieb dort einen Moment unschlüssig stehen. Die Bergungsarbeiten hatten eine Menge Staub aufgewirbelt, der nun wie eine dichte Decke über dem Kahlenbergerdorf lag und die Sonne nur milchig durchsickern ließ.

Als ein Feuerwehrmann neben ihr eine Aluleiter von einem Einsatzwagen hob und sie krachend aufs Straßenpflaster fallen ließ, schrak Rosa zusammen. Nachdem sie auch noch fast von einer Gruppe Sanitäter umgerannt worden wäre, entschied sie, nicht länger hier zu warten, bis der Weg zu ihrem Wagen freigegeben würde. Sie wandte sich zur Geigeringasse, einem schmalen Steig, der hinauf zur Pfarrkirche St. Georg führte.

Obwohl das Kahlenbergerdorf zum 19. Bezirk gehörte – einer Gegend, in der sich hauptsächlich gut situierte Wiener niederließen – und trotz seiner Heurigen und dem Leopoldsberg, einem beliebten Ausflugsziel, wirkte es staubig und verwahrlost. Rosa machte vor einem mächtigen frei stehenden Bau halt. Süd-, Nord- und Osttrakt schienen aus dem 17. Jahrhundert zu sein. Der schönbrunngelbe Anstrich blätterte ab, die grüne Farbe der Holzeingangstür war verblichen. Rosa fragte sich, ob das Haus bewohnt war. Solange sie sich erinnern konnte, wurde hier renoviert, allerdings ohne sichtbaren Erfolg.

Sie ging langsam an der Kirche vorbei und kam zum gleichnamigen Platz. Als sie die Skulptur des Donaumädchens von Wolfgang Hutter passierte, verzog Rosa ihr Gesicht. Sie hatte die Wiener Schule des Phantastischen Realismus nie gemocht. Für sie gehörten deren Kunstwerke in eine Schublade mit Mozartkugeln und Lipizzanerkitsch. Sie hoffte, dass wenigstens der Künstler mit dem täglichen Anblick seines Werkes leben konnte. Soviel sie wusste, wohnte er in einem der Häuser auf dem Platz und kam so notgedrungen jeden Tag an seiner Statue vorbei.

Rosa stieg die Eisernenhandgasse hinauf, weiter oben wurde die Luft immer klarer. Sie beschloss, sich einfach zwischen die Weinreben auf den Boden zu setzen und die Abbildung der Ikone genauer anzusehen.

Sie hielt das Bild lange in den Händen. Die alte Frau auf dem Foto trug ein schwarzes Wollkleid, das über der Brust in Falten gelegt war. Die Wand, an der die Ikone hing, hatte Flecken, und an manchen Stellen bröckelte der Putz ab. Rosa ließ das Foto sinken und ihren Blick hinunter zur Donau gleiten. Das Sujet kam ihr ungewöhnlich vor. Die meisten Familienaufnahmen jener Zeit, Anfang des 20. Jahrhunderts, waren im Studio aufgenommen worden, sie konnte sich nicht erinnern, jemals eine Aufnahme in so einer ärmlichen Umgebung gesehen zu haben. Für gewöhnlich trugen die Männer weiße gestärkte Krägen, und die Anzüge waren eng geschnitten. Frauen waren noch geschnürt und hatten Kinder mit ernsten, erwachsen anmutenden Gesichtern auf ihrem Schoß sitzen. Die Posen der Abgebildeten waren steif und zeigten die deutliche Vormachtstellung des stehenden Familienvaters gegenüber seiner sitzenden Frau und den Kindern.

Rosa kniff die Augen zusammen und versuchte, die Ikone näher zu betrachten; nach ein paar Minuten ließ sie die Fotografie jedoch verärgert sinken.

»Ohne Lupe seh ich da gar nichts«, brummte sie und griff nach den kopierten Blättern aus Zielińskis Notizbuch.

Es waren zwanzig Seiten, auf die der junge Mann, neben ein paar Eintragungen in Polnisch, die Ikone gezeichnet hatte. Rosa brütete noch eine Weile über den Blättern, konnte aber in den Zeichnungen nichts entdecken, das ihr hätte weiterhelfen können.

Als die Turmuhr im Dorf fünf schlug, beschloss sie nachzusehen, ob der Weg zu ihrem Auto schon passierbar war.

3

Zofia Zielińska erhob sich langsam in ihrem Bett. Sie blieb auf dem harten Rahmen sitzen und sah sich in dem Zimmer um, in dem sie seit fast siebzig Jahren jeden Tag aufwachte. Sechzig Jahre lang hatte der erste Blick des Tages ihrem neben ihr liegenden Mann gegolten. Seit fast zehn Jahren war seine Bettseite verwaist. Józef Zieliński war eines Abends friedlich eingeschlafen und nicht mehr aufgewacht.

Sie hatten es nicht immer leicht gehabt, doch für Józef hatte seine Familie stets an erster Stelle gestanden. Alle gemeinsam hatten sie vom Morgengrauen bis zum Sonnenuntergang auf ihren Feldern hinter dem Haus gearbeitet. Am Abend hatte Zofia das Essen für die große Familie zubereitet, während Józef die Tiere im Stall versorgte. Sie erinnerte sich, dass sie manchmal so müde gewesen war, dass sie beim Abendbrot am Tisch eingeschlafen war. Seine Eltern hatten damals noch bei ihnen am Hof gewohnt und nach ihren drei Kindern gesehen, solange diese noch zu klein gewesen waren, um mitzuarbeiten.

Dann war Józef gestorben, und Zofia vermisste ihn seitdem jeden Tag.

Oft lag sie in der Nacht wach und dachte an ihn; dann setzte sie sich auf und stellte laut in den leeren Raum die Frage: »Wo bist du jetzt?«

Schwerfällig erhob sie sich und stieg die schmale Holztreppe hinab ins Erdgeschoss. Agnieszka, die Frau ihres Enkels, hatte ihr Kaffee gekocht und ihn, bevor sie arbeiten gegangen war, in einer Thermoskanne auf den Küchentisch gestellt. Auf einem dunkelblauen Teller, der mit einem Tuch bedeckt war, fand sie zwei dicke Scheiben Brot. Zofia lächelte, Agnieszka machte sich immer Sorgen, dass sie zu wenig aß. Sie wusste, dass sie auch heute Morgen nur ein wenig Kaffee trinken würde.

Zofia rieb sich die Hände, die ihr nach dem Aufwachen immer wehtaten und aussahen wie die knorrigen Äste eines Baumes. Dann goss sie sich ein wenig Kaffee in eine mit verblassten Blütengirlanden verzierte Tasse, deren Ränder schon etwas abgeschlagen waren.

Bevor sie sich setzte, starrte sie ein paar Minuten an die leere Stelle an der Wand. Alles, was sie besessen hatten, war dort gehangen. Ihr Enkel hätte ein weitaus leichteres Leben, wenn die Ikone noch in ihrem Besitz wäre.

Sie haben sie uns einfach weggenommen, in dieser furchtbaren Nacht, in der alle gestorben sind, dachte Zofia. Mein Vater hatte sie von seinem Vater geerbt und der wiederum von seinem Vater. Sie haben sie uns einfach genommen.

Sie ballte die Hände zu Fäusten und begann zu weinen.

4

»Eine Katastrophe für jemanden, der so gerne isst wie ich«, grummelte Rosa, als sie in die Auffahrt ihres Hauses einbog und ihr die eisige Leere in ihrem Kühlschrank einfiel. Sie hatte seit dem Frühstück nichts mehr gegessen. Da sie in den letzten Tagen an einem Gutachten für eine antike Steinskulptur gearbeitet hatte, war sie nicht dazu gekommen, ihre Vorräte aufzufüllen, und ihr geplanter Einkauf war durch den Anruf von Liebhart flachgefallen.

Unter der Dusche entschied sie, sich frisches Gemüse aus den Hochbeeten in ihrem Garten zu holen und es mit viel Knoblauch und ein paar Spritzern Olivenöl in der Pfanne anzubraten. Erdäpfel lagerten in ihrem Keller, und ein Glas Riesling würde sicher auch gut dazu passen.

Als sie sich einseifte, dachte sie an das Kahlenbergerdorf, das zu einem Touristenort mit ein paar Heurigen geworden war. Nur der kleine Laden in der Bloschgasse, in dem es im Herbst und im Winter das beste Sauerkraut und das ganze Jahr über in Essig eingelegtes Gemüse gab, hatte überlebt. Sie hatte es sich zur festen Gewohnheit gemacht, dort einzukaufen, wenn sie in der Nähe war, und ärgerte sich, dass sie heute komplett darauf vergessen hatte.

»Kein Wunder, bei dem Rummel, der dort heute los war«, sagte sie entschuldigend zu sich selbst.

Während sie ihre feuchten Haare in ein Handtuch einschlug, wanderten ihre Gedanken zu Friedrich Kobald, einem kleinen Mann mit runden Brillengläsern und schütterem Haar, der sich bei Auktionen immer diskret im Hintergrund gehalten hatte. In der Branche wurde er deswegen »der leise Bieter« genannt. Der Auktionator hatte, nachdem er ein Objekt ausgerufen hatte, mit zusammengekniffenen Augen immer zuerst in Kobalds Richtung geschaut, um sein Gebot auch ja nicht zu übersehen.

Rosa schüttelte den Kopf; schon wieder war der Tod in ihr Leben getreten. Sie schlüpfte in ihren Bademantel und stieg ins Erdgeschoss hinunter.

Das Licht der untergehenden Sonne färbte das Wohnzimmer orange. Es fiel durch die großen Fenster der Terrasse auf den alten

Schieferboden, wanderte über die Zimmerdecke mit ihren freigelegten dunklen Stützbalken zu den weiß gekalkten Wänden und Bücherreihen, die sich in von Rosa selbst gezimmerten Kästen aus Walnussholz bis unter die Decke zogen. In Schürhaken, Schaufel und Besen aus Messing, die vor dem offenen Kamin hingen, spiegelten sich die letzten Sonnenstrahlen. Die Feuerstelle stand frei mitten im Wohnzimmer, sodass man gleichzeitig davorsitzen und links und rechts daran vorbei in den Garten sehen konnte.

Sie trat auf die Terrasse und ließ ihren Blick kurz über das Tal gleiten, bevor sie zu den Gemüsebeeten eilte. Durch den vielen Regen hatten die Zucchini eine beachtliche Größe erreicht, die Paradeiser machten ihr etwas Sorgen, sie hingen noch unreif, jedoch schon zu weich an den Stauden. Trotzdem konnte sie eine kleine Handvoll pflücken; zum Anbraten würden sie reichen. Sie nahm ein wenig vom wilden Knoblauch, der intensiver als der von ihr angepflanzte schmeckte, und schnitt auch noch zwei Rosmarinzweige ab. Die Erbsenschoten waren zart, aber schon prall gefüllt. Rosa öffnete auf dem Rückweg zum Haus eine von ihnen und ließ die kleinen grünen Kugeln in ihren Mund trudeln.

In der Küche stellte sie einen Topf Wasser für die Erdäpfel zu. Während sie das Gemüse mit dem Rosmarinzweig in etwas Olivenöl anbriet, genehmigte sie sich einen Welschriesling vom Weingut Tement. Sie ließ den Wein am Gaumen kreisen, bis sie das feine Aroma von roten Äpfeln und Marillen schmeckte. Über das fertige Gemüse streute sie noch ein paar Pinienkerne, die sie zuvor in einer beschichteten Pfanne angeröstet hatte, und stellte ihren Teller zusammen mit den Unterlagen von Liebhart und einer Lupe auf die Terrasse.

Während sie genussvoll kaute, untersuchte sie die Fotografie nun genauer und hielt inne, als sie in der rechten unteren Ecke einen fast nicht zu erkennenden Schatten sah. Der Zipfel eines fliegenden Zopfes ragte ein wenig ins Bild. Er musste einem Kind gehören, das noch schnell versucht hatte, aus dem Bildausschnitt zu laufen, bevor der Fotograf abgedrückt hatte.

Erneut wunderte sie sich über das ungewöhnliche Sujet; sie wollte sich eingehender mit der Ikone auf dem Foto beschäftigen und stand auf, um aus den Bücherregalen im Wohnzimmer ein paar großformatige Bildbände zu holen.

Zurück auf der Terrasse, beugte sie sich mit der Lupe über die Abbildung. Sie begann, die äußeren Ränder der Ikone nach einer Beischrift abzusuchen. Konnte sie keine finden, war sie entweder durch Kerzenruß und die Berührungen der Gläubigen mit Hand und Mund verschwunden, oder sie konnte mit Sicherheit sagen, dass die Ikone aus kunsthistorischer Sicht eine Fälschung war. Auf einem Block, der neben ihr lag, machte sie sich Notizen.

Das Abendlicht brach durch den großblättrigen Efeu, der über ihrem Sitzplatz zu einer dichten Laube wuchs.

Nach einer Weile ließ sie die Lupe entnervt sinken. Die Qualität des Fotos war zu schlecht, um brauchbare Informationen bezüglich der Beischrift zu finden. Rosa lehnte sich zurück und fischte etwas Gemüse vom Teller. Während sie aß, musste sie an ihren Lieblingsprofessor an der Universität denken. Bei ihm hatte sie gelernt, dass die westliche Art und Weise, Ikonen zu studieren, dem Betrachter oft einen Streich spielt: Er glaubt, eine naive Malerei vor sich zu haben. Doch eine Ikone stellt nicht dar, wie der Maler Gott oder eine göttliche Wirklichkeit sieht, sondern wie der Betrachter *von Gott* angesehen wird. Deshalb ist die Perspektive in der Ikonenmalerei umgekehrt. Die Linien ziehen sich nicht vom Auge des Betrachters zu einem Fluchtpunkt in der Mitte des Bildes, sondern sie kommen wie Strahlen auf den Betrachter zu.

Rosa war sich sicher, dass sie aufgrund des schlechten Fotos nicht mehr als eine vage Bestimmung der Ikone abgeben konnte, und nahm sich vor, das Liebhart morgen in aller Deutlichkeit zu sagen. Doch musste sie sich eingestehen, dass sie die von der rein kunstwissenschaftlichen Analyse losgelöste, spirituelle Bedeutung einer Ikone nicht ganz erfassen konnte. Sie wollte daher vor dem Treffen mit Liebhart und Schurrauer einen Fachmann aufsuchen und dachte dabei an Radoslav Beljajew. Er war Priester in der russisch-orthodoxen Kirche zum Heiligen Nikolaus im 3. Bezirk in Wien. Ab und zu hielt er Seminare am Institut für Byzantinistik und Neogräzistik der Universität, wo Rosa ihn nach einem Vortrag kennengelernt hatte.

Sie ging ins Haus und fuhr ihr Notebook hoch, um sich ins Internet einzuloggen. Ein paar Sekunden später hatte sie die Telefonnummer der Kathedrale zum Heiligen Nikolaus. Ein Blick auf die Uhr ließ ihre Hoffnung sinken, dort noch jemanden zu erreichen.

Es war bereits acht vorbei; aber zu ihrer Überraschung nahm Radoslav Beljajew persönlich nach dem zweiten Klingeln ab. Über Rosas Verblüffung, ihn noch an seinem Arbeitsplatz zu erreichen, lachte er leise und meinte spitzbübisch, dass sie wohl mit dem Gottesdienstplan der russisch-orthodoxen Kirche nicht vertraut sei. Aber das könne man natürlich auch nicht erwarten. Heute habe um sechs Uhr eine Nachtwache mit Litia – einem Totengedächtnis – stattgefunden, so wie das zwei- bis dreimal im Monat der Fall sei. Er konnte sich sogar an Rosa erinnern, was sie verwunderte, und war sehr hilfsbereit. Sie vereinbarten einen Termin am nächsten Tag in der Kathedrale.

Nach dem Gespräch ging sie wieder auf die Terrasse und nahm einen großen Schluck Wein. Die Sonne war inzwischen hinter den Hügeln untergegangen, und vom Tal stieg eine angenehme Kühle auf. Rosa sammelte ihre Unterlagen ein und übersiedelte ins Haus. Sie brachte das Geschirr in die Küche und stellte einen Kaffee in der kleinen Espressokanne zu. Besorgt registrierte sie, dass auch ihre Kaffeereserven zur Neige gingen. Im starken Licht über dem großen Tisch im Wohnzimmer arbeitete sie konzentriert weiter.

Als sie sich aufrichtete und streckte, schlug die Turmuhr im Ort gerade zwei Uhr früh. Rosa lehnte sich im Sessel zurück. Sie hatte alles an Informationen aus der vergrößerten Kopie der Ikone herausgeholt. Es schien ihr trotz allem zu wenig, um zur Lösung des Mordfalls beitragen zu können. Gern hätte sie das Kunstwerk im Labor untersucht. Sie hoffte sehr, dass das morgige Gespräch mit Radoslav Beljajew ihr weiterhelfen würde.

»Vielleicht bringt ja auch die Wohnung von Friedrich Kobald etwas Licht in die Sache«, sagte sie zu ihrer Katze, die in unmittelbarer Nähe auf einem Stapel Bücher am Tisch lag und schlief.

***

Die Menschen hier sind sehr misstrauisch. Ich habe heute die Familie Ritzberg gefunden, sie haben einen Heurigen circa acht Kilometer außerhalb des Ortes. Um mir das Geld für den Bus zu sparen, bin ich den ganzen Weg zu Fuß gegangen. Als ich dort ankam, haben sie mir nicht einmal ein Glas Wasser angeboten.

Der Besitzer des Heurigen hat einen fast kahlen Schädel und ein Ge-

sicht wie ein Frosch, ein widerlicher Typ. Ich bin mir sicher, er kann die Augen in alle Richtungen drehen. Seine Zunge ist ein paarmal über seine schmalen Lippen gefahren, während ich mit ihm gesprochen habe, und ich habe nur darauf gewartet, dass er sie hervorschnellen lässt, um eine Fliege zu fangen. Er dürfte der Enkel sein. Das ist auch die einzige Information, die ich bekommen habe. Sie haben mich fast aus dem Heurigen gejagt, als ich nach ihrem Großvater gefragt habe.

Ich werde in der Jausenstation am Hafen nachfragen; wenn die Männer dort etwas getrunken haben, sind sie meist redseliger. Morgen gehe ich zum hiesigen Priester.

Agnieszka fehlt mir sehr.

5

Als Rosa am nächsten Tag über die Autobahn fuhr, war es kurz vor acht, und der Morgenverkehr wurde langsam stärker. Bei der Auffahrt zur Nordbrücke stand sie zwanzig Minuten im Stau, war aber trotzdem froh, nicht die Südroute nach Wien nehmen zu müssen. Die Stadt wurde im Sommer zu einem Schlachtfeld aus Baustellen und Umleitungen. Rosa hegte den Verdacht, dass die Gemeinde den Matzleinsdorfer Platz, die einzige Ausfahrt Wiens Richtung Süden, absichtlich regelmäßig zu Ferienbeginn Anfang Juli aufreißen ließ, um dadurch die Bevölkerung der Bundeshauptstadt schlagartig um ein paar Choleriker zu erleichtern. Die standen dort mit ihren Familien stundenlang im Stau und wurden in ihren Autos langsam gekocht, bis sie vor Wut der Schlag traf.

Der Tag versprach heiß zu werden. Als sie über die Nordbrücke fuhr, vertrieb die aufkommende Hitze langsam den Morgennebel, der noch dunstig über der Donau und in den Weingärten am Kahlenberg hing. Bedrückt sah sie zum Leopoldsberg hinüber, die Hafenstraße war mit Sicherheit noch wochenlang unbefahrbar.

Ab dem Franz-Josefs-Kai wurde der Verkehr immer dichter. Rosa überlegte, ob sie sich schnell ein ordentliches Frühstück im Café Prückel gönnen sollte, schließlich hatte sie noch eine halbe Stunde Zeit, bis sie sich mit Radoslav Beljajew treffen würde. Der Schanigarten des Cafés hatte im Juni sicher schon geöffnet, und Rosa sehnte sich nach einem Kaffee. Nach fünfzehn Minuten erfolgloser Parkplatzsuche im dichten Gassengewirr der Inneren Stadt verwarf sie ihren Plan allerdings wieder und beschloss, noch ein wenig durch das Diplomatenviertel zu kurven.

Sie bog auf den Schwarzenbergplatz ab, in dessen Mitte die Wasserfontänen des Hochstrahlbrunnens in den Himmel schossen. Sie kurbelte das Fenster hinunter und spürte ein paar Tropfen, die durch den Wind zu ihr herübergeweht wurden.

Das Diplomatenviertel begann in der Metternichgasse. Der Straßenlärm des Rennwegs wich hier einer beschaulichen Stille. Wohnpalais und palaisartige Mietshäuser reihten sich aneinander. Rosa bewunderte einen kleinen Vorgarten, dessen Pflanzen dank der akribischen Pflege eines Gärtners die Hitze nicht im Mindesten anzusehen war. Ein Hibiskusstrauch mit zartlila Blüten wucherte vor dem eindrucksvollen Eingangsportal eines Hauses mit späthistorischer Fassade. Die Blätter des Strauches schienen wie poliert, Wassertropfen glänzten auf ihnen.

Rosa parkte gegenüber der russisch-orthodoxen Kirche in der Jauresgasse. Als sie vor der Kathedrale stand, riss der dunstige Morgenhimmel auf und spiegelte sich strahlend blau in den vergoldeten Zwiebelkuppeln der fünf Kirchtürme.

Im Innern wurden die Fresken renoviert. Radoslav Beljajew überwachte die Arbeiten und hatte sich deswegen mit Rosa hier verabredet.

Als sie im Hauptschiff stand, hob sie bewundernd den Blick zur Kuppel. Russisch-orthodoxe Kirchen sind grundsätzlich vollständig mit Wandmalereien ausgestattet, die die Heilsgeschichte der Bibel und der Heiligen darstellen. Die neuen Fresken der Kathedrale zum Heiligen Nikolaus waren von Archimandrit Zenon gestaltet worden. Der blaue Hintergrund der Ikonenzyklen ließ den Raum luftig wirken. Rosa hatte das Gefühl, dass sich der strahlende Himmel von draußen in der Kuppel angenehm kühl fortsetzte. Die Deckenbilder waren bereits fertiggestellt. Entlang der Wände standen hohe Gerüste, auf denen Arbeiter umherliefen und den Untergrund für die Bemalung vorbereiteten.

Radoslav Beljajew kam auf Rosa zu und gab ihr die Hand; er trug ein schwarzes Sticharion, einen Talar mit weiten Ärmeln, und ein schlichtes Brustkreuz.

»Das ist ja wunderschön«, meinte Rosa und deutete zur Decke.

Der Priester folgte ihrem Blick und meinte stolz: »Wir sind froh, dass wir Zenon für die Arbeiten gewinnen konnten. Er gilt als einer der besten Ikonenmaler der russischen Orthodoxie.«

»Ich muss gestehen, dass ich orthodoxe Kirchen besonders dunkel und überladen in Erinnerung hatte.« Rosa konnte ihren Blick nicht von der Kuppel wenden, durch deren Fenster das Sonnenlicht fiel.

»Es gibt viele Vorurteile gegenüber der orthodoxen Kirche, die sich leider nicht nur auf die Ausstattung beziehen. Ich führe Sie gern herum, wenn die Arbeiten abgeschlossen sind, aber ich denke, deswegen sind Sie nicht hier.«

Rosa riss ihren Blick von den Fresken los. »Nein, das bin ich nicht.« Sie kramte in ihrer Tasche und hielt ihm die Abbildung der Ikone von Andrzej Zieliński hin.

»Hm, eine Marienikone.« Radoslav Beljajew strich sich durch den Bart. »Man kann auf dem Foto nicht sehr viel sehen, können Sie mir ein wenig mehr über die Ikone sagen? Wo hängt sie? Wem gehört sie? Wer hat sie geschrieben?«

»Geschrieben?«

»Ja, im Russischen heißt es wörtlich ›Ikonen schreiben‹ und nicht ›malen‹.« Er sah sie aufmunternd an.

Rosa schüttelte bedauernd den Kopf. »Ich darf Ihnen leider nicht mehr sagen, da ich zurzeit mit dem Bundeskriminalamt in Wien zusammenarbeite. Vielleicht können Sie mir aber trotzdem weiterhelfen, ich muss mehr über die spirituelle Seite der Ikonenverehrung wissen.«

Radoslav Beljajew nickte und ging ein Stück Richtung Westflügel. Rosa folgte ihm.

»Ich gehe davon aus, dass Sie als Kunstwissenschaftlerin einiges über den formalen Aufbau einer Ikone wissen«, sagte er. »Nach westlichem Verständnis sind Ikonen umso wertvoller, je älter sie sind. Für Gläubige ist das Alter jedoch nicht von großer Bedeutung. Für diese Menschen richtet sich die Kostbarkeit eines Heiligenbildes nach dem Ort, an dem es sich befindet. So können Ikonen, die in Kirchen oder in Wohnungen orthodoxer Familien verehrt werden, als wertvoll gelten. Durch die Anbringung in einem Geschäft oder in einem Museum wird eine Ikone profan und muss erst wieder geweiht werden, um ihren Wert zurückzuerhalten.«

»Also ist jede Ikone, die nach dem orthodoxen Verständnis verehrt wird, echt«, resümierte Rosa.

Der Priester wich einem Kübel mit Dispersionsfarbe aus und nickte. »Die Verehrung beginnt damit, dass das Tafelbild vierzig Tage in einer Kirche aufgestellt wird. In dieser Zeit verliert die Ikone den ihr anhaftenden Geruch von Farbe und Firnis. Die Olifa – das ist, wie Sie sicher wissen, die Firnisschutzschicht – nimmt den Duft des Weihrauchs und somit den spezifischen Kirchengeruch an. Nun vollzieht der Priester die Weihe, das Tafelbild ist zur Ikone geworden und somit echt.«

Sie steuerten zurück zum Hauptschiff. »Die Verehrung einer Ikone geht so weit, dass sich Gläubige von einigen Bildern erzählen, dass sie ›nicht von Menschenhand gemacht wurden‹, sondern einfach vom Himmel gefallen sind. Deswegen sind die meisten Ikonen auch nicht signiert, da nicht der Mensch selbst, sondern der Geist Gottes sie mit Hilfe des menschlichen Mediums gemalt hat. Man nennt diese Ikonen ›Acheiropoieta‹.«

Die Sonne erwärmte die Luft in der Kirche und ließ den Geruch von Farbe noch intensiver werden. Ein Arbeiter trat an Radoslav Beljajew heran, der Priester entschuldigte sich, wechselte ein paar Worte mit dem Mann und wandte sich dann wieder Rosa zu. »Es tut mir leid, aber ich muss mich jetzt um die Renovierungsarbeiten kümmern.«

Rosa sah ihn enttäuscht an.

Er gab ihr die Kopie des Fotos zurück und meinte entschuldigend: »Sie können mich jederzeit anrufen, falls Sie weitere Fragen haben.«

Als Rosa zu ihren Auto ging, nahm sie sich vor, zur Weihe der Kirche im Dezember zu kommen. Bevor sie sich mit Liebhart und Schurrauer in der Wohnung von Friedrich Kobald treffen sollte, wollte sie die Gelegenheit nützen und im botanischen Garten des Belvederes, der sich gleich bei der Wohnung des Sammlers befand, ein wenig spazieren gehen. Sie war schon seit Jahren nicht mehr dort gewesen und kam auch nie in diese Gegend von Wien.

Der Verkehr auf dem Rennweg hatte weiter zugenommen; genervte Autofahrer ließen ihre verschwitzten Arme aus den weit heruntergekurbelten Fenstern ihrer Wägen hängen. Manche trommelten dabei von außen nervös gegen die Tür.

Wien ist eine windige Stadt, dadurch ist es nie besonders heiß. Die windstillen Tage Mitte Juni waren eine Seltenheit und führten dazu, dass die Luft in den schmalen Gassen und engen Straßen stand. Selbst unter den weit ausladenden Kronen der Bäume im botanischen Garten, den Rosa nun betrat, hing sie schon am Vormittag wie ein dichter Vorhang.

Rosa ließ ihren Blick über den niedrigen Hügel des Alpinums rechter Hand hinter dem Eingang gleiten. Sanft plätscherte ein kleiner künstlicher Bach die dicken Moospölster entlang. Die zahlreichen Namensschilder vor den Pflanzen kamen ihr wie winzige Grabsteine vor. Sie schlenderte weiter zur Kakteengruppe, die links vom Hauptweg angelegt worden war. Wie mahnende Finger erhoben sich die stacheligen Pflanzen in den Himmel. Neben einem schmalen Kiesweg, der sich durch den Garten schlängelte, stand eine Schwarzpappel, über deren dickem, mit riesigen Knoten versehenem hartrindigem Stamm sich eine gewaltige Krone erhob.

Rosa verharrte kurz unter dem Baum und versuchte, ihre Gedanken zu ordnen. Warum hatte Andrzej Zieliński das Bild der Ikone so oft in sein Notizbuch gezeichnet? Hatte er es jemals in natura gesehen? Der Kies knirschte unter ihren Schuhen, als sie bis zum Mammutblatt an der Südseite des Gartens weiterschlenderte und die Blätter bestaunte, die, wie sie einer Hinweistafel entnahm, bis zu zwei Meter Durchmesser erreichen konnten. Rosa blieb ein Stück weiter bei den Grabsteinen von Jacquin Vater und Sohn stehen, die inmitten von Farnen in einem kleinen Nadelholzwäldchen standen.

Sie dachte an das Gespräch mit Radoslav Beljajew und ahnte jetzt, warum ihr der Zugang zur Ikonenmalerei immer schwergefallen war. Man konnte eine Ikone nicht isoliert als Kunstwerk betrachten, sondern musste auch den religiösen Aspekt bedenken. Da Rosa nicht gläubig war und es zahlreiche andere, für sie interessantere Bereiche der Kunstgeschichte gab, hatte sie die Ikonenmalerei immer sträflich vernachlässigt. Sie ließ ihren Blick zur roten Ziegelmauer gleiten, hinter der sich grün die Kuppeln des Belvederes erhoben.

Als ratternd ein Rasenmäher anlief, schreckte Rosa hoch. Sie sah auf ihre Armbanduhr und eilte zum Ausgang, da ihr nur noch ein paar Minuten bis zum Treffen mit Liebhart und Schurrauer blieben. Beim Haustor Jacquingasse 33 traf sie gleichzeitig mit ihnen ein.

Die beiden hatten dieselbe Kleidung wie am Tag zuvor an und sahen vollkommen übermüdet aus. Nach einer kurzen Begrüßung drückte Liebhart Rosa den Katalog von Friedrich Kobalds Kunstsammlung in die Hand.

Die Wohnung lag in einem Gründerzeithaus. Rosa schätzte, dass es um 1900 erbaut worden war. Über dem repräsentativen Eingangstor war ein Glas-Eisen-Vordach angebracht. Hohe Kassettenfenster gewährten den Mietern einen weitläufigen Ausblick auf den botanischen Garten. Die Wohnungen im ersten und zweiten Stock verfügten über einen Mittelerker, der schlank in die klassizistische Fassade eingelassen worden war. Die meisten Palais in dieser Gegend waren im Zweiten Weltkrieg zerstört und durch gesichtslose Neubauten ersetzt worden. Rosa wusste, dass Wohnungen um das Belvedere Unsummen kosteten.

Sie betraten das dunkle, angenehm kühle Entree. Ein auf alt gemachter, billiger Luster in Form einer Laterne hing von der Stuckdecke herab. Zwei der fünf Glühbirnen waren ausgefallen, und so war der Eingangsbereich in unangenehmes Zwielicht getaucht. Sie stiegen eine Treppe mit schwarzem Geländer, das aus gusseisernen Blumenornamenten bestand, hinauf. Durch eine kleine Tür, die mit einem Keil offen gehalten wurde und über die ein gipserner Puttenkopf wachte, führten Marmorstufen zu den Wohnungen hinauf.

Liebhart klingelte an der Wohnungstür von Friedrich Kobald, und ein Kollege von der Spurensicherung öffnete. Gleichzeitig wurde die Tür gegenüber mit einem Ruck aufgerissen. Ein »Stiegenhausdrachen«, in Wien eine weit verbreitete Spezies, trat im Hauskleid auf den Gang und musterte die drei böse. Im Vorzimmer der Wohnung konnte Rosa einen Staubsauger sehen.

»Wer sind Sie und was wollen Sie hier?«, keifte die Frau, deren schlecht gefärbtes kupferfarbenes Haar am Ansatz schon grau nachwuchs.

Liebhart seufzte laut und drehte sich mit zum Himmel gewandten Augen um. »Und wer sind Sie, wenn ich fragen darf?«

Rosa kannte Liebhart sehr gut und hörte unterschwellig Wut in seiner Stimme brodeln. Lange durfte sich die Frau nicht spielen.

»Das geht Sie überhaupt nichts an. Ich habe Ihnen eine Frage gestellt.«

Stiegenhausdrachen waren nicht immer weiblichen Geschlechts, auch pensionierte Männer, die mit Ferngläsern die Parkplätze vor ihrer Wohnung, die zumeist in gesichtslosen Gemeindebauten lag, beobachteten, waren in Wien zahlreich vertreten. Der winzige Kosmos, in dem sie lebten, war einfach gestrickt; sie waren die selbst ernannten Herren des Hauses, alle anderen Menschen waren Trotteln oder Sautrotteln. Die Gespräche, die Stiegenhausdrachen vom Zaun brachen, hatten immer den gleichen Verlauf. Erstens: harsches Verlangen, sich persönlich vorzustellen und den Zweck des Aufenthalts bekannt zu geben. Kam man dieser Aufforderung nicht unverzüglich nach, folgte »zweitens«. Hier kam es auf den Bezirk an: In einer noblen Gegend wurde gedroht, die Polizei zu holen. Befand man sich in einer heruntergekommenen Nachbarschaft, konnte man sich darauf gefasst machen, mit den unglaublichsten Beschimpfungen im besten oder mit ein paar Watschen im schlechteren Falle bedacht zu werden. Danach erfolgte auch hier die unumgängliche Drohung, die Polizei zu rufen.

»Wenn Sie nicht antworten, hole ich die Polizei«, keifte der Stiegenhausdrachen.

Rosa nickte und zählte im Geiste. Drittens: nochmaliges Auffordern, den Grund der Anwesenheit zu erklären.

»Was wollen Sie also hier? Dauernd gehn irgendwelche Menschen da ein und aus; seit der Spinner gfunden worden is, is keine Ruh mehr …«

Liebhart schob Rosa und Schurrauer in die Wohnung, ohne die Frau noch weiter zu beachten. Der Stiegenhausdrachen stürmte über den Gang und stieß mit der Nase auf die Polizeimarke Liebharts, die er unvermittelt aus seiner Tasche gezogen hatte.

Was er zu ihr sagte, konnte Rosa nicht mehr zur Gänze hören. »Jetzt hurchn S' amal zua …« war das Einzige, was sie vernahm.

Wie fast jeder Einwohner rutschte Liebhart ins beinharte Wienerische, um einer Person die Meinung zu sagen. Der tiefe Dialekt der Bundeshauptstadt, das Dehnen der Vokale und Verschlucken der Konsonanten, wirkte schon allein durch den Klang wie ein paar deftige Watschen.

Die Wohnung von Friedrich Kobald bot einen so beeindruckenden Anblick, dass Rosa der Atem stockte. Vom Vorzimmer aus öffnete sich durch eine hohe Flügeltür der Blick zu drei weiteren Räumen, deren Türen ebenfalls offen standen. Auf glänzendem Sternparkett standen zahlreiche Skulpturen aus Stein, Metall oder Holz, als wäre eine bunte Abendgesellschaft plötzlich erstarrt. Das Team der Spurensicherung bewegte sich vorsichtig zwischen den Exponaten. Schurrauer streifte sich ein paar Einweghandschuhe über und verschwand in den rückwärtigen Bereich der Wohnung. Die Tatortermittlung war seine Stärke.

Rosa erkannte an der Stirnwand im letzten Raum eine Pietà von

Andres Serrano aus dem Jahre 1985, auf der die Muttergottes mit einem Karpfen in ihren Armen dargestellt war. Friedrich Kobald sammelte also nicht nur alte Meister, sondern war auch an zeitgenössischen Werken interessiert.

Im ersten Raum befanden sich Bücherkästen, die bis zur Decke reichten, sogar oberhalb der Tür, die ins nächste Zimmer führte, glänzten in zwei Regalreihen antiquarische Bücher mit goldgeprägten Rücken. Eine fast lebensgroße Statue des heiligen Sebastian stand nahe dem Mittelerker mit den hohen Fenstern. Rosa bewunderte die Muskeln und Sehnen des von Pfeilen Durchbohrten, die der Künstler präzise dargestellt hatte. Die Seile, mit denen er an den Baum gefesselt worden war, schnitten ihm tief ins Fleisch, sein Gesicht war schmerzverzerrt. Der Lendenschurz war mit Blattgold überzogen worden, die Statue schien vor Kurzem renoviert worden zu sein.

Beamte der Spurensicherung staubten noch immer auf der Suche nach Fingerabdrücken Möbel, Bücher und Kunstgegenstände mit Puder ein. Es war unerträglich heiß, doch Rosa lief ein kalter Schauer über den Rücken, als sie inmitten des zweiten Raums eine gotische Pietà stehen sah. Sie trat näher und beugte sich über das alte Lindenholz, auf dessen Oberfläche man noch Reste der ursprünglichen Farbe erkennen konnte. Die Muttergottes hielt in stillem Schmerz ihren Sohn auf dem Schoß, der in friedlicher Haltung zu schlafen schien. Gerade die Einfachheit, mit der die Skulptur geschaffen worden war, verlieh der Pietà eine strahlende Ruhe.

In einem Regal, das fast die gesamte Wand einnahm, waren in der obersten Reihe Standkreuze aus allen erdenklichen Materialien und in den verschiedenartigsten Stilen ausgestellt. Eine Reihe darunter befanden sich Monstranzen. Ein Platz war leer, hier musste das gestohlene Stück gestanden haben. Rosa trat zum Fenster und las im Katalog den Text, der neben dem Bild des Diebesgutes stand: »Kupfer, vergoldet, auf ovalem, gewölbtem Fuß, kurzer Spulenschaft mit Nodi, ovales Fenster von Strahlenkranz und durchbrochener Kartusche aus Muschelwerk und Blüten hinterfangen. Rückdeckel und Halterung für die Oblate, Schrauben erg., süddeutsch, 18. Jahrhundert. H. 32 cm. Schätzwert: € 7.000.«

Dann ging sie die aufgelisteten Monstranzen der Reihe nach durch und schüttelte verständnislos den Kopf. Der Dieb hatte tatsächlich das Stück mitgenommen, das am wenigsten wert war, und hatte eine Monstranz aus dem 13. Jahrhundert, die mit dreißigtausend Euro veranschlagt war und direkt neben dem nun leeren Platz stand, zurückgelassen.

»Na, wenn das kein Auftragsdiebstahl war, dann weiß ich nicht«, murmelte sie.

Rosa setzte ihre Begutachtung der Wohnung fort. Von der Decke hing ein wertvoll gearbeitetes Weihrauchfass. Im dritten Raum waren an einer Wand Halterungen befestigt, in denen verschiedene kleinere liturgische Geräte aufbewahrt wurden. Sie zählte drei Messkännchen, fünf Ziborien – Trinkbecher mit Deckel, in denen die geweihten Hostien aufbewahrt werden – und zwei Abendmahlkelche. Eine Halterung war leer, hier dürfte das Aspergill, mit dem Friedrich Kobald erschlagen worden war, gehangen haben. Rosa schluckte. Sie war von den hier ausgestellten Kunstgegenständen so beeindruckt gewesen, dass sie vollkommen vergessen hatte, dass in diesen Räumen ein Mann umgebracht worden war.

Was haben all diese Statuen gesehen? Was ist hier passiert?, dachte sie und ließ ihren Blick zu den beiden Flügelfenstern schweifen. Verblüfft starrte sie auf eine vollständige barocke Kanzel, die zwischen ihnen stand. Rosa schätzte, dass sie aus dem 16. Jahrhundert stammte. Sie fragte sich, wie man die wohl in die Wohnung transportiert hatte.

Langsam ging sie zu dem Bild der Pietà von Andres Serrano, einem kontroversiellen Künstler, der es sich mit seinen Darstellungen mit der katholischen Kirche verscherzt hatte, und blieb lange davor stehen. Rosa bedauerte es sehr, Friedrich Kobald nicht besser gekannt zu haben, sie hätte gern mit ihm über seine Beweggründe, eine solche Sammlung anzulegen, gesprochen. Als sie sich umdrehte, erstreckten sich die drei Zimmer, die sie durchschritten hatte, vor ihr. Eine Wand des dritten Raums, in dem sie nun stand, war bis über den Türstock von Ikonen bedeckt. Rosa zählte zwölf Stück.

Liebhart trat zu ihr.

»Wo hat man denn den Toten gefunden?«, fragte sie.

»Im Vorzimmer, der Weihwassersprengel hat neben ihm gelegen.«

Rosa atmete tief ein und zeigte auf die Ikonen. »Die von Andrzej ist nicht dabei.«

Liebharts Telefon läutete, er nestelte es aus seiner Hosentasche und ging Richtung Vorzimmer. Kurze Zeit später kam er wieder und sagte zu Rosa: »Es tut mir leid, ich muss weg. Schurrauer kommt mit mir. Kommst du, nachdem du hier fertig bist, zu mir ins Büro?«

Bevor sie antworten konnte, eilte er davon.

Rosa wollte sich nicht auf Beschreibungen und Schätzungen der Gutachter, die im Katalog aufgelistet waren, verlassen, sondern sich ein eigenes Bild von den Ikonen machen. Sie kramte ihren Block aus der Tasche und machte sich Notizen. Zuerst unternahm sie eine Einteilung in Bildthemen. Friedrich Kobald hatte eine Vorliebe für das Dreifaltigkeitsmotiv gehabt. Sechs Ikonen mit dem Besuch der drei Männer, in denen frühe Kirchenväter den dreipersönlichen Gott gesehen hatten, hingen an der Wand. Rosa konnte eine von ihnen auf das Ende des 14. Jahrhunderts datieren. Bei den fünf anderen war sie sich weder in Bezug auf ihr Alter noch auf ihre Herkunft sicher. Drei Ikonen zeigten die Verkündigung der Geburt des Erlösers durch den Erzengel Gabriel.

In der linken oberen Ecke hing ein Bild, das Rosa kannte. Ein Mandylion, die frontale Darstellung des Antlitzes Christi, von einem Tuch hinterlegt. Sie erinnerte sich, vor Jahren für einen Privatsammler in Hannover ein Gutachten zu dem Bild erstellt zu haben. Es war im 17. Jahrhundert in Russland gefertigt worden und besonders aufwendig gearbeitet. Der Blick Christi war nicht direkt auf den Betrachter gerichtet, schien ihm aber zu folgen. Die lange, schmale Nase und der kleine Mund unterstrichen diesen Effekt.

»Wie das wohl den Weg nach Wien gefunden hat?«, überlegte sie laut und ließ ihren Blick zu zwei Vita-Ikonen weiterwandern. Auf der einen war der heilige Georg zu erkennen, der auf einem Pferd sitzend den Drachen tötete. Auf kleinen, abgegrenzten Randbildern, die das zentrale Bild einrahmten, war sein Leben dargestellt. Bei der zweiten Ikone musste Rosa passen, sie konnte den abgebildeten Heiligen nicht zuordnen. Dem Katalog zufolge handelte es sich um den heiligen Phanourios, einen auf Kreta und Rhodos verehrten Märtyrer. Die Ikone war griechischen Ursprungs und aus dem 17. Jahrhundert. Rosa schluckte, als sie die veranschlagte Versicherungssumme las: hundertzwanzigtausend Euro.

Nach einer halben Stunde ließ sie frustriert den Block sinken. Sie hatte immer deutlicher das Gefühl, Liebhart bei diesem Fall nicht helfen zu können. Ihre gewohnte Sicherheit ließ sie bei Ikonen im Stich. Weder schaffte sie es, alle zwölf Ikonen durchgängig zu klassifizieren, noch konnte sie deren Verkaufswert richtig einschätzen. Sie ärgerte sich, dass sie nicht besser vorbereitet war.

»Das kann ja lustig werden«, murrte sie, als sie an ihre zukünftige Rolle bei den Ermittlungen dachte.

Die vielen Menschen in der Wohnung ließen die Temperatur auf ein fast unerträgliches Maß steigen, doch wegen des Fingerabdruckpuders durfte die Klimaanlage nicht eingeschaltet werden.

Rosa fühlte sich noch immer von der Fülle an Kunstgegenständen überfordert. Sie konnte keine Hinweise erkennen, wie der Mord an Friedrich Kobald und der Tod des jungen Polen zusammenhingen, und beschloss, in Liebharts Büro zu fahren. Als sie in ihrem Wagen saß, lastete ihre schlechte Laune schwer auf ihr.

Bevor du zusammengeschlagen worden bist, konnte dich nichts so leicht umhauen, dachte sie dumpf.

Frau Grand, Liebharts Sekretärin, verachtete Rosa, so wie auch alle anderen Frauen, die mit ihrem Vorgesetzten zu tun hatten. Sie trug heute das freudloseste Sommerkleid, das Rosa jemals gesehen hatte. Schlammfarbene Hyazinthen ertranken in gedecktem Dunkelbraun.

Frau Grand sah nur kurz von ihrer Tastatur auf und brummte »Sie sind's« in Richtung Rosa.

»Und Sie sind es offensichtlich auch«, kommentierte diese die herzliche Begrüßung und ging weiter in Liebharts Büro, wo die Ermittler mit besorgter Miene um den großen Besprechungstisch standen.

Liebhart schenkte Mineralwasser ein. »Hat dir ein Blick auf die Sammlung geholfen?« Er sah müde aus, die Ermittlungen im Fall der Autodiebe schienen ihm einiges abzuverlangen.

»Ich hab mir viele Notizen gemacht und mir den Katalog angesehen.« Rosa wollte Liebhart nicht enttäuschen und hoffte, dass er nicht draufkam, dass sie ziemlich im Trüben fischte. »Ich verstehe allerdings nicht, wieso der Dieb es gerade auf die Monstranz mit dem geringsten Wert abgesehen hatte. Er hätte viel kostbarere Kunstwerke mitnehmen können«, sagte sie mehr zu sich selbst.

»Das spricht, wie gesagt, für die Annahme, dass es sich um einen

Auftragsdiebstahl gehandelt hat«, meinte Liebhart. »Gut, kommen wir erst einmal zum Stand der Dinge im Kuchelauer Hafen. Bis jetzt hat man die Knochen von ungefähr dreißig Leichen gefunden.«

»Wieso nur ungefähr?«, fragte Rosa.

»Die Anthropologen müssen die Knochen erst zusammensetzen. Sie können zwar schon mit Gewissheit sagen, dass die Toten im Hang begraben worden sind, doch durch die Rutschfahrt in den Hafen sind viele Skelette nicht mehr in einem Stück.« Liebhart kratzte sich an der Wange. »Das wird dauern, und dann beginnt erst die eigentliche Arbeit, nämlich die Identifizierung dieser dreißig Menschen.«

»Weiß man schon, wo man die vergraben hatte?«

»Die Taucher haben Unterwasserfotos gemacht, um die Lage der Skelette am Computer in eine Art Matrix einzutragen. Dann werden die Koordinaten des Hanges, so wie er vor dem Murenabgang ausgesehen hat, eingegeben. Der Computer errechnet, wie viel Material abgegangen ist und wohin es geschwemmt wurde. Diese Daten werden dann mit der Lage der Knochen im Hafenbecken verglichen, und so können wir ihre ursprüngliche Position herausfinden.«

»Das klingt, als würde es sehr lange dauern«, sagte Rosa.

Schurrauer zuckte resigniert mit den Schultern. »Wir verfügen leider noch nicht über die neueste Technik, mit der es bei Weitem schneller gehen würde. Es sind schon raffiniertere Kameras auf dem Markt, die auf Infrarotstrahlung oder Wärme ansprechen und hochauflösende Digitalfotos produzieren. Manche sogar mit einem eingebauten GPS-System.« Er redete sich in Fahrt. »Man macht ein Foto, hat den genauen Längen- und Breitengrad und kann sich die Eintragungen in eine Matrix sparen. Aber so etwas haben wir nicht, und bis die Bewilligung eines so teuren Gerätes den Behördengang durchlaufen hat, können wir das gesamte Areal mit einer einzigen Lupe absuchen.«

Frau Grand riss die Tür auf, legte einen hohen Stapel Akten auf den nächsten und einzigen freien Stuhl im Zimmer und ging wortlos wieder hinaus.

»Wie sieht es aus mit der Übersetzung des Tagebuchs von Zieliński?«, rief Liebhart ihr nach.

»Das dauert noch, unser polnischer Übersetzer versinkt zurzeit in Arbeit.«

»Na super«, meinte Liebhart zynisch. Er begann bereits wieder ungeduldig zu werden. »Hast du etwas über die Ikone auf dem Foto von Zieliński herausfinden können?«, wechselte er das Thema und sah Rosa an.

Die Jalousien an dem großen Fenster konnten die Hitze, die von draußen hereindrang, nicht aufhalten.

Rosa spürte, wie ihr der Schweiß auf die Stirn trat. Sie zog die Kopien des Fotos aus der Tasche und breitete sie auf dem Tisch aus. »Es lässt sich kein Zusammenhang zwischen Andrzejs Ikone und einer der zwölf von Friedrich Kobald feststellen, weder was das Bildthema noch was den Herstellungsort betrifft. Ich kann anhand eines Fotos keine umfassende Analyse durchführen. Um mehr über die Ikone sagen zu können, müsste ich sie im Labor untersuchen. Abgesehen davon ist die Qualität des Fotos sehr schlecht. Ich habe mich trotzdem intensiv mit der Darstellung beschäftigt.«

Liebhart nickte und signalisierte ihr fortzufahren.

»Ich war heute Morgen bei Radoslav Beljajew, einem russisch-orthodoxen Priester, der an der Universität Vorlesungen über Ikonen hält. Er hat mir einiges zu deren spiritueller Bedeutung gesagt.«

»Du hast ihm doch hoffentlich nichts Näheres über den Fall erzählt?« Liebharts Ton wurde scharf.

»Ich mach das ja wohl nicht zum ersten Mal, oder?«, schnappte Rosa. Sie wollte einen eventuellen Wutanfall Liebharts gleich im Keim ersticken. »Bei dieser Muttergottesikone handelt es sich um eine ›Eleusa‹, griechisch ›Eleousa‹.«

»Was ist das?«

»Das griechische Wort ›Eleousa‹ meint auf Deutsch ›Die sich Erbarmende‹.«

»Erbarmen für ihren Sohn?«

»Nein. Der Sohn Gottes bedarf keiner Barmherzigkeit, er ist die Barmherzigkeit in Person. Die Muttergottes hat Erbarmen mit dem Menschengeschlecht.«

Liebhart und Schurrauer sahen sie verständnislos an.

»Wesentlich bei Marienikonen ist, dass sie unsentimental sein sollen. Das ist natürlich sehr schwierig, da es um die innige Darstellung einer Mutter-Sohn-Beziehung geht. Deswegen entwickelten sich im 13. Jahrhundert strenge Malvorschriften für die Gestaltung einer ›Eleusa‹, um die religiöse Würde des Bildthemas unangetastet zu lassen.«

Liebhart beugte sich über das Foto und sah die Ikone lange an. »Ich finde, die Muttergottes hält ihren Sohn ausgesprochen liebevoll, und wie er sie mit der kleinen Hand an der Wange berührt …« Er richtete sich wieder auf und sah Rosa an. »Da hat sich der Künstler aber nicht an die Malvorschriften gehalten.«

Rosa nickte und lächelte. »Genau das macht diese Ikone im heutigen Sinne ja auch so wertvoll. Du bist berührt, findest die Darstellung aber nicht kitschig. Die meisten Menschen sind heute nicht mehr so religiös wie vor siebenhundert Jahren. Sie sehen im Gesicht Marias nicht das Erbarmen mit dem Menschengeschlecht, sondern die Liebe einer Mutter zu ihrem Sohn. Das Besondere an dieser Ikone ist, dass der Maler es geschafft hat, diese Verbundenheit zeitlos wiederzugeben.«

Liebhart nickte, Schurrauer strich sich nachdenklich das Kinn.

Rosa ließ das Gesagte einen Moment wirken und fuhr dann fort. »Im Russischen wird dieser Bildtyp ›Umilenie‹ genannt. Das bezeichnet die Körperhaltung der abgebildeten Figuren. Das Kind schmiegt seine Wange eng an die seiner Mutter. Diese Darstellung ist besonders rührend, da das Jesuskind außerdem mit seiner kleinen Hand zärtlich das Gesicht Marias berührt.«

»Was ist das in der linken Hand des Kindes?« Schurrauer deutete auf das Foto.

»Das ist eine Buchrolle, ein Hinweis auf die spätere Verkündigung der Frohen Botschaft.«

»Kannst du uns auch etwas über die Ikone sagen, was uns im Fall weiterhelfen könnte?«, wollte Liebhart wissen.

»Ich kann nicht sagen, ob es sich um eine Fälschung handelt oder nicht.« Sie lächelte entschuldigend. »Aber durch das, was dargestellt worden ist, kann ich ungefähr das Alter der Ikone bestimmen; dazu müsste ich allerdings wieder etwas ausholen.« Sie ging um den Tisch herum, sodass sie Schurrauer und Liebhart gegenüberstand. »Als die klassische Zeit der Ikonenmalerei in Russland gilt allgemein das 15. Jahrhundert. Nach dem Sieg in der Schlacht auf dem Kulikowo Pole Ende des 14. Jahrhunderts ist es Moskau gelungen, eine führende Rolle in der Vereinigung Russlands, das bis dahin in viele kleine Fürstentümer geteilt war, einzunehmen.

Diese Epoche spiegelt sich in der Ikonenmalerei verstärkt durch das Thema freundschaftliche Verbundenheit, brüderliche Liebe und

Barmherzigkeit wider. Bilder, die im 15. Jahrhundert in Moskau entstanden sind, strahlen eine tiefe innere Ruhe aus. Das Bildnis der Muttergottes, die ihren Sohn liebevoll umarmt«, sie beugte sich über den Tisch und tippte mit dem Finger auf die Fotografie, »zählt zu den beliebtesten Darstellungen dieser Zeit.«

»So wie sich das in Fürstentümer zerrissene Russland nach Einigkeit gesehnt hat«, schlussfolgerte Liebhart.

»Richtig.« Rosa strahlte ihn an. »Die Muttergottes wurde in Moskau als Beschützerin und Bewahrerin verehrt. Ich denke daher, dass diese Ikone aus dem 15. Jahrhundert stammt und in Russland hergestellt worden ist.«

»Lässt das schon irgendwelche Schlüsse auf den Wert der Ikone zu?« Liebhart ging zum Fenster und öffnete es einen Spalt.

Die Jalousien begannen, im warmen Luftzug, der von der Straße hereinwehte, zu klappern.

Rosa empfand die hereinströmende Hitze als unangenehm, angespannt rieb sie sich den Nacken. »Von Radoslav Beljajew weiß ich, dass für einen Gläubigen eine Ikone nur wertvoll ist, wenn sie an einem Ort hängt, an dem sie verehrt wird. – Nur anhand der Fotografie kann ich leider nicht mehr über das Bild sagen.«

Sie konnte die Enttäuschung der Kommissare förmlich spüren. »Es besteht noch die Möglichkeit, dass die Ikone von Andrzej ursprünglich Teil einer Ikonostase – einer geschmückten Wand mit drei Türen, die in der orthodoxen Kirche zwischen dem inneren Kirchenschiff und dem Allerheiligsten steht – gewesen ist. Ich kann die Spur einer solchen Ikonostase leichter zurückverfolgen als die Spur einer einzelnen Ikone. Vielleicht hat irgendwo auf der Welt ein Sammler schon mehrere Tafeln in seinem Besitz und möchte das Stück nun mit allen Mitteln vervollständigen. Ist nur ein Versuch.«

Das Telefon läutete, Liebhart stand auf und nahm den Hörer ab.

Schurrauer lehnte sich zu Rosa. »Wir sollten die Suche nach dem Mörder auf orthodoxe Gläubige im Umfeld von Kobald und auf andere Sammler religiöser Kunstwerke ausweiten. Bis auf eine Nichte, die nicht bei ihm gewohnt hat, hatte Kobald keine Familie. Niemand weiß, wer bei ihm ein und aus gegangen ist.«

Rosa nickte. »Und was erzählt die Nichte über ihn?«

»Die können wir nicht erreichen. Sie ist nach Kanada geflogen.

Streift durch den Wood-Buffalo-Nationalpark, null Mobiltelefonempfang. Eigentlich wohnt sie in Deutschland, keine Ahnung, ob die beiden überhaupt Kontakt hatten. Deswegen denke ich, dass wir mit den orthodoxen Gläubigen vielleicht einen neuen Ansatz haben, der uns weiterhelfen könnte.«

Rosa entspannte sich, wenigstens konnte sie einen kleinen Beitrag zum Fall leisten.

Liebhart legte auf. »Die ermittelnden Kollegen im Kahlenbergerdorf haben die Pension gefunden, in der Zieliński gewohnt hat.«

»Wieso erst jetzt, er ist doch schon gestern früh gefunden worden?«, fragte Rosa.

»Wir rennen im Kahlenbergerdorf gegen eine Mauer des Schweigens. Abgesehen davon hat mir der Kollege gesagt, dass die Pensionswirtin Zieliński nicht bei der Gemeinde gemeldet hat, wahrscheinlich um seine Miete schwarz einzustreichen. Die hat sich so lange, wie es nur gegangen ist, gehütet, auch nur ein Wort darüber zu verlieren, dass er bei ihr gewohnt hat.«

Rosa wollte die Pension sehen, in der Andrzej Zieliński gewohnt hatte. Schurrauer würde in Wien bleiben und sich auf die Suche nach orthodoxen Gläubigen in Friedrich Kobalds Umfeld machen.

Rosa und Liebhart mussten mit zwei Autos fahren, da Rosa nach dem Besuch der Pension nach Hause wollte.

Im Wagen merkte sie, wie hungrig sie war, und nahm sich fest vor, heute einkaufen zu gehen. Bei der Vorstellung, sich in den nächsten Tagen ausschließlich aus ihrem Weinkeller versorgen zu müssen, musste sie laut auflachen.

6

Wie Rosa geahnt hatte, war die Kuchelauer Hafenstraße gesperrt. Um nach Klosterneuburg zu kommen, wo Andrzej Zieliński abgestiegen war, musste sie über die Höhenstraße fahren. Die Pension Schrattner lag nahe dem Bahnhof in Klosterneuburg.

Liebhart wartete bereits telefonierend an seinen Wagen gelehnt auf sie. Die Pensionswirtin, Frau Schrattner, grüßte Liebhart und Rosa mit einem Kopfnicken. Sie blickte geringschätzig auf Rosas bunte, zehenfreie Sommerschuhe, musterte sie dann von oben bis unten. Rosa konnte aus dem Blick, den sie ihr danach zuwarf, erkennen, dass ihr der Rest auch nicht gefiel.

Frau Schrattner bedeutete ihnen, ihr zu folgen, und stieg schwer atmend eine schmale Treppe in den ersten Stock hinauf. Rosa erinnerte die Pension an die Jugendherbergen, in denen sie als Schülerin in der Landschulwoche abgestiegen war. An den Wänden hingen mit Reißzwecken befestigte verblasste Bilder, die vormals Deckel von Bonbonschachteln gewesen waren. Die Wirtin steckte den Schlüssel in die Tür des Zimmers Nummer 5 und stieß sie mit dem Fuß ganz auf.

»Wann kann ich das Zimmer wieder vermieten?« war der erste Satz, den sie an Liebhart gewandt von sich gab.

»Das kann ich Ihnen noch nicht sagen«, erwiderte er und ging einfach an ihr vorbei. »Sie dürfen auf jeden Fall nichts anfassen, bis die Spurensicherung hier fertig ist.«

Frau Schrattner blieb schnaubend am Gang stehen und beobachtete die beiden mit stechendem Blick.

»Wenn Sie da was wegnehmen, ersetze ich das nicht. Ich zahl nichts«, murrte sie.

Liebhart ignorierte sie, zog sich Plastikhandschuhe über und hielt auch Rosa ein Paar hin.

Das Zimmer war das Deprimierendste, was Rosa seit Langem gesehen hatte.

Ein Lamellenrollo hing verheddert im einzigen Fenster, das in den dunklen Fichtenwald hinter dem Haus zeigte und sich nicht vollständig schließen ließ. Ein Doppelbett stand an einer Wand, der verwaschene rosa Überwurf hatte zahlreiche Löcher und war sehr zerschlissen. In einer Ecke des Zimmers war, vor einer alten Duschtasse, ein schmutzig grauer Kunststoffvorhang an einer Stange montiert. Das kleine Waschbecken daneben hatte einen Sprung, und der Spiegel war schon fast blind. Es war sehr kalt. Da der Raum in den Wald zeigte, konnte ihn nicht einmal die Sonne aufheizen. Rosa sah keinen Heizkörper, wahrscheinlich vermietete Frau Schrattner nur während der Sommersaison.

Liebhart öffnete den kleinen Schrank, der direkt neben dem Bett stand. Die Türen gingen knarrend auf. Ein dicker Winterpullover lag neben ein paar sauberen Wäschestücken. In einem Fach hatte Andrzej einige Blätter mit Notizen, Kassabons und einen Abholschein der Post für ein Paket aufgehoben.

Der junge Mann hatte peinlich Ordnung gehalten. Auf dem Waschbecken stand in einem Wasserglas eine grüne Zahnbürste. Ein Handtuch lag zusammengefaltet auf einem Sessel daneben. Ohne sie anzufassen, sah Rosa sich die Bücher an, die auf dem Nachttisch lagen. Sie waren alle in Polnisch verfasst; sie hätte zu gern gewusst, was Andrzej gelesen hatte.

»Hatte Herr Zieliński einmal Besuch?«, erkundigte sich Liebhart bei Frau Schrattner.

»Ich hab niemanden gesehen. Der war immer allein, ist zeitig am Morgen weg und erst sehr spät wiedergekommen«, antwortete sie von draußen.

Liebhart ging zu ihr auf den Gang. »Wie viele Gäste haben Sie jetzt?«

»Drei. Das sind Saisonarbeiter, alle vom Föhrenhof.«

Draußen donnerte der Verkehr der Klosterneuburger Straße.

»Haben Sie hier sauber gemacht?«, fragte Liebhart.

»Die sollen sich selbst das Zimmer sauber halten. Das ist nicht im Preis inbegriffen. Ich mach sauber, wenn sie abreisen. Sonst hat die Arbeit hier ja nie ein Ende.«

»Aber das Geld nehmen Sie schon?«, rief Rosa auf den Gang.

»Sicher, aber ich verlang ja auch fast nichts. So ein billiges Quartier finden Sie hier sonst gar nicht mehr«, antwortete Frau Schrattner.

»Wie viel verlangen Sie denn?«, wollte Liebhart angriffslustig wissen.

»Das geht Sie nix an.«

»Na ja, Sie können's auch dem Finanzamt erzählen, das wird Ihnen nämlich die Bude auseinandernehmen, wenn Sie nicht für jeden Gast eine Meldung vorweisen können.« Er zuckte die Schultern.

Lärm auf den Stufen kündigte die Männer der Spurensicherung an, die mit ihren Arbeitsgeräten zum Zimmer hinaufstiegen.

Als Frau Schrattner die Truppe sah, wurde sie bleich vor Wut.

Bevor sie zu keifen beginnen konnte, schob Liebhart sie weiter von der Tür weg. »Jetzt hurchn S' amal zua …«

Rosa nahm an, dass das, was Liebhart der Pensionswirtin zu sagen hatte, sich nicht sonderlich von dem unterschied, was er heute Morgen den Stiegenhausdrachen in Wien hatte wissen lassen.

Die Männer der Spurensicherung begannen sofort, das Zimmer zu untersuchen, und Rosa widmete sich wieder den Büchern auf dem Nachttisch. Nach einer Weile meldete ein Beamter der Spurensicherung einen Fund unter einem losen Brett im Fußboden.

Rosa trat hinzu und spähte in das Loch, in dem sie ein Paket erkannte. Der Beamte machte einige Aufnahmen, bevor er es vorsichtig aus dem Versteck hob und auspackte. Aus den losen Blättern der polnischen Zeitung, in die ein Gegenstand eingepackt worden war, blitzte es golden.

»Ein Brustkreuz«, sagte Rosa, als das letzte Zeitungsblatt entfernt worden war.

Liebhart beugte sich über den Schatz. »Stammt nicht aus der Wohnung von Friedrich Kobald, sonst hätten wir es nach Durchsicht des Katalogs schon vermisst.« Er drehte sich zu einem der Männer um. »Bringen Sie das sofort ins Labor! Rosa, ich möchte, dass du dir das Kreuz«, er sah auf die Uhr, »morgen ansiehst. Heute wird es hoffentlich noch möglich sein, Fingerabdrücke und andere Spuren auf dem Stück zu sichern. Ich ruf dich an, sobald du mit der Untersuchung beginnen kannst. Dann gehört es dir.«

Er wählte eine Nummer auf seinem Mobiltelefon und informierte das Labor über den Fund. Rosa verließ die Pension eine halbe Stunde später. Im Wegfahren konnte sie im Rückspiegel den wütenden Blick von Frau Schrattner sehen, die sie aus einem Fenster im ersten Stock beobachtete.

Kurz vor der Nordbrücke überlegte sich Rosa, einen Sprung in den Laden der Krautfrau im Kahlenbergerdorf zu machen. Einerseits wollte sie eingelegtes Gemüse kaufen, andererseits gab es keine bessere Informationsquelle als wartende Kunden in einem kleinen Dorfladen.

Das Krautgeschäft war voll mit schnatternden Frauen. Alle um die fünfzig im ländlichen Einheitslook: grobe, robuste Stoffe in gedeckten Farben. Die Wartenden verstummten, als die Glocke am Eingang anschlug und Rosa eintrat. Sie spürte, wie sie beobachtet wurde. Wieder galt der abschätzige Blick den bunten Sandalen. Sie schlenderte langsam zu ein paar gerahmten Fotos, die im Verkaufsraum aufgehängt waren und an die hundert Jahre alt sein mussten. Eines stellte den alten Dorfplatz vom Kahlenbergerdorf dar. Die Straße war noch nicht gepflastert, ein Fuhrwerk mit zwei stämmigen Pferden stand vor dem Wirtshaus. Ein anderes Bild zeigte eine windschiefe Weinberghütte am Leopoldsberg. Hinter dem Glas der Bilder steckten getrocknete Pflanzen. Rosa meinte, einen roten Fingerhut an seinen langstieligen Blättern zu erkennen, die kräftige Farbe des Blütenkelches war schon verblasst.

Die Frauen hatten das Gespräch inzwischen wieder aufgenommen. Sie kamen Rosa wie eine wogende Masse vor, die sich tratschend hin und her bewegte.

»Na, auf jeden Fall ist mir die Suppenschüssel geplatzt von dem Knall, und alles hat sich über das neue Tischtuch ergossen«, sagte eine.

»Ich war ja leider nicht im Dorf. Wir waren in Wien und haben unsere Pässe verlängern lassen.«

»Ein Rumser war das; ich hab mir gedacht, jetzt geht die Welt unter.«

»Also, ich war ja leider nicht da, denn wie gesagt: die Pässe.«

Die Krautfrau schöpfte aus einem Bottich mit einer Holzkelle, die sie in ihren dicken roten Händen hielt, grüne Gurken in einen Plastiksack.

»Der Nächste bitte«, bellte sie durch ihren Laden.

»Drei Gewürzgurken und zwei Gläser mit sauren Paprika«, rief jemand.

»Vor zwei Wochen erst hat das Haus der Zehetmair gebrannt, die Alte haben sie nur noch verkohlt gefunden.« Der Tratsch setzte erneut ein.

Rosa spitzte die Ohren, während sie eine ehemals scharlachrote Blüte eines Feuersalbeis bewunderte, die hinter das Glas einer Ansicht des Kahlenbergerdorfes geklemmt worden war.

»Ja, furchtbar. Die Zehetmair hat ja schon so lange allein gelebt.«

»Wie die das gemacht hat mit dem Riesen-Haus, ist mir ein Rätsel.«

»Das war ja schon total verfallen.«

»Und dann erst der junge Russe. Oder war das ein Pole? Na, der ersoffen ist.«

»Ja, furchtbar. Wieso kommen die denn jetzt zu uns?«

»Die Ausländer sollen bleiben, wo sie sind! Die kommen doch nur zu uns, um zu stehlen.«

»Genau, und dann erschlagen sie sich gegenseitig. Den hat sicher einer von seiner Bande umgebracht.«

Rosa verdrehte die Augen, manche Österreicher empfanden alle Menschen, die aus dem Ausland kamen, als Bedrohung. Da die Gespräche der Kundinnen nun ins Belanglose abrutschten, spähte sie in den rückwärtigen Teil des Geschäftes. Hinter einem aus roten, gelben und blauen Plastikschnüren bestehenden Vorhang im Türrahmen erkannte sie eine Art Lager, durch das eine weitere Tür in den Garten hinter dem Haus führte. Seit sie sich erinnern konnte, standen dort in großen Töpfen Engelstrompeten. Da die Pflanzen erst im Spätsommer blühten, wippten jetzt nur die länglichen, herzförmigen Blätter an den Stauden. Rosa versuchte, sich die Farben der Blütenkelche in Erinnerung zu rufen, und war ganz in Gedanken, sodass sie nicht merkte, dass sie inzwischen an der Reihe war.

Sie bestellte etwas Sauerkraut, drei Gläser eingelegte Paprika und zwei Gläser Senfgurken für ihre Freundin Johanna und beobachtete die Inhaberin, wie sie sich tief in ein großes Fass beugte, um die letzten Reste ihrer Ware in einen Plastiksack zu schöpfen. Der alte, schon ganz dunkle Krautstampfer schlug geräuschvoll an die Wand des Holzfasses. An den dick geschwollenen Beinen der Frau traten dunkle Krampfadern hervor. Rosa konnte sich nicht erinnern, sie jemals in anderer Kleidung als dem grauen Arbeitsmantel und den knöchelhohen Gesundheitsschuhen gesehen zu haben. Sie bezahlte und verließ den Laden.

Im Freien holte sie erst einmal tief Luft. Auf der anderen Straßenseite drehte sie sich noch einmal um und las den Namen, der in großen geschwungenen Buchstaben an der Fassade des Geschäftes geschrieben stand: »Tobler«. Ihrem Gedächtnis entglitt der Name immer wieder, bei ihr hieß die Inhaberin einfach »die Krautfrau«. Rosa wusste, dass Frau Tobler das Haus mit dem Geschäft von ihrer Mutter übernommen hatte, die mit einem Fuhrenbacher verheiratet gewesen war. Ein altes Holzschild, auf dem der Name »Fuhrenbacher-Kraut« zu lesen war, hing über dem Verkaufstresen. In die Schleifen des »F« waren kleine Enziane gemalt. Durchs Fenster konnte Rosa Frau Tobler sehen, wie sie ihr hinter ihrer Verkaufstheke stehend nachsah.

Starrt mich eigentlich jeder in diesem verdammten Ort an?, dachte sie entnervt, als sie die Einkäufe in ihrem Auto verstaute.

Sie fuhr die Heiligenstädter Straße ein Stück Richtung Wien und parkte ihr Auto am Nußdorfer Platz. Dort steuerte sie auf den Feinkostladen »Patzak« zu, ein winziges, exquisites Delikatessengeschäft auf der anderen Seite des Platzes. Vor dem Geschäft lagen, durch einen dunkelroten Sonnenschirm geschützt, in einer Holzkiste einzeln in buntes Seidenpapier eingewickelte goldgelbe Honigfeigen. Sie konnte nicht widerstehen und erstand zehn Stück.

Eine sehr passionierte Verkäuferin stand hinter der altmodischen Verkaufstheke. Rosa bildete sich ein, dass sie jede einzelne Honigfeige kurz streichelte, bevor sie sie in einen kleinen Karton legte. Außerdem kaufte Rosa noch Schinken und etwas Tapenade von schwarzen Oliven. Als sie bezahlen wollte, fiel ihr das Sommerfest am Wochenende im Flüchtlingsheim ein, das von ihrer Freundin Johanna Walser betreut wurde. Sie hatte versprochen, etwas mitzubringen.

Nachdem Rosa kein Fleisch in der Kühltheke liegen sah, fragte sie die Verkäuferin, die, nachdem sie den Kopf nachdenklich hin und her gewiegt hatte, ein leises »Moment, bitte« murmelte und im hinteren Teil des Geschäfts verschwand.

»Sie haben Glück«, rief sie kurz darauf. »Wir verkaufen Fleisch eigentlich nur auf Bestellung, aber die Chefin hat sich bei der gestrigen Lieferung kurzerhand entschlossen, etwas mehr zu nehmen. Was brauchen Sie denn?«

Rosa hatte sich dazu entschieden, für das Fest Vitello tonnato zuzubereiten. Dafür ließ sie sich ein Kilo Kalbstafelspitz einpacken, und um ihre Vorräte in der Tiefkühltruhe aufzufüllen, erstand sie einen Rindslungenbraten, zwei T-Bone-Steaks und ein Huhn, das für sie allein eigentlich viel zu groß war, doch die Verkäuferin hatte kein anderes mehr.

Die Summe, die Rosa schließlich bezahlte, war so horrend, dass ihr kurz schwindlig wurde. Noch benommen von den Ausgaben, wankte sie aus dem Geschäft Richtung Auto.

Zu Hause angelangt, verstaute Rosa ihre Einkäufe und goss noch schnell den Garten, bevor sie sich etwas zu essen machte. Wenig später stand sie bloßfüßig mit dem Gartenschlauch in der Hand bei ihrem Bougainvilleastrauch, dessen zarte Blüten unter den schweren Wassertropfen ihre Köpfe hängen ließen. Der Garten atmete nach dem heißen Tag unter dem feinen Wasserstrahl auf. Es schien, als ob der Sommer nach dem langen Regen jetzt mit aller Kraft das nachholen wollte, was er in den letzten Wochen versäumt hatte. Rosa erschrak, als sie jemanden ihren Namen rufen hörte. Am Gartenzaun standen Ludwig und Yvonne.

Ludwig Seebold war ein dreißigjähriger Mann, der bis vor Kurzem unter der Fuchtel seiner besitzergreifenden und tyrannischen Mutter gestanden hatte. Er half Johanna im Flüchtlingsheim aus und hatte dank ihr seit einem Jahr eine feste Anstellung im örtlichen Videoverleih und auch eine eigene Wohnung.

Im Sommer erfand er für Touristen, die Brunn besuchten, eine Attraktion nach der anderen. Johanna bekam jedes Mal einen Wutanfall, sobald er ihr von einer neuen Idee erzählte, da die für sie immer Probleme mit sich brachte. Vor zwei Wochen hatte sie Ludwig von der Polizeistation in Brunn abholen müssen. Eine wütende deutsche Pensionistin hatte seine Ausstellung erotischen Wurzelgemüses im Gemeindesaal von Brunn dermaßen anstößig gefunden, dass sie Ludwig ansatzlos zwei Watschen gegeben hatte. Es war zu einem Handgemenge gekommen, in dem Ludwig den Handtaschenträger der Frau zerrissen hatte. Die deutsche Touristin hatte in weiterer Folge geohrfeigt: den hinzueilenden Amtsdiener Schucherl und einen der beiden Polizisten, die daraufhin gerufen worden waren. Auf dem Dorfplatz hatten, als die Dame abgeführt worden war, der erfolglose Dorfpoet Hirnschaden und sein ebenso erfolgloser Lektor im Vorbeigehen ebenfalls noch je eine Watsche erhalten.

Zu Johannas grenzenlosem Erstaunen wurden Ludwigs Projekte immer ein voller Erfolg. Die Ausstellung war so gut besucht, dass sogar bei fast vierzig Grad die Besucher Schlange standen, um sie zu sehen.

Yvonne war ein hochgewachsener Transvestit, der in einem Bordell in Wien arbeitete. Rosa kannte sie seit dem letzten Fall, in dem sie gemeinsam mit Liebhart ermittelt hatte. Yvonne hatte für kurze Zeit ebenfalls in Gefahr geschwebt und Unterschlupf bei Rosa gesucht. Seitdem war sie aus ihrem Freundeskreis nicht mehr wegzudenken. Die meiste Zeit verbrachte sie mit Ludwig. Rosa und Johanna hatten schon Überlegungen angestellt, ob da nicht mehr war als Freundschaft. Über Ludwigs sexuelle Orientierung hatten sie sich kaum Gedanken gemacht, sie hatten immer vermutet, dass es keine gab.

Rosa drehte das Wasser ab und ging auf die beiden zu.

Ludwig legte den Kopf schief. »Wir müssen gleich weiter, wollten dich aber schnell an das Sommerfest am Samstag erinnern. Im Flüchtlingsheim, du weißt doch?«

»Ich bin dabei und bringe auch etwas mit.« Sie umarmte Yvonne, die in einem fast durchsichtigen türkisen Sommerkleid wunderschön aussah.

Zsua, Ludwigs karamellfarbene Labradorhündin, sprang hechelnd am Gartenzaun hoch, um Rosa zu begrüßen. Ihr Fell glänzte seiden in der untergehenden Sonne. Rosa streichelte ihr über den Kopf.

»Sag einmal, Ludwig, du hast doch als Kind viel Zeit bei deiner Tante in Klosterneuburg verbracht. Bist du über die aktuellen Ereignisse rund um das Kahlenbergerdorf informiert?«, fragte sie, während die Hündin ihr mit samtweicher Zunge die Hand ableckte.

»Du meinst die Mure? Oder das Haus, das dort vor ein paar Wochen abgebrannt ist? Ja, ja, war eine traurige Geschichte. Nur noch die alte Frau Zehetmair hat dort gewohnt. Ihre Zwillingsschwester ist vor acht Jahren gestorben. Die hab ich ganz gut gekannt, weil ich ihr beim Verkauf ihrer Teppiche geholfen habe.«

Er wandte sich an Yvonne. »Sie konnte nämlich wunderschön knüpfen. Doch dann wurde sie immer eigenartiger, ist langsam verkalkt, nehme ich an. Und eines Tages hat sie keine Teppiche mehr geknüpft, sondern machte nur lauter Knoten in die Wolle. Alle möglichen Knoten. Und dann hat sie sich einen Knoten in ein Seil geknüpft, denn das konnte sie ja perfekt, und sich mit dem Seil in der Scheune aufgehängt.«

»Ludwig«, rief Rosa und schlug sich die Hände vor den Mund, »wenn das schon wieder so eine Geschichte von dir ist ...«

»Das ist die Wahrheit, ja, ja. Baumelte da an ihrem letzten perfekten Knoten in der Scheune. Ihre Schwester hat sie gefunden. Das war eine Sache.«

Rosa und Yvonne starrten ihn erschrocken an.

»Sie ist da wirklich an einem wunderschönen Knoten gehangen«, fügte er noch einmal hinzu. »Übrigens habe ich gesehen, wie das Haus gebrannt hat.«

»Wie, gesehen? Du warst in der Nacht dort?«, rief Rosa aus.

»Ich bin seit meiner Kindheit Mitglied der ›Naturfreunde Wien‹, der Paddelgruppe in der Kuchelau«, fügte er erklärend hinzu. »Wir haben ein eigenes Freizeitzentrum im Kuchelauer Hafen. Ich war dort, als das Haus abgebrannt ist.«

»Und du konntest das Feuer vom Hafen aus sehen?«

»Ja, ich habe die Flammen über den Baumwipfeln deutlich erkennen können. Es war eine sternenhelle Nacht. Die Farbe des Feuers war Gelb, nein, eher Weiß, also, ich denke, Gelb und Weiß. Der Rauch war fast schwarz, es hat unheimlich ausgesehen.«

»Weswegen warst du denn mitten in der Nacht im Hafen?«, wunderte sich Yvonne.

»Ich habe ein Experiment durchgeführt«, erwiderte Ludwig redselig, und Rosa krallte ihre Finger um die Zaunlatten.

Bitte nicht weiterfragen, dachte sie inbrünstig.

»Was für ein Experiment?«

Mist!, dachte Rosa.

»Ich züchte Süßwasserkrebse im Kuchelauer Hafen.« Ludwig sah sie stolz an.

Rosa nickte und presste die Lippen zusammen.

»Wieso kontrollierst du die Käfige nicht untertags?« Yvonne sah ihn interessiert an.

»Weil die private Zucht, ob jetzt Fisch oder Krebs, im Hafen verboten ist. Deswegen kann ich nur in der Nacht nach dem Rechten sehen. Ich habe auch eine Grubenlampe, sonst finde ich ja die Saiten des Banjos nicht.«

Rosa war sich sicher, dass man ihre Lippen nun gar nicht mehr sehen konnte.

»Wofür brauchst du denn das Banjo?«, fragte Yvonne und verscheuchte eine Fliege, die um ihren Kopf kreiste.

Oh mein Gott, dachte Rosa, wenn der jetzt noch mehr ins Detail geht, gehen mir ein paar Gehirnzellen drauf.

Demonstrativ sah sie auf eine imaginäre Uhr an ihrem Handgelenk, eine Geste, die sie in letzter Zeit bei mobiltelefonverseuchten Menschen öfter sah und die ihr wahnsinnig auf die Nerven ging. Sie habe ja noch so viel zu tun, verabschiedete sie sich und ging schnell auf ihr Haus zu.

In der Küche legte sie etwas Schinken, den sie im Feinkostladen Patzak gekauft hatte, auf eine Scheibe Bauernbrot und biss genussvoll hinein. Während die Brotrinde zwischen ihren Zähnen krachte, dachte sie an das Brustkreuz aus Andrzej Zielińskis Zimmer. Leider hatte sie nur einen kurzen Blick darauf werfen können, bevor die Spurensicherung es eingepackt hatte. Es war aufwendig gearbeitet, sie meinte, Blütenzweige in Emailarbeit gesehen zu haben. Das Kreuz war mit einem Reliefband umgeben, das der zierlichen Silberarbeit Halt gab. Rosa war gespannt auf die morgige Analyse, sie merkte, wie ihr alter Tatendrang zurückkam.

Das Gespräch mit Ludwig fiel ihr wieder ein, und sie beschloss, mehr über das abgebrannte Haus der Zehetmair-Zwillingsschwestern in Erfahrung zu bringen. Deswegen rief sie Johanna an und bat sie, ihr Zeitungsausschnitte der Lokalnachrichten der letzten zwei Wochen zu borgen. Sie versprach, ihr die Zeitungen später vor die Tür zu legen. Johanna las alles, was ihr vor die Nase kam, und »archivierte« für sie interessante Zeitungsausschnitte, indem sie sie nach Interessengebieten in ihrem Haus stapelte. Tische, Stühle und Bücherregale waren übersät mit Papieren. Sie verlor überraschenderweise nie den Überblick und fand in kürzester Zeit, was immer sie suchte.

Im Bett blätterte Rosa noch einmal den Katalog von Friedrich Kobald durch. Ihre Gedanken kreisten jedoch immer wieder um die Geschichte der Zehetmair-Schwestern. Sie überlegte, ob die seltsamen Ereignisse der letzten Wochen irgendwie zusammenhängen könnten: Ein Haus im Kahlenbergerdorf brennt ab, die alte Frau, die dort wohnte, kommt in den Flammen um. Ein Sammler in Wien wird ermordet und eine Monstranz aus seiner Sammlung gestohlen. Wenig später entdecken Taucher die Leiche eines jungen Polen im Kuchelauer Hafenbecken. In seinem Rucksack befindet sich das Bild einer Ikone. Am selben Tag geht vom Leopoldsberg eine Mure ab und gibt dreißig Skelette frei. Im Zimmer des ertrunkenen Polen findet man ein Brustkreuz.

Mit diesem Kahlenbergerdorf stimmt was nicht, waren Rosas letzte Gedanken, bevor sie in einen unruhigen Schlaf fiel.

***

Der Pfarrer war sehr nett. Ich hatte das Gefühl, dass sich in seiner Gemeinde nur noch wenig junge Leute für die Kirche interessieren. Er konnte mir allerdings nicht weiterhelfen, denn er ist erst seit zwei Jahren da, und alles, was ich wissen möchte, ist schon vor so langer Zeit passiert. Er hat mir geraten, zu Frau Zehetmair zu gehen. Eine alte Dame, lebt sehr zurückgezogen. Die soll sich an alles erinnern können. Ich habe also wieder einen Namen.

7

Die Sonne stieg gerade träge über die Hügel und tauchte das Tal vor Rosas Haus in dunstiges Morgengrau, als das Telefon läutete.

»Ich habe die Obduktionsunterlagen von Zieliński«, begann Schurrauer. »Rate, was er im Magen hatte.«

»Bigos?«

»Gesundheit«, wünschte Schurrauer, und Rosa grinste.

»Bigos ist ein polnisches Nationalgericht, das hauptsächlich aus Kraut besteht«, erklärte sie ihm.

»Oh, na, wie auch immer. – Nein, Papier!«

»Wie, Papier?«

»Papierstücke. In der Gerichtsmedizin haben sie Seiten aus seinem Tagebuch in seinem Magen gefunden.«

»Ich komme.«

Als sie aus dem Haus trat, stolperte sie beinahe über ein Paket mit Zeitungen, das Johanna ihr gestern Abend noch vor die Tür gelegt haben musste. Sie trug es ins Haus, suchte schnell die für sie interessanten Artikel, schnitt sie aus und stopfte sie in ihre Tasche.

Als sie erneut ins Freie trat, hatte sich der Morgendunst schon aus den Tälern verflüchtigt, die Steine der Auffahrt waren aber noch feucht vom Tau. Rosa atmete die frische, würzige Luft tief ein.

Auf dem Weg von ihrem zu Johannas Haus lag eine scharfe Kurve. Der Regen hatte auch hier seine Spuren hinterlassen und den Straßenuntergrund ausgeschwemmt, sodass ein Stück der Fahrbahn abgebrochen war. Rosa bemerkte im Vorbeifahren, dass sich weitere Risse im Asphalt Richtung Straßenmitte gezogen hatten. Sie fuhr langsam und vorsichtig, da sie Angst hatte, in ihrem Auto mit der brechenden Fahrbahn den Hang hinunter und in den Straßengraben zu rutschen.

Vor Johannas Haus hielt sie an und stellte ihr die zwei Gläser Senfgurken, die sie gestern gekauft hatte, vor die Tür. Dann machte sie sich auf den Weg nach Wien.

Der Verkehr auf der Autobahn war um diese Uhrzeit noch erträglich, aber auf der Roßauer Lände zog sich ein Stau bis in die Innere Stadt, da nahe dem Schwedenplatz eine Baustelle war. Rosa sah auf den Donaukanal und betrachtete die Büsche in der milchigen Luft, die, erschöpft von der Hitze, ihre Äste in die grüngrauen Fluten hängen ließen.

Rosa spürte, wie sich unglaubliche Müdigkeit in ihr breitmachte. Sie hatte nicht gut geschlafen, und die Hitze in der Stadt setzte ihr zu. Es ärgerte sie, dass sie bis jetzt bei dem Fall in kunstwissenschaftlicher Hinsicht gleich null herausgefunden hatte.

Die Tür zu Liebharts Büro stand offen; Rosa konnte sehen, dass auch Schurrauer schon da war. Im Vorraum saß Frau Grand wie ein nicht zu bezwingender Fels.

»Guten Tag, Frau Grand«, begann Rosa und blieb vor dem Schreibtisch der Sekretärin stehen. »Wie es aussieht, werden wir wieder das besondere Missvergnügen haben, einander in nächster Zeit öfter zu sehen. Zu diesem Einstand möchte ich Sie wissen lassen, dass ich Ihnen noch immer die Pest an den Hals wünsche.«

»Und Sie möge bei baldiger Gelegenheit der Schlag treffen«, entgegnete Frau Grand. »Wollen Sie Milch zu Ihrem Kaffee?«

»Ja, bitte, und vielen Dank«, erwiderte Rosa, bevor sie in Liebharts Büro trat und die Tür hinter sich schloss.

»Ich habe mich immer noch nicht an euren Umgangston gewöhnt«, sagte Liebhart, als sie eintrat.

»Wir verstehen uns ausgezeichnet«, antwortete Rosa und stellte ihre Leinentasche auf einen freien Sessel.

Auf dem Tisch lagen großformatige Fotos der Papierreste, die man in Andrzej Zielińskis Magen gefunden hatte. Die Magensäure hatte bereits begonnen, das Geschriebene zu zerstören. Dem Labor war es aber gelungen, einen Großteil zu rekonstruieren.

»Wir haben die fehlenden Seiten bestimmten Stellen im Tagebuch zuordnen können. Es sind die letzten drei Blätter. Er hat sie nicht zerrissen, sondern als Ganzes geschluckt«, begann Schurrauer.

»Und sie zeigen ausnahmslos Zeichnungen der Ikone«, fügte Liebhart hinzu.

Rosa beugte sich über die Fotos. »Er hat die Blätter sicher nicht freiwillig herausgerissen und geschluckt. Wenn ich vorhabe, ein Blatt zu schlucken, mache ich es mir so einfach wie möglich: Ich zerreiße es in kleine Fetzen. Es ist nicht besonders angenehm, so große Papierstücke zu schlucken.«

»Mit Sicherheit nicht«, stimmte Schurrauer ihr zu. »Er hat es laut Obduktionsbericht auch nicht oft gekaut. Was ein zusätzliches Indiz dafür ist, dass er gezwungen wurde. Abgesehen davon hat ihm ein Zahn gefehlt, den der Pathologe ebenfalls in seinem Magen gefunden hat, und er hatte Verletzungen in Mund- und Rachenraum, die wahrscheinlich entstanden sind, als man ihm die Seiten mit Gewalt in den Mund gestopft hat.«

Rosa wurde kalt bei dem Gedanken daran, welche Grausamkeit Andrzej widerfahren war, bevor er starb. »Konnte der Todeszeitpunkt schon festgestellt werden?«, fragte sie.

Schurrauer nickte. »Dr. Ahran konnte nur sagen, dass Zieliński zwischen zwei und drei Tage im Hafenbecken gelegen hat. Es ist leider kaum möglich, den genauen Todeszeitpunkt von Wasserleichen zu bestimmen. Die Verwesung im Wasser macht es dem Pathologen schwer.«

»Das heißt, dass er nicht der Mörder von Kobald sein kann. Denn der ist einen Tag, bevor wir Zieliński gefunden haben, ermordet worden.« Liebhart schüttelte den Kopf. »Wissen wir schon, wie Zieliński ums Leben gekommen ist?« Er sah Schurrauer fragend an.

»Er ist mit einem stumpfen, runden Gegenstand erschlagen worden. Dr. Ahran hat Holzsplitter in der Wunde am Hinterkopf gefunden. Sie werden gerade untersucht. Das Wasser hat sehr viele Spuren weggeschwemmt oder unbrauchbar gemacht. Interessant ist ein Abdruck auf seiner Stirn.« Schurrauer warf einen kurzen Blick zu Rosa und legte dann ein Foto aus der Pathologie auf den Tisch. In Nahaufnahme konnte man eine Art Muster auf Andrzej Zielińskis Stirn erkennen.

»Was ist das?« Liebhart beugte sich tiefer über das Foto.

»Sieht aus wie der Abdruck einer Perlenkette«, meinte Rosa.

»Aber was ist das für ein breiter Strich, der unter der Perlenreihe verläuft?«, fragte Schurrauer.

Ratlos schwiegen sie einige Sekunden.

»Schauen wir einmal, was die Spurensicherung findet. Vielleicht können die den Abdruck einem Schmuckstück, das als gestohlen gemeldet wurde, zuordnen.« Liebhart richtete sich wieder auf.

Rosa bat um eine Kopie des Fotos, dann fuhr Schurrauer fort. »Wir haben am Rucksack von Zieliński fremde DNA sicherstellen können, brauchen für die Bestimmung aber eine Vergleichsprobe. Der Rucksack ist durch viele Hände gegangen: durch die des Wanderers, der ihn gefunden hat, die des Polizisten, der ihn entgegengenommen hat. Wir konnten auch weibliche DNA finden, die vielleicht von der Zimmerwirtin stammen könnte. Wir sind dabei, das zu untersuchen.«

»Das heißt DNA sammeln«, meinte Liebhart und wandte sich dann an Rosa. »Möglicherweise bringt uns das Brustkreuz ja mehr Informationen, du kannst es dir nach unserer Besprechung ansehen. Das Labor weiß Bescheid.«

Plötzlich wurde die Tür mit solcher Wucht aufgestoßen, dass sie vom Türstopper zurückfederte und Frau Grand, die gerade das Zimmer mit einem Tablett voller Getränke betrat, beinahe getroffen hätte. Die Sekretärin knallte das Tablett auf den Tisch, sodass die Flüssigkeiten überschwappten, und verließ den Raum wieder, ohne die Tür zu schließen. Draußen versank sie langsam in ihrem Bürosessel.

Rosa hatte nicht einmal aufgesehen. Sie nahm sich ihre Kaffeetasse vom Tablett und achtete darauf, sich nicht anzupatzen. »Habt ihr die Familie von Andrzej ausfindig gemacht?«

»Ja, er kommt aus Zamość, einer Stadt im südöstlichen Teil Polens, rund zweihundertvierzig Kilometer von der Hauptstadt Warschau entfernt.« Schurrauer stand auf und ging zu der großen Landkarte, die an einer Wand des Büros hing. Nach ein paar Minuten fand er den Ort und zeigte mit dem Finger darauf. »In seiner Brieftasche haben wir ein Zugticket gefunden – er hat Polen am 1. Mai verlassen.«

Liebhart hievte sich ächzend aus dem Sessel und begann, auf einer Tafel eine Zeitlinie aufzuzeichnen, die mit dem 1. Mai begann.

Während Schurrauer weitersprach, fuhr er mit dem Finger den Weg auf der Karte nach. »Er hat die Grenze nach Ungarn überquert und ist am selben Tag in Österreich eingereist. Am 13. Mai nimmt er sich ein Zimmer in der Pension Schrattner in Klosterneuburg, wo er bis zu seinem Tod um den 31. Mai bleibt.«

Liebhart trug die Daten und kurze Stichworte auf dem Zeitstrahl ein.

»Am 2. Juni wird Friedrich Kobald in Wien erschlagen. Auf dem Mordwerkzeug befinden sich die Fingerabdrücke von Zieliński«, ergänzte Liebhart.

Es entstand eine kurz Stille, während der alle drei auf die Tafel starrten. Rosa versuchte, einen Zusammenhang zwischen den Ereignissen zu erkennen.

Schurrauer setzte sich wieder und strich über die Seiten seines Notizbuches. »Zieliński war zweiunddreißig Jahre alt und seit drei Jahren mit Agnieszka Zielińska verheiratet. Wir haben sie schon verständigt; sie wird in den nächsten Tagen hier eintreffen und seine Leiche und seine persönlichen Gegenstände abholen.«

Rosa kramte in ihrer Tasche, holte die Zeitungsausschnitte von Johanna heraus und breitete sie auf dem großen Besprechungstisch aus. »Es sind eigenartige Dinge passiert, seit Andrzej auf der Bildfläche erschienen ist.«

Rosa ordnete die Zeitungsausschnitte chronologisch.

»Er taucht am 13. Mai in Klosterneuburg auf«, begann sie. »Am 27. Mai brennt das Haus der Zehetmair bis auf die Grundmauern ab.« Rosa zeigte auf einen Zeitungsausschnitt vom 28. Mai, der von dem tragischen Ereignis berichtete. »Das Zehetmair-Haus war hundertfünfzig Jahre alt, damals hat man die Häuser noch mit dicken Mauern gebaut, die brennen nicht einfach so. Noch dazu hat es in Wien und Umgebung fast den ganzen Mai über ununterbrochen geregnet, und zwar so stark, dass am 1. Juni eine Mure in den Kuchelauer Hafen abging, kurz nachdem Andrzej ermordet worden war.«

»Am 3. Juni findet eine Explosion im Pfarramt statt«, fügte Schurrauer nachdenklich hinzu.

Der Raum heizte sich durch die Sonne, die erbarmungslos durch die Fenster brannte, zunehmend auf. Rosa spürte, wie sie zu schwitzen begann, und öffnete ein Fenster. Sofort drang lauter Straßenlärm herein.

»So viel passiert in einem Ort wie dem kleinen Kahlenbergerdorf normalerweise in zehn Jahren nicht«, meinte sie und setzte sich wieder.

»Wir sollten jeder Spur nachgehen. Ich erkundige mich bei der Feuerwehr im Dorf, ob sie in den Resten des Hauses und im Pfarramt Spuren von Brandstiftung gefunden hat«, meinte Liebhart und trug die von Rosa vorgetragenen Daten und Ereignisse auf der Zeitlinie ein.

Frau Grand erschien mit einem Paket. »Sie wollten sofort Bescheid wissen, wenn die Postsendung da ist«, sagte sie zu Liebhart.

Nachdem sie gegangen war, begann er, das Paket aufzuschnüren, und erklärte dabei an Schurrauer gewandt: »Rosa und ich haben im Zimmer von Zieliński einen Benachrichtigungsschein der Post gefunden. Das ist für ihn hinterlegt worden.«

Nachdem er die Schnüre entfernt hatte, hob er vorsichtig den Deckel, und alle drei sahen auf ein Buch in polnischer Sprache, dessen Umschlag mit Blüten und Knospen verziert war. Liebhart hob vorsichtig den Buchdeckel mit seinem Kugelschreiber an. Neben Abbildungen von Pflanzen und Blumen standen kurze Texte in Polnisch.

»Er hat sich einen botanischen Atlas schicken lassen?«, staunte Rosa.

»Scheint so. Ich lass uns eine deutsche Version beschaffen, wenn es eine gibt, oder ich lasse es übersetzen. Nachdem wir jedoch noch immer auf die deutsche Version von Zielińskis Tagebuch warten, denke ich, dass das dauern wird«, antwortete Schurrauer.

Er untersuchte das Paket und fand als Absender einen Warschauer Buchversand.

»Ich fahre jetzt ins Labor und nehm mir das Brustkreuz vor.« Rosa griff nach ihrer Leinentasche.

»Und ich rede mit der Feuerwehr im Kahlenbergerdorf«, sagte Liebhart und wandte sich noch einmal an Schurrauer: »Erkundige du dich in der Zwischenzeit bitte, wie weit sie mit der Untersuchung der Skelette sind.« Schurrauer nahm das Paket unter den Arm und verschwand.

Das Labor der Kulturgutfahndung lag im Bundeskriminalamt am Josef-Holaubek-Platz im 9. Bezirk. Rosa ließ sich vom Portier einen Besucherausweis geben und ging dann über den großen Innenhof, in dem beschlagnahmte Autos standen, zur Eingangstür. Frau Dr. Reschreiter, die Leiterin des kriminaltechnischen Labors, wartete schon auf Rosa. Sie kannten einander vom letzten Fall. Rosa fand, dass ihr der Sommer gut stand. Sie war von Natur aus ein dunkler Typ, und ihr Teint hatte durch die Sonne die Farbe von

Bronze angenommen. Das dichte Haar war zu einem dicken Rossschwanz gebunden.

Rosa wurde von ihr in einen Raum geführt, in dem auf einem Stahltisch, von Neonlampen beleuchtet, das Brustkreuz und ein vorläufiger Bericht der Spurensicherung lagen. An den Wänden ringsherum stapelten sich Kästen, in denen Einweghandschuhe, Wattestäbchen und sonstige Utensilien in Kartons lagen. Ein moderner Rechner mit Flachbildschirm und Scanner stand nahe dem Fenster, das durch eine Jalousie verdunkelt wurde, um die zu untersuchenden Kunstgegenstände vor Sonneneinstrahlung zu schützen. Der Anblick des kunstvoll gearbeiteten Brustkreuzes in diesem kühlen technischen Raum hatte etwas Unwirkliches.

Als die Laborleiterin gegangen war, zog Rosa einen Block aus ihrer Tasche und begann mit der Begutachtung. Das Erste, was ihr auffiel, war, dass sich am Fuße des Kreuzes eine leere, ovale Einfassung befand. Ursprünglich dürfte dort ein Edelstein befestigt gewesen sein. Rosa griff zu einem Lineal und vermaß die leere Umrandung.

»Circa vier Zentimeter lang und an der breitesten Stelle eineinhalb Zentimeter breit. Ziemlich groß für einen Edelstein.« Sie machte sich eine Notiz.

Das Kreuz schien ihr poliert worden zu sein, mit Hilfe einer Lupe konnte sie Rückstände einer weißen Substanz feststellen. Es war sorgfältig mit einer Reinigungsmilch eigens für Edelmetalle eingerieben und danach auf Hochglanz gebracht worden. Laut Bericht der Spurensicherung waren ausschließlich Andrzej Zielińskis Fingerabdrücke darauf gefunden worden. Je mehr Rosa ins Detail ging, desto faszinierter war sie von der feinen Arbeit und dem großen Geschick des Künstlers, der dieses Kreuz geschaffen hatte. Aufgrund der klaren Formgebung und der Goldschmiedearbeit schätzte sie, dass es im 17. Jahrhundert hergestellt worden war, die Materialanalyse würde eine genauere zeitliche Einordnung ermöglichen.

Die Filigranornamentik war mit Email ausgefüllt, das vom hellsten Wasserblau bis zum leuchtendsten Türkis reichte. Wie Flammen wuchsen kräftige Blütenstiele aus dem Fuß und umgaben Christus, die Gottesmutter und Johannes, den Evangelisten, die in Treibarbeit in der Mitte des Kreuzes auf einer Goldplatte dargestellt waren. Im oberen Teil war Gott, von einem herzförmigen Wolkenbett eingerahmt, abgebildet. Die zarten Blütenranken waren in Niello-Technik betont, einer Technik, bei der der Künstler die Gravuren mit einer Mischung aus Kupfer, Silber und Schwefel bedeckt. Danach wird das Kunstwerk poliert, und nur die Vertiefungen der Gravuren sind noch mit dem dunklen Gemisch ausgefüllt.

Auf der Suche nach der Punzierung zog Rosa ein paar Stoffhandschuhe an und drehte das Kreuz in ihren Händen. Als sie mit bloßen Augen keinen Stempel oder das Zeichen eines Goldschmiedes finden konnte, hielt sie es hochkant unter eine stark vergrößernde Lupe, die an einem Arm am Tisch befestigt war, und stutzte verwundert. Die Goldplatte, auf der der gekreuzigte Christus, die Gottesmutter und der Evangelist Johannes dargestellt waren, saß locker. Die Lötnaht war auf der linken Seite aufgegangen, und als sie sie untersuchte, konnte sie Kratzspuren eines scharfen Gegenstandes erkennen. Vorsichtig schob sie eine Pinzette, deren Enden sie mit Watte umwickelt hatte, in den Spalt. Als sie die Goldplatte etwas anhob, brach ihr der Schweiß aus. Die Welt um sie herum verstummte, sie hörte die Geräusche vom Gang nicht mehr. Unter der Platte steckte ein zusammengefaltetes Stück Papier.

Rosa überlegte, was sie machen sollte. Sie hatte nicht die nötige Ausrüstung, um das Papier zwischen den Platten herauszuziehen, dazu war der Spalt zu schmal. Vielleicht war es sehr altes Papier, dann bestand die Gefahr, dass es endgültig ruiniert würde. Auch wollte sie das Brustkreuz nicht beschädigen, indem sie die angebrachte Goldplatte mit der Darstellung einfach vollständig herunterlöste. Obwohl sie vor Neugier kaum an sich halten konnte, beschloss sie, zuerst Frau Dr. Reschreiter nach ihrer Meinung zu fragen; sie konnte die Entscheidung nicht allein treffen. Nachdem die Laborleiterin sich Rosas Entdeckung angesehen hatte, entschieden die beiden Frauen, die Platte von einem Goldschmied ablösen zu lassen. Des Weiteren sollte untersucht werden, mit welchem Werkzeug die Lötnaht gelöst worden war.

Rosa rief Liebhart an und teilte ihm die wichtigsten Erkenntnisse ihrer Untersuchung mit: Das Brustkreuz war russischen Ursprungs, so wie die Ikone, deren Foto man bei Andrzej gefunden hatte. Es war hervorragend gearbeitet, kostbar und stammte wahrscheinlich aus dem 17. Jahrhundert.

»Gibt es noch mehr Gemeinsamkeiten zwischen den beiden Kunstgegenständen?« Liebhart klang gehetzt und schien auf der Straße unterwegs zu sein.

»Der einzige Zusammenhang besteht darin, dass wir es mit sehr wertvollen liturgischen Gegenständen der Ostkirche zu tun haben«, meinte Rosa. »Das Beste kommt zum Schluss: Unter einer Abbildung von Christus, die in der Mitte des Brustkreuzes angebracht war, steckt ein Stück Papier.«

»Was steht drauf?«

Rosa berichtete ihm von Frau Dr. Reschreiters und ihrer Entscheidung, das Ablösen der Platte von einem Goldschmied durchführen zu lassen. Liebhart konnte seine Ungeduld nicht verbergen, sah aber ein, dass vorsichtiges Handeln angebracht war.

Erst als Rosa sich in die Autokolonne auf der Nordbrücke einreihte, hatte sie sich etwas beruhigt. Der Fund des Papierstückes konnte die Ermittlungen einen großen Schritt voranbringen. Obwohl es bereits später Nachmittag war, brannte die Sonne weiterhin unbarmherzig nieder. Sie hatte das Gefühl, als würde der Staub der Stadt zusammen mit ihrem Schweiß eine dicke Schmutzschicht auf ihrem Körper bilden. Der Verkehr war dicht, und sie stellte sich während der stockenden Fahrt nach Brunn vor, wie sie in den Sellnersee springen und das klare, kalte Wasser den Dreck der Stadt von ihr abwaschen würde. Rosa wollte Klarheit in ihrem Kopf und ihre Neugierde, was auf dem Zettel stand, in den Griff bekommen.

Beim Sellnersee angekommen, zog sie sich umständlich im Auto um, stieg dann schnell aus, nahm Anlauf und sprang hinein. Wie immer nahm sie keine Rücksicht auf ihre Frisur und tauchte schnell unter. Die Ikone kam ihr dabei in den Sinn. Sie ließ ihre Gedanken schweifen und versuchte, sich ein Bild von Andrzej zu machen. Ein junger Mann, der Tagebuch schrieb und in dessen Kopf die Ikone dauernd präsent war. Er war vor Friedrich Kobald gestorben, war aber in dessen Wohnung gewesen und hatte den Weihwassersprengel in der Hand gehabt. Rosa musste sich eingestehen, dass sie große Sympathie für ihn empfand, ohne ihn je kennengelernt zu haben. Sie konnte seine Fixierung auf das Bild der Muttergottes mit dem Kind nachvollziehen. Andrzej hatte viel auf sich genommen, und die Leute im Kahlenbergerdorf waren, wie viele

Wiener, nicht unbedingt freundlich und aufgeschlossen Fremden gegenüber.

Sie erreichte das gegenüberliegende Ufer, ihre Füße berührten kurz den Boden, dann stieß sie sich mit aller Kraft ab und schwamm zurück.

Den Rückweg nahm sie langsamer in Angriff, ihr Puls stellte sich auf die körperliche Anstrengung ein und wurde ruhiger. Sie schwamm mit kräftigen Zügen, bis ihr Kopf leer war, dann drehte sie sich auf den Rücken und ließ sich, schwer atmend, treiben. Wie vom dunklen Grund des Sees tauchte das Bild des Brustkreuzes erneut vor ihrem geistigen Auge auf. Sie überlegte, ob sie nicht ein paar vorsichtige Anfragen an Fachkollegen stellen sollte. Vielleicht wusste jemand, ob in letzter Zeit vermehrt liturgische Kunstgegenstände aus dem Osten auf den Markt gekommen waren. Noch einmal ließ sie die feine Handarbeit Revue passieren und war froh, das Stück Papier unter der Goldplatte gefunden zu haben. Sie bemerkte, dass ihr Herz schneller schlug, als sie daran dachte. Was konnte nur auf diesem Zettel stehen?

8

Als Rosa ihre Eingangstür aufsperrte, klingelte das Telefon.

»Fleisch oder Fisch?«, wollte Johanna unvermittelt wissen. »Und was mich noch mehr interessiert: weißen oder roten Wein?«

»Provenzalisches Huhn und einen Zierfandler vom Weingut Spaetrot in Gumpoldskirchen. Das Huhn ist allerdings fast so groß wie ein Kalb«, antwortete Rosa. »Ich bring alles mit.«

»Ohhh, Gumpoldskirchen«, schwärmte Johanna, »da sollten wir wieder einmal Wein einkaufen!«

Rosa beschloss, das Huhn bei sich zu Hause im Ofen zuzubereiten, da sie sich währenddessen noch duschen wollte. Sie lief in den Garten und grub ein paar kleine Zwiebeln und Knoblauch aus und schnippte mit dem Fingernagel drei Thymianzweige ab. Sie wählte einen knackigen Salatkopf und war beruhigt, als sie nicht eine einzige Nagespur von Schnecken darauf fand.

In der Küche wickelte sie vorsichtig vier frische Feigen aus dem Seidenpapier. Während sie das Huhn zerteilte, fiel ihr die Nacht letzten Jahres ein, als der flüchtige Mörder ihres damaligen Falles sie in seine Gewalt gebracht hatte. Das Gefühl der Ohnmacht, während sie damals misshandelt worden war, wurde wieder präsent. Sie biss die Zähne zusammen und zerteilte mit einem scharfen Messer die Hühnerbrust.

Rosa war noch nie einem anderen Menschen gegenüber handgreiflich geworden. Sie konnte sehr wütend werden, aber der entscheidende Schritt, ein Lebewesen zu verletzen, war für sie eine Schwelle, die sie nicht übertreten wollte.

Sie löste die Keulen vom Huhn, indem sie das Gelenk ausdrehte.

In jener Nacht im letzten Dezember hatte sie die Erfahrung gemacht, dass es Menschen gab, für die diese Schwelle nur eine dünne Membran war, die sie leicht überschreiten konnten. Was danach folgte, konnte bis zu Mord führen. Rosa hatte die Gewalt, mit der sie krankenhausreif geschlagen worden war, als so zerstörerisch empfunden, sich so ausgeliefert gefühlt, dass sie bis heute nicht annähernd darüber hinweggekommen war. Ihre Finger umklammerten den Messergriff, sodass die Knöchel weiß hervortraten. Schnell atmete sie tief durch und löste den Griff.

»Nie wieder wird mir so was passieren«, knurrte sie.

Sie blanchierte eine Handvoll Mandelkerne, rieb die Hühnerteile mit Salz und Pfeffer ein und ließ etwas Butter in einer gusseisernen Pfanne zergehen. Die Katze wurde vom Geruch des frischen Fleisches angezogen und strich schmeichelnd um ihre Beine. Rosa schabte etwas Hühnerfleisch von einem Knochen und füllte damit das Fressschüsselchen.

Ihr Peiniger hatte zwei Menschen geköpft. Als sie ihn geschnappt und sein Lager durchsucht hatten, hatten die Polizisten eine Collage gefunden, auf der Rosas Freund Paul abgebildet gewesen war.

Rosa briet die Hühnerteile von allen Seiten scharf an, wobei sie darauf achtete, dass die Butter nicht schwarz wurde. Dann legte sie das Huhn in eine Tonschüssel, die sie vorher mit kaltem Wasser ausgespült hatte, hackte die Zwiebeln klein und zog dem Knoblauch die Schale ab.

Eine farbige Kopie der Collage war ihr von der Polizei übergeben worden und lehnte seitdem an einem Bücherregal in Rosas Haus. Es war ein großformatiges Bild mit Ausschnitten aus einem Filmplakat zu »A Clockwork Orange« nach dem gleichnamigen Roman von Anthony Burgess. Sie kannte es inzwischen auswendig.

Sie erhitzte etwas Öl und warf die Zwiebel und den Knoblauch hinzu. Bevor sie das Ganze mit Weißwein ablöschte, ließ sie es ein wenig anschwitzen. Dann gab sie die Mandeln und die Thymianzweige dazu und ließ den Sud aufkochen.

Rosa warf einen Blick über ihre Schulter zu der Collage; sie zeigte Einsteins Formel der Relativitätstheorie $E = mc^2$ unter zwei aus einer Illustrierten ausgeschnittenen Rasenstücken und einen Lottoschein, der über das Bild eines Hundes geklebt worden war.

Der Fond war nun dick genug eingekocht. Rosa goss ihn über das Huhn in die Tonschüssel und schob sie in den Backofen.

Paul war vor ein paar Jahren auf einem Steg am Komatsee ausgerutscht und mit seinem Kopf so heftig auf einen Holzpflock geprallt, dass ein Stück des Holzes abgebrochen war. Er war in den See gefallen und ertrunken.

Im linken unteren Bereich der Collage war ein Foto von ihm, er stand in einer dunkelblauen Regenjacke mit den Händen in den Hosentaschen am Ufer des Sees und starrte auf die spiegelglatte Oberfläche. Er trug dieselbe Kleidung wie am Tag seines Todes. Hinter ihm sah man den Scheinwerfer seines Autos, der Rest des Bildes war mit Fotos aus Zeitungen bedeckt.

Die Katze strich wieder um Rosas Beine, sie hob sie hoch, legte sie in ihre Arme und begann, sie am Bauch zu kraulen. Das schien dem Tier zu gefallen, und es bog sich auf Rosas Arm genussvoll nach hinten.

Der Hersteller der Collage konnte leider nicht mehr befragt werden, wie er zu Pauls Foto gekommen war. Er hatte sich in seiner Zelle erhängt. Bis heute blieb es ein Rätsel, wie er den Gürtel dorthin hatte schmuggeln können. Die nachfolgenden Untersuchungen hatten ergeben, dass wohl ein Wärter bestochen worden war, von wem, konnte die Polizei aber nicht herausfinden. Personen mit den nötigen Mitteln und Beziehungen hatten offensichtlich von draußen dafür gesorgt.

Rosa war sich seitdem sicher, dass Pauls Tod kein Unfall gewesen und das Foto an seinem Todestag aufgenommen worden war. Aus welchen Gründen auch immer hatte ihr Peiniger es in seine Collage eingebaut. Bis jetzt hatte Rosa nicht herausfinden können, warum Paul sterben musste, aber sie war sich sicher, dass die Hintermänner noch immer auf freiem Fuß waren.

Rosa hatte sich nach seinem Tod vor drei Jahren komplett zurückgezogen. Von dem Geld, das sie einst als Beraterin zahlreicher Auktionshäuser verdient, und von dem, was Paul ihr hinterlassen hatte, konnte sie problemlos leben. Das Haus war ausbezahlt, und Rosa war mit ihrem Leben so weit zufrieden. Ab und zu schrieb sie noch immer Gutachten für diverse Auktionshäuser, die wegen Rosas guten Rufes in der Branche immer wieder an sie herantraten.

Die Arbeit an den mysteriösen Mordfällen vor einem halben Jahr hatte sie wieder ins Leben zurückgeholt, und so hatte sie mit Liebhart vereinbart, auch weiterhin auf Abruf für die Polizei zu arbeiten, sobald Kunstgegenstände im Spiel waren, wenn er sie im Gegenzug bei Nachforschungen zu Pauls Tod unterstützen würde.

Rosa riss sich aus ihren Gedanken, setzte die Katze ab und lief in den ersten Stock, um zu duschen. Es würde am Abend sicher frisch werden, der Sommer hatte noch nicht genügend Kraft, und so entschied sie sich, eine Jean anzuziehen. Sie streifte sich ein zweifärbiges Langarmshirt über und schlüpfte in flache Sandalen. Zum ersten Mal fiel ihr auf, wie braun ihre Zehen schon geworden waren.

Im Erdgeschoss lag der würzige Duft des Huhnes in der Luft. Rosa hob die Tonschüssel aus dem Ofen und legte drei aufgeschnittene Feigen auf den dampfenden Braten. Dann verschloss sie das Gefäß und stellte es vor die Haustür, damit es vor dem Transport ein bisschen abkühlte.

Nachdem sie die Kellertür geöffnet hatte, verrenkte sie sich, um den Lichtschalter zu erreichen, der durch eine Laune eines trinkfesten Elektrikers oberhalb des niedrigen Türrahmes befestigt war. Nur langjährige Freunde, die die ungewöhnliche Position des Schalters kannten, konnte Rosa allein in den Keller schicken. Obwohl ihre Weinvorräte noch immer beachtlich waren, wurde sie etwas nervös, als sie die gelichteten Reihen sah. Sie fischte eine Flasche Zierfandler aus dem Regal und lief die Treppe wieder hinauf. Im Stehen ging sie schnell ihre Post durch und stutzte bei einem Brief. Schnell riss sie ihn auf und begann zu lesen.

Als Rosa vor Johannas Haus vom Rad stieg, begann die Sonne bereits unterzugehen. Sie klemmte sich die Flasche Wein unter den Arm und hob die Tonschüssel von ihrem Gepäckträger, wo sie während der vorsichtigen Fahrt hierher leise vor sich hin geklappert hatte. Sie öffnete die Eingangstür und fand Johanna telefonierend in einem breiten Wohnzimmersessel vor. Rosa ließ ihren Blick über die ausgeschnittenen Zeitungsartikel, die jeden Stuhl und Tisch und die überquellenden Bücherregale bedeckten, gleiten, nickte ihrer Freundin zu und ging durch die Terrassentür in den Garten.

Sie bewunderte Johanna dafür, dass sie so ohne Weiteres in diesem Chaos leben konnte. Johanna war sehr belesen und bekannt für ihre »Hast du gewusst?«-Sätze, die Rosa einerseits sehr mochte, die sie andererseits aber auch zur Weißglut treiben konnten und nicht selten zu einem Wissenswatschentanz der beiden führten.

Unter einem ausladenden Nussbaum war ein Tisch mit einem blau-weiß karierten Tischtuch gedeckt. Rosa stellte das Tongefäß mit dem provenzalischen Huhn in die Mitte. Als sie gerade Platz nehmen wollte, hörte sie, wie Johanna wütend das Gespräch beendete und zu Rosa in den Garten kam.

»Dieser Ludwig bringt mich noch um den Verstand!«, rief sie und ließ sich in einen Sessel fallen.

»Wie macht er das diesmal?« Rosa öffnete die Flasche Zierfandler.

»Ich wollte ihn zum Essen einladen, nachdem du gesagt hast, das Huhn sei so groß wie ein Gaul.«

»Kalb.«

»Was, es gibt Kalb?«

»Nein, ich habe gesagt, das Huhn sei so groß wie ein Kalb.«

»Kalb oder Gaul, irgendwas mit Hufen. Aber weißt du, warum er nicht kommen kann?«

»Ich bin mir sicher, dass ich das nie erraten werde!«

»Weil er sein Sofa bügelt, Yvonne hilft ihm dabei. Wer bügelt denn bitte sein Sofa?«

Rosa lachte laut auf. »Wundert mich überhaupt nicht, bei einem Menschen, den einmal im Jahr eine panische Angst vor Tackern überfällt.«

Der Zierfandler passte mit seiner fruchtig-trockenen Note ausgezeichnet zum Huhn. Die Flasche war gut gekühlt und beschlug in der untergehenden Sonne. Nach dem Essen sahen Johanna und Rosa auf die zartblau blühenden Flachs- und die gelben Weizenfelder, die in der Dämmerung immer dunkler wurden.

»Ich habe heute einen Brief bekommen«, sagte Rosa und nippte an dem Grappa, den Johanna aufgewartet hatte.

»Wer schreibt denn heute noch Briefe?«

»Als Liebhart und ich im Dezember letzten Jahres den Fall abgeschlossen hatten, hat er mir eine Liste gegeben.« Rosa spürte, wie Johanna sich versteifte. Der Übergriff auf sie war auch für ihre Freundin nicht leicht zu verarbeiten gewesen.

»Die Polizei hat ein paar Personen und Firmen finden können, mit denen der Mörder, der auch die Collage angefertigt hatte, zu tun gehabt hat«, fuhr Rosa fort und versuchte, Johannas Anspannung zu ignorieren. »Ich habe nach einem gemeinsamen Nenner zwischen Paul und dem Täter gesucht und ihn auf der Liste gefunden.«

Eine Fledermaus flog im Zickzack über die Felder.

»Als Chemiker hat Paul bei diversen Projekten mitgearbeitet, manchmal sogar bei mehreren gleichzeitig, von denen ich nichts wusste. Auf der Liste, die mir Liebhart gegeben hatte, war der Name einer Pharmafirma: Bakk Pharm AG. Der kunstsinnige Mistkerl, der mich zusammengeschlagen hat, hat dort ein paar Monate als Aushilfshausbesorger gearbeitet. Ich hatte da vor zwei Monaten angerufen und mich als Freundin des verstorbenen Paul Dearing vorgestellt.«

»Und haben sie dir etwas erzählt?« Johanna goss ihnen beiden noch etwas Grappa nach.

Rosa schenkte ihr ein ironisches Lächeln. »Ich bitte dich! Pharmafirmen ähneln Sicherheitsgefängnissen. Ich bin eine Woche lang von Frau Keine-Ahnung zu Herrn Wer-sind-Sie-überhaupt verbunden worden und habe rein gar nichts rausgefunden.«

»Kann dir Liebhart da nicht helfen?«

Rosa betrachtete den letzten Streifen Sonnenlicht durch ihr Grappaglas, in dem zwei Kaffeebohnen schwammen. »Nachdem wir die Collage gefunden hatten, hat er alles darangesetzt, dass die Umstände, unter denen Paul gestorben ist, erneut untersucht werden.« Sie stellte das Glas auf den Tisch. »Keine Chance, die Polizei kann keine finanziellen Mittel für einen alten Fall aufwenden, nur weil ein Foto des …«, Rosa schluckte, »Toten auf einem Bild aufgetaucht ist.«

»Ermordeten«, unterbrach Johanna sie. »Nenn das Kind ruhig beim Namen. Du bist davon überzeugt, dass Paul ermordet wurde!«

Rosa seufzte. »Ja, das glaube ich. Auf jeden Fall habe ich heute einen Brief von der Bakk Pharm AG erhalten. Sie wollen, dass ich mich so bald wie möglich bei einem Herrn Daniel Mühlböck melde.«

»Ja, und was willst du dem sagen?« Johanna hielt einen imaginären Telefonhörer an ihr Ohr: »Hallo, ich bin die Blum. Es gibt da einen Wahnsinnigen, der bei Ihnen Böden aufgewischt und wahrscheinlich meinen Freund auf dem Gewissen hat, und ich denke, dass Sie etwas mit der Sache zu tun haben?«

Rosa zeigte sich unbeeindruckt von Johannas Darbietung. »Ich weiß noch nicht, was ich denen sage, aber mir wird schon etwas einfallen.«

Sie schwiegen eine Weile, in den dunklen Feldern ringsum erhob sich ein Grillenkonzert. Eine kühle Brise strich durch die Blätter des Nussbaumes.

Rosa spürte Johannas Hand auf ihrem Arm und wandte sich ihr zu.

»Sei bloß vorsichtig«, sagte Johanna, »leg dich nicht mit einer Pharmafirma an. Die sind unglaublich einflussreich und haben sehr viel Geld. Falls du auch nur ansatzweise in etwas hineinschnüffelst, was denen nicht passt oder vielleicht ein Projekt gefährden könnte, bin ich mir sicher, dass sie nicht zimperlich sind.«

Rosa tätschelte Johannas Hand.

»Keine Sorge, mir passiert schon nichts«, versuchte sie ihre Freundin zu beruhigen.

In der Nacht träumte sie von Paul, der in einer Sandgrube stand und ihr zuwinkte. Ein starker Wind wehte. Sie lief auf ihn zu, doch der Sand war tief, und sie sank ein. Er rief etwas, sie konnte seine Worte durch den Wind nicht verstehen. Rosa versuchte, sich aus der Grube zu befreien, und rief seinen Namen, doch sie sank immer tiefer. Paul verschwand hinter einem dichten Vorhang aus Sand.

***

Ich bin gestern Nacht aufgewacht, weil etwas über mein Gesicht gekrochen ist. Als ich Licht gemacht habe, war der Boden voller Kakerlaken. Sie sind im Dunkeln aus den Mauerritzen gekommen. Ich habe mitten in der Nacht begonnen, den Boden zu kehren und die Ritzen in den Wänden mit Klebeband zu verkleben, etwas anderes hatte ich nicht dabei. Heute habe ich fast den ganzen Tag gebraucht, um das Zimmer zu putzen. Wenn Agnieszka sehen könnte, wie ich lebe, sie würde weinen. Ich kann kein Wort mit der Wirtin hier sprechen, sie tut immer so, als würde sie mich nicht verstehen. Obwohl die paar Brocken Deutsch, die ich spreche, sicher dazu reichen, ihr klarzumachen, dass, obwohl das Zimmer sehr billig ist, es unmöglich ist, mit Schimmel an Wand und Waschbecken und mit Kakerlaken zu leben. Ich decke mich in der Nacht mit meiner Kleidung zu, da das Bettzeug feucht und klamm ist und abscheulich stinkt. Hier regnet es ununterbrochen, meine Schuhe sind ganz durchweicht. Ich habe kein zweites Paar, und das feuchte Material reibt an meinen Füßen, die schon voller Blasen sind. Ich bin sehr froh, wenn ich hier wieder weg-kann.

War bei Frau Zehetmair, habe viel erfahren. Ich bin auf der richtigen Spur.

9

»Mein Name ist Rosa Blum, ich möchte bitte mit Herrn Mühlböck sprechen. – Ja, vielen Dank.«

Während Rosa wartete, verbunden zu werden, lauschte sie mit wippendem Fuß einem Klarinettenkonzert von Mozart. Sie pfiff leise mit, stand auf und ging in die Küche. Den Hörer zwischen Schulter und Wange geklemmt, schmierte sie sich noch ein Butterbrot. Nachdem sie sich erneut Kaffee eingegossen hatte, wählte sie aus der großen hölzernen Obstschale einen Apfel und legte alles auf ein Tablett, das sie auf die Terrasse trug.

Es schien wieder ein regenfreier, heißer Tag zu werden. Die Sonne stand wie eine glühende Scheibe am Himmel. Der verwitterte Natursteinbelag der Terrasse, in den vereinzelt bunte Keramikfliesen eingelassen waren, hatte sich schon ganz schön aufgeheizt.

Rosa stellte das Tablett ab und ging mit dem Telefon am Ohr in den Garten. Das Klarinettenkonzert ging ihr langsam auf die Nerven, sie wollte die Leitung nicht zu lange blockieren, da sie einen Anruf von Liebhart erwartete.

Sie steuerte auf den Schatten der alten Blutbuche zu, um deren Stamm sie eine runde Holzbank hatte zimmern lassen, nahm darauf Platz und ließ ihren Blick über den Garten schweifen, der schon jetzt, am frühen Vormittag, wegen der Hitze alles hängen ließ. Durch den starken Regen im Frühjahr wuchs Moos zwischen den Ziegeln, die unter der Buche lagen. Das dichte Blätterdach des Baumes ließ nur wenige Sonnenstrahlen durch, und Rosa spürte den angenehmen kühlen Stein unter ihren nackten Füßen.

»Mühlböck«, meldete sich nach einer Ewigkeit eine Stimme am anderen Ende der Leitung.

»Guten Tag, mein Name ist Rosa Blum. Ich habe einen Brief bekommen, in dem stand, Sie könnten mir Auskunft über ehemalige Mitarbeiter geben.«

Rosa vernahm ein Räuspern.

»Ja, ich erinnere mich«, antwortete Herr Mühlböck. »Es kommt darauf an, was genau Sie wissen wollen.«

Rosa leierte die vorher zurechtgelegte Geschichte herunter. »Ich war die Lebensgefährtin des verstorbenen Paul Dearing. Wir haben gemeinsam an einem Buch über historische Malfarben gearbeitet. Ich möchte von Ihnen wissen, ob Sie noch irgendwelche Aufzeichnungen von ihm haben, da ich gerade dabei bin, das Buch zu finalisieren.«

Am anderen Ende der Leitung blieb es still.

Rosa hatte Paul auf einen Kongress in Bern zum Thema »Bestandteile historischer Malfarben und ihre Verwendung« vor fünfzehn Jahren kennengelernt. Ein Buch über den Kongress war nie entstanden, aber Rosa wollte den Fachbereich, in dem sie sich auskannte, nicht verlassen, um eventuell zusätzliche Informationen zu dem vermeintlichen Buch geben zu können. Sobald sie Einsicht in Pauls Unterlagen genommen hatte, könnte sie immer noch sagen, dass aus der Veröffentlichung leider nichts geworden sei. Abgesehen davon war es unmöglich, einen Mitarbeiter der Bakk Pharm AG zu fragen, ob sie einen mordenden Psychopathen beschäftigt hatten, dessen Geschichte vor ein paar Monaten durch die Presse gegangen war. Die Firma würde sicher alles tun, um zu vermeiden, mit ihm in Verbindung gebracht zu werden.

»Falls Sie mir weiterhelfen, würde ich dafür sorgen, dass Ihre Firma als wichtiger Kooperationspartner in dem Buch genannt wird.«

Mühlböck schien das zu überzeugen, sie vernahm Papiergeraschel und Tastaturgehämmer, dann antwortete er. »In den alten Personalregistern taucht Paul Dearing als Projektassistent auf. Ich weiß nicht, ob noch Unterlagen von ihm im Haus sind, und falls ja, muss ich erst herausfinden, ob wir Ihnen die zur Verfügung stellen dürfen.«

Rosa atmete tief ein und entschied sich für einen unverbindlichen Abgang. »Ich wäre Ihnen sehr dankbar, wenn Sie das herausfinden könnten und mir dann Bescheid gäben.«

Daniel Mühlböck versprach, sich zu melden, und legte auf. Rosa ließ das Telefon sinken. Ihre erfundene Geschichte kam ihr plötzlich schwachsinnig vor; sie war davon überzeugt, nie wieder etwas von Herrn Mühlböck zu hören.

Als sie zurück zur Terrasse ging, läutete das Telefon.

»Es war ein einseitig geschliffener, nicht sehr spitzer Gegenstand. Wahrscheinlich eine Schere«, begann Liebhart grußlos.

Rosa fragte sich, ob sie der letzte höfliche Mensch auf Erden war, der sich mit seinem Namen meldete.

Laut sagte sie: »Ich verstehe kein Wort.«

»Die Spuren des Werkzeuges, mit dem die Goldplatte vom Brustkreuz gelöst worden war, sind ausgewertet. Es hat sich wohl um eine Schere gehandelt. Kannst du in einer Stunde in Wien sein? Dann wird der Goldschmied im BKA die Goldplatte entfernen.« Er klang angespannt.

»Komme« war alles, was Rosa sagte.

Sie legte auf und lief ins Haus, um sich umzuziehen.

Eine Dreiviertelstunde später fuhr sie in den Innenhof des Bundeskriminalamtes ein.

Liebhart, Schurrauer und Frau Dr. Reschreiter standen um den Tisch, an dem Rosa gestern gearbeitet hatte. Ein kleiner Mann mit Halbglatze und einer dicken Brille saß vor dem Kreuz und löste mit feingliedrigen Fingern die letzten Lötstellen der Goldplatte vom Untergrund. Dann hob er sie mit zwei Pinzetten, deren Enden mit einer dünnen Gummischicht überzogen waren, behutsam vom Kreuz ab und legte das Stück Papier vorsichtig mit zwei Pinzetten auf eine vorbereitete Glasplatte. Rosa beugte sich mit den anderen darüber, dreieinhalb Zeilen in Kurrentschrift waren mit Bleistift darauf geschrieben.

»›Mndiatr noatvr‹ …«, las Liebhart. »Was zum Henker ist das denn für ein Mist?«, rief er dann und richtete sich verärgert auf.

Rosa neigte sich noch tiefer über das Papier. *»›… mediatrix nostra, advocata nostra, tuo filio nos reconcilia …‹«*, sie hielt inne und kniff die Augen zusammen, *»›… tuo filio nos commenda, tuo filio nos repraesenta. Amen.‹«*

Im Raum hätte man eine Stecknadel fallen hören können.

Nach ein paar Sekunden übersetzte sie: »… unsere Mittlerin, unsere Fürsprecherin. Versöhne uns mit deinem Sohne, empfiehl uns deinem Sohne, stelle uns vor deinem Sohne. Amen.«

»Das ist das ›Sub tuum praesidium‹, eines der ältesten Mariengebete«, brummte Schurrauer.

»Wieso wisst ihr das?«, fragte Liebhart erstaunt, während er dem Goldschmied zerstreut die Hand gab und sich von ihm verabschiedete.

Rosa lächelte. »Wir wohnen beide auf dem Land. Selbst lang nach dem Zweiten Vatikanischen Konzil 1965, in dem Papst Paul VI auch andere Sprachen für die heilige Messe zugelassen hatte, wurden in Österreich in manchen Kirchen die Messen noch immer in Latein gelesen. Viele alte Leute weigern sich bis heute, eine Messe in Deutsch anzuhören. Manche Priester tragen deswegen Gebete und Marienlieder noch auf Lateinisch vor. Das ›Sub tuum praesidium‹ ist eines der bekanntesten.«

»Da steht noch was.« Schurrauer beugte sich wieder eifrig über das Papier, murmelte dann allerdings entschuldigend: »Ich kann nicht mehr so gut Kurrentschrift lesen …«

»Das heißt«, Rosa las langsam vor, »›Unsre Seelen sind verloren, zu Michaeli hat mit uns im Kahlenbergerdorf der Teufel getanzt. Anno Domini 1919‹, das ist der Schluss.«

Schurrauer nickte anerkennend.

»Kurrentschrift«, meinte Liebhart. »Eine Nachricht in Kurrentschrift, die, soviel ich weiß, in Österreich in den Vierzigern abgeschafft worden ist.« Liebhart wippte auf den Fersen auf und ab, während er sich übers Kinn strich. »An welchem Tag ist denn Michaeli? Das ist doch in Österreich kein gesetzlicher Feiertag, oder?«

»Nein, es ist ein kirchlicher Feiertag, und zwar der 29. September«, sagte Schurrauer langsam.

»Ich finde es interessant, dass da steht: ›Zu Michaeli hat mit uns im Kahlenbergerdorf der Teufel getanzt.‹ Das bedeutet, dass die Dorfbewohner auch mit ihm getanzt haben«, warf Rosa ein.

»Finde ich auch. Sonst würde da nur ›Zu Michaeli hat im Kahlenbergerdorf der Teufel getanzt‹ stehen«, fügte Schurrauer hinzu.

»Wer kennt sich denn mit der Vergangenheit des Kahlenbergerdorfes aus?« Liebhart sah zu Rosa und deutete mit dem Finger auf das Blatt Papier. »Vielleicht findest du irgendetwas in der Dorfgeschichte? Schurrauer und ich müssen uns um die Autodiebe kümmern.«

Sie nickte und versprach: »Ich werde mich erkundigen.«

Liebhart griff zu einer prall gefüllten Mappe. »Hier habe ich endlich eine Kopie der Übersetzung des Tagebuches von Zieliński. Ich weiß, ich häufe dich mit Aufträgen zu, aber kannst du sie dir bitte so rasch wie möglich durchlesen?« Er hielt ihr einen Stapel Papiere hin.

Als Rosa zu ihrem Wagen ging, läutete ihr Mobiltelefon.

»Daniel Mühlböck, Bakk Pharm AG, guten Tag. Wir haben heute Morgen miteinander telefoniert. Sie erinnern sich?«

Rosa blieb wie angewurzelt stehen.

»Wir haben da ein paar Notizen von Ihrem verstorbenen Freund gefunden und möchten Ihnen gern Einblick in diese Unterlagen geben. Wann hätten Sie denn Zeit?«

Sie verabredeten sich für den Nachmittag in seinem Büro. Rosa legte auf und starrte ein paar Minuten ungläubig auf ihr Telefon; sie hatte nicht damit gerechnet, je wieder etwas von der Pharmafirma zu hören. Rosa verstand zwar nicht, wieso Herr Mühlböck so kooperativ war, beschloss aber, nicht weiter darüber nachzudenken. Sie nahm sich vor, vor ihrem Termin ein wenig über die Bakk Pharm AG zu recherchieren. An ihr Auto gelehnt, überlegte sie, ob es in der Nähe ein Internetcafé gab. Als ihr keines einfiel, setzte sie sich in ihren Wagen und fuhr einfach los, an der Wirtschaftsuniversität vorbei, Richtung Franz-Josefs-Bahnhof.

Auf ihrer Suche spielte sie mit dem Gedanken, Liebhart in ihre aktuellen Untersuchungen zu Pauls Tod einzuweihen. Vielleicht konnte er Informationen beschaffen, an die sie nicht herankommen würde. Sie verwarf die Idee jedoch wieder, da sie ihm nicht noch mehr Arbeit aufbrummen und, abgesehen davon, sich nicht wieder eine Moralpredigt anhören wollte.

An diesen Augenblick dachte Rosa später oft zurück. Die Ereignisse hätten eine vollkommen andere Wendung genommen, hätte sie Liebhart von ihren Recherchen erzählt.

Am Julius-Tandler-Platz fand sie schließlich ein Geschäft, das mit verstaubten grellen Werbetafeln für billiges Telefonieren ins Ausland und Benützung des Internets warb. Sie konnte es kaum glauben, als im selben Moment ein Auto direkt vor dem Geschäftslokal aus einer Parklücke fuhr.

Rosa stellte ihren Wagen ab und betrat den verrauchten Innenraum, an dessen Stirnseite neben einer schmierigen Verkaufstheke drei Telefonzellen angebracht waren. Zwei von ihnen waren von Schwarzafrikanern besetzt. Gegenüber befanden sich an einem langen Tisch fünf Computer, an denen man für einen Euro fünfzig die

Stunde im Netz surfen konnte. Der Verkäufer wies ihr einen Platz zu, und Rosa loggte sich ein.

Nach einiger Zeit hatte sie rausgefunden, dass die Bakk Pharm AG vor fünf Jahren mit dem US-Pharmakonzern Winter Upcom fusioniert hatte. Die Transaktion hatte, nach damaligen Aktienkursen, einen Gewinn von rund siebenundzwanzig Milliarden Dollar gebracht. Winter Upcom war der globale Marktführer bei genetisch verändertem Saat- und Düngegut.

Das Gensaat- und Agrarchemiegeschäft hatte wegen des starken Widerstandes in Europa gegen gentechnisch verändertes Saatgut gelitten und den Winter-Upcom-Aktienkurs belastet. Bakk Pharm AG war bis zu der Fusion auf die Forschung und Herstellung von Hormonen, Estrogen- und Gestagen-Präparaten sowie Gerinnungsfaktoren spezialisiert gewesen. Winter Upcom hoffte, sich durch die Fusion ein Standbein in Europa zu schaffen und so den Geschäftsradius zu erweitern.

Inwieweit diese Hoffnung aufgegangen war, darüber konnte Rosa nichts finden, was sie aber auch nicht weiter wunderte, nachdem sie das Web nach Seiten von anderen Pharmafirmen durchforstet und festgestellt hatte, wie inhaltsleer und glatt poliert diese waren. Mit viel schickem Design wurde dort so wenig wie möglich preisgegeben. Die paar Pressetexte, die sie zur Fusion vor ein paar Jahren gefunden hatte, beschränkten sich darauf, Aktienwerte zu veröffentlichen. Rosa hatte den Medien entnommen, dass der Trend der letzten Jahre in Richtung weiterer Fusionen ging; mit dem Ziel, strategische Allianzen zu bilden, die Kosten zu senken und die Marktposition auszubauen. Ob das den Patienten nützen würde, stand allerdings auf einem anderen Blatt. Mit jedem Zusammenschluss von Großkonzernen wurde der Wettbewerb spürbar kleiner, bis das Monopol auf lebenswichtige Präparate nur mehr bei *einem* Konzern lag, der den Preis und die Qualität des Produktes bestimmte.

Auf dem Weg zu ihrem Termin in der Bakk Pharm AG stand Rosa wieder einmal im Stau und klopfte ungeduldig auf das glühend heiße Lenkrad. Als sie über die Donauinsel fuhr, wurde die Luft merklich kühler. Sie musste erneut an das Gänsehäufel, in dem sie als Kind oft mit ihren Eltern und ihrer Schwester gewesen war, denken und lächelte, als sie sich an die Mutprobe erinnerte, die darin bestanden hatte, verbotenerweise von der Brücke ins Wasser zu springen.

Ein Lieferwagen auf der Erzherzog-Karl-Straße konnte sich nicht entscheiden, ob er rechts oder links fahren wollte.

Rosa hupte gereizt, schlagartig war sie wieder in der Gegenwart. Alle drehen durch bei der Hitze, ich eingeschlossen, dachte sie.

Die Bakk Pharm AG lag in Aspern, im Nordosten von Wien, einem Industriegebiet an der Groß-Enzersdorfer Straße, wo sich die Glasburgen der großen Firmensitze aneinanderreihten. Um sie herum glänzten in der glühenden Sonne auf riesigen Parkplätzen die Autodächer der Angestellten wie ein Heer von bunten Riesenkäfern mit schillernden Panzern.

Als Rosa aus ihrem Auto stieg und die Sonne sie mit voller Wucht traf, brach ihr sofort der Schweiß aus. Sie überquerte den Parkplatz und betrat durch eine hohe Glastür das Firmengebäude. Im Eintreten tauchte sie in eine von der Aircondition erzeugte kühle Welt. Die Lobby war vollständig mit Marmor ausgekleidet. In scheinbar weiter Ferne sah Rosa auf einem Podest die Rezeption. Das Klappern ihrer Absätze erschien ihr unnatürlich laut, als sie darauf zuging. Durch den Temperaturwechsel bekam sie Gänsehaut auf den Beinen.

Sie hob den Blick und bemerkte an der hohen Decke halbe Glaskugeln, in die Kameras integriert waren. Nach einem ihr endlos scheinenden Fußmarsch stand sie endlich vor dem Marmorpodest und wurde sogleich von der maskenhaft lächelnden jungen Frau, die dort saß, zu einem Aufzug geschickt, mit dem sie in den sechsten Stock fuhr. Im Aufzug befand sich ebenfalls eine Kamera.

Als sich die Türen im sechsten Stock geräuschlos öffneten, wurde Rosa bereits von einer hochgewachsenen blonden Sekretärin erwartet, deren Lippenstift Ton in Ton mit ihrer zartrosafarbenen Bluse gehalten war. Sie gab Rosa die kühle Hand und führte sie durch mehrere Gänge aus Aluminium und Milchglas. Die wenigen Personen, die ihnen auf ihrem Weg zu Daniel Mühlböcks Büro begegneten, ließen Rosa zu dem Schluss kommen, dass in der Pharmaindustrie ausnahmslos Nachwuchsmodels arbeiteten. Auch hier waren überall Kameras montiert. Offensichtlich konnte man in der Bakk Pharm AG keinen Schritt unbeobachtet tun.

Rosa wurde von der Sekretärin in ein steriles Büro geführt, dessen Stirnseite aus rahmenlosen Fenstern bestand. Davor saß an einem riesigen Schreibtisch, auf dessen spiegelglatter Oberfläche nichts außer einem winzigen Notebook stand, ein circa vierzigjähriger, groß gewachsener Mann und hielt ein fast unsichtbares Mobiltelefon an sein Ohr. Rosa kam der Gedanke, dass sich Einfluss und Macht heute in der Größe der Mobiltelefone und Notebooks widerspiegelten, je kleiner, desto mehr Einfluss.

Als er Rosa sah, beendete er das Gespräch und stand auf. Die Sekretärin verabschiedete sich mit einem sphinxhaften Lächeln und verschwand. Rosa ließ ihre weiche Ledertasche auf einen Sessel fallen und streckte Herrn Mühlböck zur Begrüßung die Hand entgegen. Er hielt sie länger als nötig und sah ihr dabei in die Augen.

»Ich dachte schon, ich brauche meinen Pass, um zu Ihnen zu kommen, so lange war ich in diesem Gebäude unterwegs«, begann Rosa und befreite ihre Hand aus seinem Griff. »Noch ein paar Minuten, und ich hätte eine Jause gebraucht.«

Daniel Mühlböck lächelte. »Das ist reines Kalkül. Wir zermürben unsere Gäste, indem wir sie in diesem riesigen Gebäude einige Zeit hin und her laufen lassen. Wenn sie uns dann gegenübersitzen, sind sie vor lauter Erschöpfung Butter in unseren Händen.«

»Na ja, da sind Sie bei mir an der falschen Adresse, ich habe die körperliche Konstitution einer tibetanischen Bergziege.«

Er fuhr sich mit einer fast verlegenen Geste durch die dunklen Haare, von denen Rosa nicht hätte sagen können, ob sie schwarz gefärbt oder von Natur aus so dunkel waren. Sie setzten sich; Herr Mühlböck bot ihr etwas zu trinken an, was sie dankend ablehnte.

»Wie Sie sich sicher denken können, geben wir nicht so ohne Weiteres Auskunft über unsere Angestellten und über die Projekte, an denen sie arbeiten oder gearbeitet haben.« Er lehnte sich in seinem Sessel weit zurück und schlug die Beine übereinander. »Wir sind stets bemüht, mit unseren ehemaligen Kollegen guten Kontakt zu halten und sie und ihre Arbeit zu schützen.«

Herrje, was versucht der denn?, dachte Rosa. Als ob sie nicht wüsste, dass die Mitarbeiter nutzlos wurden, sobald sie ihre Forschungsprojekte abgeschlossen hatten, und dass es danach nur noch darum ging, sie recht eindrücklich an die Knebelverträge mit Schweigeklausel, die sie bei Eintritt unterschrieben hatten, zu erinnern.

»Sehr lobenswert«, sagte sie trocken. »Das heißt, Sie haben mich hierherbestellt, um Werbung für Ihre Firma zu machen und mir zu sagen, dass Sie mir keine Informationen geben können.«

Daniel Mühlböck hob kurz eine Augenbraue. »Ihr verstorbener Freund war ein wichtiger Teil unseres Unternehmens. Er wurde einem Projekt zugeteilt, bei dem es um genetisch verändertes Saatgut ging.«

Rosa überlegte kurz zu fragen, ob das Projekt durch die Fusion mit der Winter Upcom zustande gekommen war, entschied sich aber, Herrn Mühlböck reden zu lassen.

»Ich kann Ihnen natürlich keinen Einblick in seine Aufzeichnungen zu diesem Projekt geben. Aber wir haben noch einen Karton gefunden, in dem sich Unterlagen von ihm befinden, die uns unbedenklich erscheinen.«

Er stand auf und kam um den Tisch herum auf sie zu. »Er steht in unserem Archiv, Sie können ihn gern dort einsehen. Wir haben uns dazu entschieden, Ihr Buchprojekt zu unterstützen, da Sie als eine seriöse Kunstwissenschaftlerin in den einschlägigen Kreisen bekannt sind.«

Rosa lächelte. »Ich bin beeindruckt, in welch kurzer Zeit Sie es geschafft haben, sich über mich zu informieren *und* die Unterlagen von Paul auszugraben.« Sie stand auf und griff nach ihrer Tasche. »Dann möchte ich Sie nicht länger aufhalten. Wo ist das Archiv?«

»Im Keller, ich bringe Sie hinunter.«

Als sie im Aufzug standen, fragte er: »Wohnen Sie in der Stadt?«

»Nein, ich wohne in einem kleinen Ort außerhalb, in Brunn. Direkt beim Sellnersee. Kennen Sie den?«

»Ja, bin dort schon ein paarmal vorbeigefahren, schöne Gegend. Ich nehme an, Sie sind durch das Schwimmen so braun?«

»Richtig, ich schwimme fast jeden Tag und habe noch dazu einen Garten, in dem ich sehr viel arbeite. – Ist das Projekt, an dem Paul für Sie gearbeitet hat, umgesetzt worden?«, wechselte sie das Thema und zupfte an ihrem Rock.

Er lächelte breit und hob kurz die Schultern.

»Ich verstehe«, sagte sie und zwinkerte, »zum Schutz der Mitarbeiter.«

Im Archiv wurden Mühlböck und Rosa von einem Sicherheitsmann in ein Extrazimmer gebracht, das durch eine Glasscheibe vom

Büro des Wachpersonals getrennt war. Der einzige Ausgang führte durch dieses Büro. Man würde jede ihrer Bewegungen verfolgen können. Auf einem Tisch stand ein großer Karton.

»Sie dürfen die Unterlagen nicht kopieren und sich auch keine Notizen machen. Wenn Sie etwas finden, das für Sie von Bedeutung ist, können Sie es mir zeigen, und wir besprechen dann, ob ich Ihnen eine Kopie machen lasse. Ich muss Sie bitten, Ihre Handtasche bei unserem Sicherheitsbeauftragten Herrn Trauner zu lassen. Sobald Sie fertig sind, geben Sie ihm Bescheid. Ich muss jetzt in eine Besprechung.« Er deutete eine Verbeugung an. »Gutes Gelingen«, wünschte er und ging langsam zum Aufzug.

Sie sah ihm nach, sein geschmeidiger Gang erinnerte sie an ihre Katze.

Ein paar Minuten stand sie vor dem Karton und hatte Angst, ihn zu öffnen. Dann fasste sie sich ein Herz und hob vorsichtig den Deckel ab. Sie spürte, wie Herr Trauner sie von seinem Büro aus beobachtete.

Der Karton war bis zum Rand mit Papier gefüllt, auf dem sie Pauls Handschrift erkennen konnte. Sie hatte erwartet, Trauer zu verspüren, doch sie fühlte nur Taubheit. Mit einem Seufzer legte sie den ersten Stapel Papiere auf den Tisch und zog den Stuhl zu sich heran.

Vier Stunden später saß sie noch immer vor den Unterlagen. Es handelte sich seitenweise um Tabellen und Formeln, die sie nicht verstand. Die wenigen Sätze dazwischen waren kurze Notizen, die sich auf die Formeln bezogen.

Rosa war verzweifelt. »Hast du mir gar keine Nachricht hinterlassen?«, sagte sie ungläubig.

Paul hatte all seine Notizen mit Datum versehen, die Seiten jedoch nicht nummeriert. Sie hatte den Verdacht, dass man die Unterlagen nach seinem Tod durchsucht und danach einfach in den Karton geworfen hatte. Sie waren so durcheinandergekommen, dass es unmöglich schien, sie wieder zu ordnen. Noch dazu für Rosa, die kein Wort von dem begriff, was da geschrieben stand.

Sie hatte begonnen, die Seiten chronologisch zu sortieren, als sie plötzlich erstarrte. Das letzte Blatt war auf den 11. Oktober 2005 datiert, den Tag, an dem Paul gestorben war. Ihre Hände begannen zu zittern, sie suchte hektisch auf den anderen Blättern, ob sie vielleicht etwas übersehen hatte. An jenem Tag hatte Paul zu Hause arbeiten wollen. Rosa hatte sich am Morgen von ihm verabschiedet und war nach Wien gefahren. Das war das letzte Mal gewesen, dass sie ihn lebend gesehen hatte.

Das Telefon des Sicherheitsbeamten läutete und rief sie in die Gegenwart zurück. Während Herr Trauner sprach, ließ er Rosa nicht aus den Augen. Dann öffnete er die Tür. Herr Mühlböck wolle wissen, wie es ihr gehe und ob sie etwas brauche. Rosa bedankte sich, sie sei in einer halben Stunde fertig.

Sie nahm das Blatt vom 11. Oktober in die Hand und suchte fieberhaft nach einem Hinweis. Die Schrift war anders als auf den restlichen Blättern, fahrig und hektisch. Eine mehrfarbige Tabelle nahm die Hälfte des Blattes ein, sie war jedoch durchgestrichen worden. An ihrem rechten unteren Rand stand mit rotem Stift: »Gen. 16,1; Infer.« Paul hatte die Buchstaben und Zahlen öfter mit dem Kugelschreiber umrahmt und ein Kästchen gezeichnet. Rosa fuhr mit dem Finger darüber, starrte wie gebannt auf die Seite, die ihr so wichtig erschien. Die Zeichen und Zahlen verschwammen ihr vor Anstrengung vor den Augen.

Sie fuhr zusammen, als sie eine Entdeckung machte. Da Herr Trauner sie nicht aus den Augen ließ, lächelte sie ihn an und versuchte, einen ruhigen Eindruck zu machen. Während sie mit der linken Hand Blätter hochhob und hin und her schob, um den Sicherheitsbeamten abzulenken, starrte sie auf das Blatt vom 11. Oktober.

Die Buchstaben und Zahlen in der durchgestrichenen Tabelle waren mit vier verschiedenen Farben geschrieben: Rot, Grün, Blau, Schwarz. Es war ihr nicht gleich aufgefallen, da Paul für seine Aufzeichnungen durchwegs diese Farben benutzt hatte.

Die roten Buchstaben sprangen Rosa ins Auge. Sie führten wie ein Wegweiser von links oben nach rechts unten direkt auf das Kästchen mit der Abkürzung »Gen. 16,1; Infer.« zu und lauteten: »R(b).O.S.A(l).E(u)«. Rosa hatte sie von den anderen Zahlen und Abkürzungen aus dem Periodensystem nicht gleich unterscheiden können. Ihr fiel auf, dass der jeweils zweite Buchstabe von drei Elementen eingeklammert war. Ihre Erinnerung an das Periodensystem war zwar nicht mehr ganz frisch, aber sie wusste mit Sicherheit, dass »Al« für das Element Aluminium stand und dass der zweite

Buchstabe nicht in Klammern geschrieben wurde. Ließ man die Buchstaben in den Klammern weg und setzte die roten, die direkt auf die Abkürzung »Gen. 16,1; Infer.« zuführten, zusammen, stand dort ihr Name. »ROSAE«.

Als Chemiker daran gewöhnt, mit Abkürzungen zu arbeiten, hatte Paul sich selbst dann, wenn er Rosa eine Nachricht hinterlassen wollte, so kurz wie möglich gefasst. Außer bei ihrem Namen, den schrieb er immer aus. Wenn er sie zum Lachen bringen wollte, hatte er sich auch einer hochgestochenen Anrede bedient: »Liebste ROSAE mein«.

Das Telefon des Sicherheitsbeamten läutete erneut, er nahm das Gespräch an und nickte. Rosa ahnte, dass Herr Trauner sie jetzt zum Gehen drängen würde. Sie ließ ihren Blick hektisch über die Seite gleiten, versuchte, sich so viel wie möglich einzuprägen. Herr Trauner legte auf. Rosa wühlte in den Papieren, die vor ihr lagen, vielleicht hatte sie etwas übersehen. Er ging um seinen Tisch herum auf sie zu. Sie stand schnell auf, wollte verhindern, dass irgendjemand ihre Entdeckung finden würde. Der Wachmann öffnete die Tür, Rosa legte die Papiere wieder in den Karton und verteilte die datierten Blätter so, dass niemand misstrauisch würde, sollte der Karton, nachdem sie gegangen war, untersucht werden. Das Blatt mit der Botschaft legte sie zuunterst in die Schachtel.

Sie lächelte Herrn Trauner an. »Ich räum ein bisschen auf, damit Sie nicht so viel Arbeit haben.«

Während Rosa zum Aufzug gebracht wurde, versuchte sie, ihre Nervosität mit einem belanglosen Gespräch über das Wetter zu kaschieren. Der Sicherheitsbeamte war sehr freundlich. Er wartete so lange, bis sich die Türen hinter ihr geschlossen hatten. Rosa war froh, allein zu sein, sie versuchte, sich zu beruhigen, und kaute gedankenverloren an ihren Lippen, ihre Kehle war so trocken wie Sandpapier. Als sich im Erdgeschoss der Fahrstuhl wieder öffnete, stand Herr Mühlböck vor ihr. Er hatte die Hände in den Hosentaschen vergraben und sah sie mit zur Seite geneigtem Kopf an.

»Na, was gefunden?«

Seine Oberlippe hob sich beim Lächeln leicht nach rechts oben, wie von einem unsichtbaren Faden gezogen.

»Nein, es war ein Schuss ins Leere«, antwortete Rosa so unbefangen wie möglich. Sie hatte über vier Stunden über Pauls Schriften verbracht, und es war ihr dabei oft der Gedanke gekommen, dass diese Papiere das Letzte waren, was er berührt hatte. Es kostete sie viel Kraft, sich nicht anmerken zu lassen, wie sehr ihr diese Vorstellung zusetzte.

Mühlböck inspizierte besorgt ihr Gesicht, Millimeter für Millimeter. »Sie sehen sehr erschöpft aus, ich hätte Ihnen wenigstens etwas zu trinken bringen lassen sollen. Verzeihen Sie, aber mir geht im Moment so viel durch den Kopf.«

Rosa erwiderte seinen Blick und zuckte mit den Achseln. »Geht schon. Ich danke Ihnen für Ihre Hilfe.«

Sie gingen gemeinsam auf den Ausgang zu. Rosa empfand seine Gegenwart seltsamerweise als beruhigend, wahrscheinlich weil er sich um sie sorgte. Er hielt ihr die Tür auf und bot an, sie noch bis zu ihrem Auto zu begleiten. Rosa ging nicht auf das Angebot ein, sondern verabschiedete sich unter den üblichen Höflichkeitsfloskeln. Während sie zu ihrem Wagen ging, spürte sie Mühlböcks Blick in ihrem Rücken.

Die Sonne hatte den Wagen so aufgeheizt, dass der Fahrersitz brennend heiß war. Rosa fuhr langsam Richtung Ausfahrt. Als sie sicher war, außer Sichtweite zu sein, suchte sie hektisch in ihrer Tasche nach einem Notizbuch. In großen Buchstaben schrieb sie »R(b).O.S.A(l).E(u)« und »Gen. 16,1; Infer.« hinein. Ihre Hände zitterten. Paul hatte ihr eine Nachricht hinterlassen. Rosa war sich sicher, dass diese wenigen Buchstaben bedeutend waren.

Sie spürte erst jetzt, wie durstig und hungrig sie war, und hielt Ausschau nach einem Supermarkt, in dem sie etwas zu trinken und zu essen kaufen konnte. Ein leichtes Pochen in den Schläfen kündete Kopfschmerzen an. Bei einem kleinen Laden hielt sie und kaufte Wasser und eine Semmel. Danach blieb sie an die Wagentür gelehnt stehen und trank die halbe Flasche leer. Rosa hatte vor Jahren zu rauchen aufgehört, doch jetzt hätte sie alles für eine Zigarette gegeben. Sie wusste, dass sie mit ihren Recherchen über Paul eine Tür aufgestoßen hatte, und es würde sich zeigen, ob sie mit seinem Tod inzwischen abgeschlossen hatte oder nicht. Lustlos sah sie auf die Semmel, die aufgeweicht in Zellophan in ihrer Hand lag. Obwohl ihr Magen knurrte, konnte sie jetzt keinen Bissen davon essen. Sie warf sie durch das geöffnete Fenster auf den Beifahrersitz und stieg ein.

Gedanken schossen ihr wie Blitze durch den Kopf, als sie durch den 22. Bezirk Richtung Donauufer-Autobahn fuhr. War »Gen. 16,1; Infer.« auch eine chemische Formel? Wen konnte sie fragen? Und falls es tatsächlich eine Nachricht für sie war, warum hatte Paul sie nicht einfach bei ihnen zu Hause hinterlassen? Dann hätte er sich auch keine Abkürzung einfallen lassen müssen.

Das Gebiet über der Donau war eindeutig nicht Rosas präferierte Gegend von Wien. Sich selbst überlassene Gruppen von Kindern spielten auf den Gehsteigen Fußball, während direkt an der Straße auf Parkbänken übergewichtige Wiener, im Unterleiberl und mit einer Dose Bier in der Hand, auf einen deftigen Rausch hinarbeiteten. Als sie bei einer roten Ampel hielt, konnte sie durch das offene Fenster einer Gruppe junger Muslime zuhören, die sich in einem Mischmasch aus tiefstem Wienerisch und Türkisch unterhielten.

Eine alte Frau in einem viel zu warmen Mantel, die zwei vollgestopfte Plastiksackerl trug, brüllte der Gruppe »Scheißtschuschn!« hinterher.

Die drehten sich lachend nach ihr um und quittierten das Gebrüll mit vulgären Gesten. Rosa rätselte bis zur Nordbrücke, was sie mit der ein oder anderen Handbewegung gemeint haben könnten.

Die heiße Luft waberte über den Autokolonnen, die sich träge aus der Stadt schoben. Rosa versuchte, sich an das Periodensystem zu erinnern. Sie wusste nicht mehr, wofür »Rb« stand, war sich jedoch sicher, dass »O« für Sauerstoff stand, »S« für Schwefel und »Al« für Aluminium, »Eu« fiel ihr wieder nicht ein. Sie kramte, während sie im Schritttempo durch den Stau fuhr, nach ihrem Mobiltelefon, um Johanna anzurufen. Die Allwissende konnte ihr sicher weiterhelfen. Doch das Telefon glitt ihr aus der Hand und rutschte unter den Beifahrersitz. Sie versuchte, es zu ertasten und gleichzeitig weiterzufahren, gab aber nach ein paar Verrenkungen wütend auf.

»Was hab ich in der verdammten Schule bloß gemacht?«, rief sie und schlug mit der Hand aufs Lenkrad.

Gerade als sie die Tür zu ihrem Haus aufsperrte, fuhr Johannas Wagen in ihre Auffahrt ein.

»Ich habe heute eine halbe Stunde auf dich gewartet«, rief ihre

Freundin ihr noch aus dem Wagen zu, befreite sich umständlich von ihrem Sicherheitsgurt und stieg aus.

»Und das tust du sicher genauso tadellos, wie du alles tust«, meinte Rosa und hatte keine Ahnung, welches Treffen sie versäumt hatte.

»Wir wollten zum Reiterhof, um Stroh für die Dekoration des morgigen Sommerfestes im Flüchtlingsheim zu besorgen.«

Mist, dachte Rosa. »Tut mir leid, das habe ich total vergessen. Ich war heute bei der Bakk Pharm AG.«

Johanna blieb wie angewurzelt stehen und starrte sie an. »Was soll das heißen? Du bist dort einfach aufgekreuzt? Wenn du nicht so fertig aussehen würdest, würde ich dich jetzt fertigmachen. Was ist dir denn da eingefallen?«

»Komm rein, wir trinken etwas.« Rosa schob Johanna ins Haus.

Eine halbe Stunde später hatte sie ihr von dem Anruf Daniel Mühlböcks und von Pauls Unterlagen erzählt.

Rosa fuhr ihr Notebook hoch und ging ins Internet. Selbstverständlich wusste Johanna, dass »Rb« für Rubidium und »Eu« für Europium stand. Sie ließ sich ihre »Hast du gewusst?«-Fragen auf der Zunge zergehen.

»Hast du gewusst, dass Europium neben Americium das einzige nach einem Erdteil benannte Element ist?«

Rosa schüttelte energisch den Kopf und suchte im Netz nach möglichen sinnvollen Zusammensetzungen der fünf Elemente, die Paul zu ihrem Namen zusammengestellt hatte. Würde sie so eine chemische Zusammensetzung finden, war es jedoch nicht sicher, ob »R(b).O.S.A(l).E(u)« wirklich ein Hinweis für sie war.

»Und hast du gewusst, das Rubidium ein Alkalimetall ist, das sich bei Luftzutritt spontan entzündet?«

Rosa knurrte: »Und hast *du* gewusst, dass du einer spontanen Entzündung meinerseits gefährlich nahe bist? Vielleicht kannst du mir auch gleich sagen, was man aus Rubidium, Sauerstoff, Schwefel, Aluminium und Europium herstellen kann und was »Gen. 16,1; Infer.« bedeutet?«

Johanna sah Rosa besorgt an. »Schätzchen, es tut mir leid. Du bist dermaßen angespannt in letzter Zeit, und das verstehe ich auch, ich wollte die Situation nur etwas auflockern. Vielleicht solltest du Schurrauer fragen, er kennt sich ja anscheinend fast überall aus.«

Rosa seufzte und stand auf. »Das hab ich mir auch schon gedacht, aber er wird wahrscheinlich wissen wollen, warum ich danach frage. Ich kann es ihm aber nicht sagen, weil ich ihn nicht über meinen Besuch bei der Bakk Pharm AG informiert habe.«

»Dann sag es ihm jetzt.«

»Das werde ich beizeiten schon tun.«

Sie beschlossen, die sinnlose Suche sein zu lassen, und setzten sich mit zwei eisbeschlagenen Gläsern Holundersaft in den Schatten des großblättrigen Efeus auf Rosas Terrasse. Die Luft stand in der heißen Spätnachmittagssonne flimmernd über den Hügeln.

Rosas Katze begrüßte sie, indem sie sich an ihrem Bein aufrichtete. Die Krallen waren ausgefahren, aber sie war so vorsichtig, dass Rosa nur leichte Stiche an ihrer Wade spürte.

»Dieser Mühlböck«, setzte Johanna an, »glaubst du, dass der Dreck am Stecken hat?«

»Das muss nicht sein. Er war sehr kooperativ. Ist ja klar, dass er mir nicht viel über die Pläne von der Bakk Pharm AG sagen kann.«

Rosa nahm die Katze in die Arme und legte sie auf dem Rücken in ihre Armbeuge. Das Tier begann leise zu schnurren und streckte eine Vorderpfote mit gespreizten Zehen aus. Rosa konnte die hellrosa Ballen sehen und drückte mit dem Daumen sanft dagegen, worauf die Katze die Zehen noch genussvoller spreizte und mit ihnen vorsichtig Rosas Wange berührte. Jedes Mal war Rosa erstaunt, wie zart eine Katzenpfote war und wie unbarmherzig sie sich bei der Jagd in das Fleisch der Beute bohren konnte.

Johanna lehnte sich zurück, legte den Kopf schief und grinste. »Und, wie ist er denn sonst so, dieser Herr Müüühlböck?«

Rosa überlegte kurz und meinte dann: »Wie eine Katze.«

Als Johanna gegangen war, spürte Rosa ihre Unruhe mehr als zuvor. Neben der Entdeckung in der Bakk Pharm AG gingen ihr der seltsame Zettel, den sie im Brustkreuz gefunden hatten, und Andrzejs Ikone nicht aus dem Kopf. Sie griff zum Telefon und rief ein paar Kollegen und Freunde, die in Auktionshäusern arbeiteten, an und fragte, ob zurzeit vermehrt sakrale Kunstgegenstände aus dem Osten auf Auktionen, Messen oder im Handel angeboten würden. Viele wussten nichts, ein paar versprachen, nachzufragen und sich zu melden.

Rosa machte sich an die Zubereitung des Vitello tonnato für das Sommerfest. Nachdem sie aus ihrem Garten Knoblauch und frische Kräuter geholt hatte, stieg sie in den Keller und wählte bedächtig zwei große Karotten, eine gelbe Rübe und einen Knollensellerie aus. In der Küche stellte sie aus diesen Zutaten Aigo boulido, eine provenzalische Kräutersuppe, in einem großen Topf zu.

Während sie Kapern und Essiggurken hackte, gingen ihr Pauls Aufzeichnungen erneut durch den Kopf. Sie hatte sie wie ein gemaltes Bild vor Augen; die roten Buchstaben leuchteten auf, und sie konnte ihren Namen lesen. Sie überlegte, ob sie nicht einen Chemiker kannte, dem sie vertrauen und den sie fragen konnte, ob die Aufzeichnungen für ihn einen Sinn ergaben. Ihr fielen zwar zwei Freunde von Paul ein, zu denen hatte sie aber seit seinem Tod keinen Kontakt mehr gehabt. Sie verwarf die Idee, da sie nicht sicher war, ob die beiden nicht auch für die Bakk Pharm AG gearbeitet hatten oder es noch immer taten. Rosa wollte auf keinen Fall, dass die Pharmafirma etwas von ihrer Entdeckung erfuhr.

Als sie den Kalbstafelspitz kurz anbriet, fragte sie sich, ob die Buchstabenfolge »R(b).O.S.A(l).E(u)« nicht doch ein ungemein großer Zufall war und nichts mit ihr zu tun hatte. Sie hatte sich so sehr gewünscht, einen Hinweis zu finden, dass sie vielleicht zu viel in ihre Entdeckung hineininterpretiert hatte.

Während das Fleisch in Alufolie ruhte, trat Rosa kurz auf die Terrasse und wischte sich den Schweiß von der Stirn. Draußen wehte kein einziger Luftzug, erschöpft ließen die Sträucher ihre Zweige hängen. Vom Westen zog eine dunkle Wolkenbank auf den Sellnersee zu.

Sie trat wieder ins Haus und begann, den Kalbstafelspitz dünn aufzuschneiden. Nachdem sie das Fleisch auf drei große Aluplatten aufgelegt hatte, übergoss sie es mit der Thunfischsoße und garnierte es mit großen Kapernbeeren. Als sie die Platten mit Klarsichtfolie bedeckte, um sie im Keller kalt zu stellen, fragte sie sich, ob sie Liebhart nicht doch von der Geschichte erzählen sollte.

Beim Gedanken an ihn fiel ihr das Tagebuch von Andrzej ein. Sie beschloss, es heute noch zu lesen.

Als sie die Küche aufgeräumt hatte, stellte Rosa sich lange unter die Dusche. Dabei kam sie zu dem Entschluss, die Sache mit Pauls Notiz jetzt erst einmal ruhen zu lassen. Sie hatte keine Ahnung, wie sie die Abkürzung deuten sollte, und je länger sie darüber grübelte, desto stärker wurde das Gefühl, in eine Sackgasse geraten zu sein, aus der sie so schnell wie möglich wieder herauswollte.

Du solltest die Perspektive ändern, dachte sie, als sie aus der Dusche stieg.

Die Wolkenbank kam langsam näher, eine leichte Brise strich vom Wald her durch Rosas Garten, als sie auf die Terrasse trat. Sie ließ sich mit dem Tagebuch von Andrzej Zieliński in die Hängematte fallen und begann zu lesen:

Die Menschen hier sind sehr misstrauisch …

10

In der Nacht hatte es geregnet, die drückende Schwüle hatte sich in einem heftigen Gewitter entladen. Rosa wachte vom Donner auf, als es noch dunkel war. Die Katze hatte sich unter dem Bett verkrochen.

Sie konnte nicht mehr schlafen und begann, Früchte für die Bowle zu schneiden, die sie für das Fest im Flüchtlingsheim versprochen hatte. In der Küche stellte sie das Radio an und goss Wasser in ihre Espressokanne. Als es dämmerte, hatte sie schon drei Kilo Fruchtfleisch zerkleinert. Sie schenkte sich noch einen Kaffee ein und ließ eine Zimtstange in die heiße Tasse gleiten.

In den Nachrichten kam die Meldung, dass die Polizei gestern Nachmittag in Wien eine Bande von Autodieben hatte dingfest machen können. Rosa stellte das Radio ab, wickelte sich in eine Decke und genoss auf ihrer Terrasse den Sonnenaufgang.

Der Garten und das Umland dampften vom Regen. Unter den tief hängenden Ästen der Buche sah sie das Tal, die Hügel und die Lichter des Dorfes aufblitzen. Vereinzelt hingen noch Dunstfetzen in den Senken. Mit der Sonne kam auch die Wärme der letzten Tage zurück.

Rosa hatte gestern das Tagebuch von Andrzej Zieliński gelesen und danach vergeblich versucht, Liebhart zu erreichen, da sie etwas Wichtiges entdeckt hatte. Nun beschloss sie, es noch einmal zu versuchen.

Sein Mobiltelefon war abgedreht, und Frau Grand genoss es, Rosa jede Auskunft zu verweigern.

»Der Herr Chefinspektor ist seit halb acht in einer Sitzung, er wird sich bei Ihnen melden.«

Rosa war klar, dass Liebhart, nachdem er gestern die Autodiebe geschnappt hatte, heute schwer zu erreichen sein würde. Da sie nicht sicher war, was sie nun tun sollte, kaute sie ungeduldig an ihren Fingernägeln.

Die Vorbereitungen für das Frühlingsfest waren erledigt, und so beschloss sie, zum See hinunterzuradeln, um eine Runde zu schwimmen. Danach würde sie nach Wien ins Bezirksmuseum Döbling fahren. Vielleicht fand sie ja noch etwas heraus, das sie Liebhart, der ebenfalls zum Frühlingsfest kommen würde, berichten konnte.

Der Grund des Sees war vom Regen aufgewühlt. In der glatten Wasseroberfläche spiegelten sich der blaue Himmel und vereinzelte Wolkenfetzen. Rosa teilte mit ihren Schwimmbewegungen langsam dieses Bild; sie hatte das Gefühl, dass sie im Himmel schwimmen und die Wolken einfach beiseiteschieben würde. Der Kirchturm am anderen Ende des Sellnersees verschwand, dann tauchte er wieder auf.

Sie hatte das gegenüberliegende Ufer bald erreicht und schwamm zügig zurück. Als sie den Steg mit ihrem bunten Handtuch darauf wiedererkennen konnte, sah sie eine Gestalt, die in Jean und leichtem Sommerhemd direkt neben ihren Sachen saß. Rosa kniff die Augen zusammen, konnte jedoch nicht erkennen, um wen es sich handelte.

Verdammt, jetzt brauch ich bald eine Brille, dachte sie und ließ sich auf dem Rücken liegend treiben, da ihr die Luft vor Anstrengung wegblieb.

Nach ein paar Metern drehte sie sich wieder in die Bauchlage und schwamm auf den Steg zu. Daniel Mühlböck saß bei Rosas Sachen und ließ sich die Sonne ins Gesicht scheinen.

»Was für ein *unglaublicher* Zufall«, meinte Rosa zynisch, stieg aus dem Wasser und griff nach ihrem Handtuch.

Mühlböck lächelte. »Ich habe auf dem Weg zum See einen alten Mann mit einem Schrotgewehr gesehen. Er hat wie ein Irrer in die Büsche geballert. Eigenartige Sitten haben Sie hier.«

»Das war Herr Steinschaden. Er jagt wilde Kaninchen, die jeden Sommer erbarmungslos das Gemüse in seinem Garten auffressen.«

»Aber deswegen muss er sie doch nicht gleich mit einer Schrotflinte abknallen, oder?«

»Wer einen Weltkrieg erlebt hat, lässt sich ungern von einem domestizierten Nagetier verarschen«, meinte Rosa, trocknete sich ab und legte sich, mit großem Abstand zu Mühlböck, auf den Steg.

»Ach, kommen Sie«, meinte er versöhnlich. »Ich bin zufällig vorbeigefahren und dachte mir, ich kann Sie vielleicht auf ein Abendessen einladen.«

»Ich warne Sie, ich kann Unmengen verdrücken.« Rosa fiel auf, dass sich ihr Herzschlag nicht wie sonst, wenn sie nach dem Schwimmen etwas auf dem Steg lag, beruhigte.

»Das Risiko würde ich eingehen.«

»Tut mir leid, ich habe heute etwas anderes vor«, sagte sie knapp, setzte sich auf und nestelte sich das Handtuch um ihren Körper.

Mühlböck schien enttäuscht. »Schade, was mach ich jetzt bloß mit meinen Karten für das Galadiner in der Albertina zur Ausstellungseröffnung von ›Das Zeitalter Rembrandts‹?«

Rosa schluckte, sie wäre gern in die Albertina gegangen. Ein Galadiner bot Gelegenheit, die Kunstwerke ungestörter zu betrachten als zu den gewöhnlichen Öffnungszeiten, wenn sich regelrechte Menschenmassen an den Bildern vorbeischoben. Ihr war die Wiener Society, die sich zu solchen Gelegenheiten einfand, jedoch zuwider. »So einen fetten Köder werfen Sie aus? Ich bin beeindruckt, aber es geht nicht.«

»Verdammt«, murmelte er so laut, dass sie es hören konnte, und es blieb einen Moment lang still. »Sie haben gestern ziemlich fertig ausgesehen, als Sie von uns weggefahren sind, das ist mir nicht aus dem Kopf gegangen.«

Rosa versuchte, so unbefangen wie möglich zu wirken.

»Ich habe Paul Dearing nicht persönlich gekannt. Die Bakk Pharm AG hat dreitausend Mitarbeiter und Mitarbeiterinnen. Ihr Freund soll ein ausgezeichneter Wissenschaftler und ein sehr angenehmer Kollege gewesen sein. Vielleicht hilft es Ihnen, wenn ich Ihnen sage, dass uns sein Tod trotz der Größe der Firma und der dadurch herrschenden Anonymität schwer erschüttert hat.«

Rosa nickte. Es überraschte sie, dass sie jetzt nicht über Paul reden wollte.

»Ist Ihnen in der Zwischenzeit vielleicht doch noch irgendetwas bezüglich der Unterlagen von Herrn Dearing eingefallen?«

Sie schüttelte langsam den Kopf. Im Sonnenlicht stellte sie fest, dass Mühlböcks Haare von Natur so dunkel und nicht gefärbt waren.

Er sah sie gewinnend an. »Vielleicht haben Sie ja etwas bemerkt, das uns entgangen ist, und wir könnten gemeinsam noch mehr Informationen beschaffen?«

Als sie nicht antwortete, drehte er sich um und sah zum Ufer. Rosa bewunderte seine dunkelblauen Augen, so eine Farbe hatte sie noch nie gesehen.

»Sagen Sie, ist das ein Marder, da unter meinem Auto?«

Sie antwortete, ohne sich umzudrehen. »Marder sind dämmerungs- oder nachtaktiv. Also keine Angst, was immer unter Ihrem Auto sitzt, beißt Ihnen nicht die Kabel durch.«

Er zuckte die Schultern. »Ich habe eine Marderfalle, leider falsch gepolt. Diese Nagetiere lieben das Geräusch. Wenn sie anschlägt, ist mein Auto schlagartig mit ihnen überzogen. Ich kann sie wie Trauben herunterpflücken.«

Rosa lachte.

Mühlböck stand auf und klopfte sich auf den Hintern, um seine Hose zu säubern. »Gehen wir ein anderes Mal essen?«

»*Ich* suche das Restaurant aus.«

Er nickte sie lächelnd an. Ihr Herz machte einen Satz.

Das Museum des 19. Bezirks befand sich in einem Nebenbau der Villa Wertheimstein, dem sogenannten Nonnenstöckl, auf der Döblinger Hauptstraße 96. Rosa parkte ihren Wagen im kleinen Innenhof und ließ ihren Blick in den Park gleiten, der direkt an die ehemalige Villa des Bankiers Leopold von Wertheimstein anschloss.

Wütendes Hundegebell drang hinter den dichten Büschen hervor, gefolgt von einer schimpfenden und sich überschlagenden Greisinnenstimme: »Passen S' auf Ihren gschissenen Köter auf, Se Trampel, Se!«

»Und Se passen S' auf, wos S' sogn, sonst tret i Ihna in Ihran knöcharnen Oarsch!«, konterte eine zweite.

Rosa verdrehte die Augen und ging auf das niedrige dunkelgrün gestrichene Eingangstor zu.

Nobel, mit der höchsten Dichte an Witwen von Wiener Geheimräten, dieser 19. Bezirk, dachte Rosa zynisch und drückte die Eingangstür auf.

Ein schmales, wie ein Schneckenhaus gewundenes Stiegenhaus mit dicken weiß gekalkten Wänden führte in den ersten Stock. Rosa sah sich die Bilder, die an der Wand hingen, lange an. Eine Ansicht des Kuchelauer Hafens Anfang des 18. Jahrhunderts ließ erkennen, dass das Ufer der Donau damals noch unbefestigt gewesen war. Eine flache Sandbank, auf der Fischer ihre Gerätschaften ausgebreitet hatten, führte ins Wasser.

Eine idyllische Landschaft hatte das Kahlenbergerdorf einst umgeben, bevor der Strand einer massiven Uferbefestigung hatte weichen müssen und durch den Bau der Nussdorfer Schleuse der Wasserstand der Donau gesichert worden war. Die Küchengärten, oder »Kuchelgärten in der Au«, wichen zur selben Zeit der Hafenstraße und gaben der Region am Fuße des Leopoldsbergs ihr heutiges Aussehen.

Im ersten Stock wurde sie von einer älteren Dame begrüßt, die danach mit ruhiger Stimme auf einen Pekinesen einredete, der unter ihrem Sessel lag und Rosa anknurrte.

Warum haben nur so viele alte Menschen in dieser Stadt kleine, bissige Hunde, die alles zuscheißen, dachte Rosa und atmete den unverkennbaren, leicht scharfen Geruch von billiger Farbe naiver Ölgemälde, alten Fotos, nicht gelüfteten Räumen und Staub ein. Sie musste an Klassenausflüge und Vorträge ehrenamtlicher Führer und Führerinnen in den diversen Bezirksmuseen in Wien während ihrer Schulzeit denken.

Sie wandte sich nach rechts und betrat einen Raum mit Stellwänden, an denen Schwarz-Weiß-Fotografien befestigt waren. Lange betrachtete sie die ausgehängten Exponate und versuchte, sich ein Bild vom Dorf und der Umgebung um 1900 zu machen. Auf einer der Stellwände las sie über die Eingemeindung vom Kahlenbergerdorf in die Stadt Wien und den 19. Bezirk im Jahr 1891. Laut dem Zitat des Pfarrers Dunstan Blosch schienen die Bewohner des kleinen Ortes nicht gerade begeistert über diesen Zusammenschluss gewesen zu sein: »Da wir nicht viel verlieren können, weil wir wenig haben, so muß wohl dieses Ereignis als ein für uns glückliches angesehen werden, wegen der Vorteile, die ein großes, geldkräftiges Gemeinwesen bietet.«

Besonders interessant fand Rosa, dass das Kahlenbergerdorf vor diesem Anschluss ein lebendiges Dorf gewesen war, mit zahlreichen Geschäften in der Bloschgasse, in der heute nur noch der Laden der Krautfrau existierte. Auch eine eigene Schule und ein Kinderasylheim hatte man vor rund hundert Jahren dort finden können.

Im Jahre 1882 wurden die Weinstöcke ums Kahlenbergerdorf von der Reblaus, einem Pflanzenschädling, befallen. Fotografien aus der Folgezeit zeigten Wiesen und weidende Kühe an den Hängen von Kahlen- und Leopoldsberg. Erst in den zwanziger Jahren, nachdem schädlingsresistentere Weinsorten zur Verfügung gestanden waren, hatte sich der Weinbau erholt. Nach dem Aussterben der Kahlenbergerdorfer Hauerdynastien dominierte heute vor allem das »Stiftsweingut Kahlenbergerdorf« mit der Weinkultur der Augustiner Chorherrn des Stiftes die Weinbauszene.

»Dann gehört fast das ganze Land um das Dorf dem Stift Klosterneuburg«, sagte Rosa leise und begann, an ihren Nägeln zu beißen.

In einem Extraraum, in dem man Einzelheiten über die geologische Beschaffenheit der Region erfahren konnte, las Rosa einen Bericht über einen Hangrutsch im Jahr 1876 im Bereich des Kammerjochs, das etwas nördlich von der Stelle lag, an der die Mure vor ein paar Tagen abgegangen war.

Also war die Gegend um den Leopoldsberg schon immer anfällig für Murenabgänge, dachte sie und rieb sich die Augen, die vom Lesen bei schlechter Beleuchtung trocken geworden waren. Aber wer legte in einem Hang, der sich bewegte, ein Massengrab an?

Rosa schrak aus ihren Gedanken, als der Wind an den Kastenfenstern rüttelte. Er fuhr durch die Baumkronen des Wertheimsteinparks, den sie durch die Fenster sehen konnte. Sie streifte noch einige Zeit durch die Räume, beugte sich über Vitrinen und genoss die Kühle im »Salon«, dessen Fenster durch hohe Laden geschlossen waren und in dem sich noch die Originaleinrichtung der Zeit um die Jahrhundertwende befand.

Kurz bevor sie das Museum verlassen wollte, fiel ihr Blick im »Industriezimmer«, wo Bilder und Erzeugnisse von ehemaligen Döblinger Industriebetrieben ausgestellt waren, auf eine Ansicht des Kahlenbergerdorfes und des Hangs des Leopoldsberges um 1900. Sie war schon zweimal durch den Raum gegangen, ohne der naiven Darstellung eines unbekannten Künstlers große Beachtung zu schenken. Ein kurzer Text neben dem Bild erklärte, dass um die Mitte des 19. Jahrhunderts die Kahlenberg Aktiengesellschaft große Teile der Region erworben hatte.

Rosa konnte auf dem Bild erkennen, dass am Leopoldsberg Sand für den Bau der Ringstraße abgetragen worden war. 1865 wurden die Ringstraße eröffnet und die Sandgruben stillgelegt. Die Wunden, die der Abbau dem Berg zugefügt hatte, blitzten am dicht bewaldeten Hang noch fünfzig Jahre später deutlich hervor. Rosa spürte, wie sie unruhig wurde, endlich hatte sie etwas über das Dorf um die Zeit, in der die Nachricht aus dem Brustkreuz geschrieben worden war, gefunden.

Als sie im Auto Richtung Brunn saß, überlegte Rosa, dass die Totengräber es sich einfach gemacht hatten. Statt die Leichen im schwer auszuhebenden Waldboden zu vergraben, hatten sie sie vermutlich einfach in eine ehemalige Sandgrube geworfen und diese dann zugeschüttet.

»Oder jemand hatte es verdammt eilig, die Leichen loszuwerden«, überlegte sie laut und fuhr auf die Autobahn auf.

Gelbe, grüne und rosafarbene Lampions schaukelten an dünnen Schnüren, die zwischen drei riesigen Kastanienbäumen im Hof des »Wilden Hundes« gespannt waren. Auf Heurigentischen waren bunte Tücher ausgebreitet, auf denen Teller und Gläser standen.

Ludwig übte sich konzentriert in der Kunst des Serviettenfaltens, während Yvonne getrocknete Blumen auf Pappbecher klebte. Sie war tadellos geschminkt und wippte unter dem Tisch ungeduldig mit den Füßen, die in türkisenen Sandalen steckten.

Erna Peier, eine füllige Frau mittleren Alters, trug ein zeltförmiges Kleid mit gewagtem Ausschnitt und einem Blumenaufdruck, dessen Farbzusammenstellung aussah, als sei ein Clown mit ein paar Buntstiften Amok gelaufen. Rosa war sich sicher, dass sich ihre Netzhaut ablösen würde, wenn sie länger auf den Stoff blicken würde. Johannas Schützlinge schwirrten durch den großen Hof und warfen sich ab und zu Sätze in ihren Muttersprachen zu. Da und dort erklang Lachen, und es roch nach einem köstlichen Eintopf aus Gemüse, Fleisch und scharfen exotischen Gewürzen.

Rosa hatte das Tagebuch von Andrzej Zieliński fertig gelesen und wollte Liebhart, der mit seiner Frau Magda kommen sollte, von ihren Erkenntnissen berichten. Andrzej war auf der Suche nach der Ikone ins Kahlenbergerdorf gekommen. Warum er das Bild gerade dort vermutet hatte, stand leider nicht in seinen Aufzeichnungen. Rosa hoffte, mehr von Frau Zielińska zu erfahren, die am Montag kommen sollte, um seinen Leichnam mit nach Hause zu nehmen.

Sie befestigte mit Johanna große Strohsterne an den grün gestrichenen Holzwänden des ehemaligen Speisesaales, als diese fragte: »Und er ist einfach so auf deinem Handtuch gesessen?«

»Ja, ich habe, als ich bei ihm war, beiläufig erwähnt, dass ich im Sommer oft im Sellnersee schwimmen gehe«, antwortete Rosa und band eine lila Schleife um einen Stern.

»Ja, genau, beiläufig«, rief Yvonne von ihrem Tisch herüber.

»Wie meinst du das?« Rosa drehte sich zu ihr um.

»Wie lange bist du eigentlich nicht mehr mit einem Mann ausgegangen?«, antwortete Johanna an ihrer Stelle.

»Was heißt ›ausgehen‹? Ich bin dauernd mit Liebhart und Schurrauer unterwegs«, erwiderte Rosa dumpf, das Gespräch behagte ihr nicht.

»Ich meine *ausgehen*, nicht arbeiten.«

»Ach so, das«, brummte Rosa und widmete sich konzentriert ihrem Strohstern.

Sie versuchte die Blicke, die in ihrem Rücken brannten und auf eine Antwort warteten, zu ignorieren.

»Keine Ahnung«, erklärte sie schließlich. »Seit acht Millionen Jahren nicht mehr ... Was mich im Moment mehr interessiert«, fügte sie lauter hinzu, »ist, was Paul mit dem eigenartigen Kürzel ›Gen. 16,1; Infer.‹ gemeint hat.«

Sie hörte, wie alle wieder ihre Tätigkeit aufnahmen, und atmete erleichtert auf.

Nur Ludwig fuhr nicht mit seiner Serviettenfalterei fort. »Und was ist, wenn es kein Kürzel, sondern eine andere Sprache ist?«

»Ja«, meinte Yvonne, »›*to infer*‹ heißt im Englischen ›auf etwas rückschließen, etwas folgern‹. Könnte das hinkommen?«

»Oder es ist wirklich ein ganz spezieller Code nur für dich?« Johanna befestigte einen Stern an der Wand. »Paare haben doch oft eine eigene Sprache. Hast du im Übrigen gewusst, dass das ganz besonders beziehungsfördernd ist? Und wo wir gerade von zwischenmenschlichen Beziehungen reden: Gehst du jetzt mit diesem Mühlböck aus?«

»Habt ihr auch etwas Gegrilltes vorbereitet?«, rief Rosa schnell und hoffte, dass niemand Johannas Frage gehört hatte.

»Ja, irgendein totes Tier«, antwortete Yvonne, die strikte Vegetarierin war.

Liebhart und Magda trafen so spät ein, dass Rosa schon geglaubt hatte, sie würden gar nicht mehr kommen. Sie winkte den beiden zu und zeigte auf einen freien Tisch. Nachdem sie Platz genommen hatten, wurde Magda von Johanna in ein Gespräch verwickelt.

»Es tut mir leid, dass ich nicht zu erreichen war. Aber jetzt, wo wir diese Autodiebe gefasst haben, können Schurrauer und ich uns in Kürze voll auf den Fall Kobald/Zieliński konzentrieren.«

Während die Lampions sanft im leichten Abendwind schaukelten, erzählte Rosa von ihrer Entdeckung im Bezirksmuseum.

»Die Menschen, die die Toten vergraben haben, nahmen also in Kauf, dass die Leichen über die damals noch zugänglichen Sandgruben leicht wieder ans Tageslicht kommen konnten«, resümierte Liebhart und nippte an seiner Bowle.

Rosa nickte: »Das legt den Schluss nahe, dass sie es eilig hatten, die Leichen zu verscharren, und dass sie keine große Sorge hatten, dass jemand aus dem Dorf dort oben herumschnüffeln und das Grab entdecken würde.«

»Weil es unter Umständen alle im Dorf gewusst haben und keiner heiß darauf war, das dunkle Geheimnis wieder aufzudecken«, vollendete Liebhart ihre Gedanken. »Diese Nachricht aus dem Brustkreuz … Ich denke, wir müssen von einem Verbrechen ausgehen, das 1919 im Kahlenbergerdorf verübt wurde, und das Wissen um diese Tat wurde über die Kinder an die Enkelkinder weitergegeben. Es muss etwas unvorstellbar Grausames gewesen sein, wenn die Bewohner noch heute alles dafür tun, es geheim zu halten …«

In der Mitte des Hofes, weitab von der beige gestrichenen Holzvertäfelung des Speisesaales, gloste eine offene Feuerstelle. Ein metallener Grillrost lag darauf, und der Geruch von pikant gewürztem Fleisch stieg verführerisch auf.

»Ich bin mit dem Tagebuch durch«, wechselte Rosa das Thema. »Andrzej hat der alten Frau Zehetmair einen Besuch abgestattet, bevor sie verbrannt ist. Er war auch bei ein paar anderen Familien im Kahlenbergerdorf, die er verdächtigt hatte, mit der Ikone etwas zu tun zu haben. Ihre Namen sind: Ritzberg, Hofmacher, Setzensberger, Brandstätter.«

»Denen statten wir morgen einen Besuch ab. Da ist Sonntag, die Chance, sie zu Hause anzutreffen, ist dann größer.«

»Habt ihr schon eine Übersetzung des botanischen Atlasses bekommen?«

»Leider nein, es gibt auch keine. Deswegen wird das Buch jetzt übersetzt, das wird aber mit Sicherheit noch einmal etwas dauern.«

»Was hat denn die Feuerwehr zur Brandursache im Haus der Zehetmair und im Pfarramt gesagt?«, wollte Rosa wissen, kannte aber die Antwort bereits.

Liebhart schnaubte verächtlich. »Natürlich haben sie alles gründlich untersucht und keinen Hinweis auf Brandstiftung gefunden. Im Pfarramt sollen eine defekte Gasleitung und das Teelämpchen unter einem Stövchen die Explosion verursacht haben.« Er wandte sich seiner Frau zu, die ihn sanft auf den Arm getippt hatte.

Der rechteckige Himmel, gefangen zwischen den Mauern des »Wilden Hundes«, wurde von großen Sternen durchlöchert. Die Nacht war so klar, dass Rosa sogar die Milchstraße wie einen dünnen Schleier erkennen konnte. Aus dem Speisesaal im hinteren Teil des ehemaligen Gasthauses drang Musik. Die Fenster waren weit geöffnet, die bis zum Boden reichenden Glastüren aufgezogen und zusammengefaltet worden.

Liebhart war seiner Frau auf die Tanzfläche gefolgt. Rosa beobachtete die beiden, wie sie sich zur Musik im Kreis drehten. Sie dachte an Daniel Mühlböck und stellte sich vor, dass sie mit ihm unter den weit ausladenden Bäumen tanzen würde.

Bevor Rosa das Ganze zu romantisch wurde, schüttelte sie verärgert den Kopf. Ich bin wohl schon etwas angeschickert, dachte sie.

Die Musik wurde vom lauten Zirpen der Zikaden untermalt. Eine kühle Brise vertrieb die Hitze des Tages, die sich im Hof gesammelt hatte, und bauschte die bunten Sommerkleider der Damen. Auch Rosas hellgrünes Kleid hob sich ganz leicht, als sie aufstand, um sich noch ein Glas Bowle zu holen.

11

In den frühen Morgenstunden hatte es so stark geregnet, dass die Zweige der Sträucher geknickt zu Boden hingen. Rosa lag wach und hörte dem Regen zu, wie er auf das Dach trommelte. Sie mochte Sonntage nicht besonders; die Straßen waren wie leer gefegt, und über das Tal legte sich nach der Arbeitswoche eine bleierne Schwere.

Untertags versuchte sie mehrmals, Liebhart zu erreichen, da sie schließlich für heute verabredet hatten, die Familien aufzusuchen, bei denen Andrzej vor seinem Tod gewesen war.

Er hob nicht ab. Der Fall der Autodiebe dürfte ihn doch noch mehr in Beschlag nehmen, als er gestern vorhergesehen hat, dachte Rosa und beschloss, am Abend ins Kahlenbergerdorf zu fahren. Wenn sie schon mit der Botschaft, die Paul ihr hinterlassen hatte, nicht weiterkam, wollte sie wenigstens versuchen, Licht in die Mordfälle Friedrich Kobald und Andrzej Zieliński zu bringen. Die Heurigen waren an einem trüben Sonntagnachmittag, wenn das Wetter zu unsicher für eine Wanderung zu den Wiener Hausbergen war, sicher spärlich und nur von ein paar Einheimischen besucht. Rosa wollte ihr Glück versuchen, vielleicht konnte sie ja etwas Interessantes in dem ein oder anderen Gespräch aufschnappen.

Als sie im Dorf eintraf, ging die Sonne hinter dem Leopoldsberg unter, und der Abend senkte sich herab. In der Dämmerung zog der Nebel vom Donaukanal in den alten Ortskern und in die Hinterhöfe, in denen Leintücher an Wäscheleinen trockneten. Die Langeweile des Feierabends lag in den Gassen und um die mit Geißblatt bewachsenen Mauern.

Vor dem Weingut Taschler irrte ein winziger, staubiger Rauhaardackel umher. Rosa ging langsam auf ihn zu, doch er flüchtete über ein paar Stufen in den kleinen, rasenbewachsenen Hof der Kirche.

Sie folgte ihm, ihr Blick fiel auf das weinselige Gesicht einer Statue. »Gundakar von Thernberg, der Pfaff vom Kahlenberg, 1300–1349, Geistlicher Spassmacher am Hofe Herzog Ottos des Fröhlichen«, stand auf einer efeuumrankten Steinplatte geschrieben.

Rosa hörte den Hund wimmern und ging langsam um die Kirche herum, an deren südöstlicher Seite ein paar Gedenktafeln für Verstorbene angebracht waren, die bis ins 17. Jahrhundert zurückreichten.

Der Dackel hatte sich zwischen ein paar niederen Büschen, die unter einer Tafel zum Gedenken an die gefallenen Soldaten aus dem Ersten Weltkrieg wuchsen, verkrochen. Als Rosa in die Hocke ging, flitzte er an ihr vorbei Richtung Ausgang. Sie gab die Jagd auf und betrachtete noch ein wenig das Relief, das eine Muttergottes mit ihrem Kind im Arm zeigte. Es erinnerte sie an Andrzejs Ikone. Sie blieb stehen und überlegte, ob das ein Zufall war.

Noch in Gedanken stieg sie wenig später ein paar Stufen zu einem Heurigen in der Bloschgasse hinab. Sie ging durch ein dunkles Lokal, wo an einem Stammtisch ein paar Männer saßen, die sie schweigend musterten. Der Wirt stand hinter einer Schank, die aus einer alten Weinpresse getischlert worden war.

Rosa durchquerte einen fast leeren Gastraum und warf einen Blick in den kleinen Hof, in dem ein paar Bänke standen; dort war niemand zu sehen, und so kehrte sie in den Schankraum zurück.

Da das Kahlenbergerdorf zum Leopoldsberg hin stark anstieg, waren die Innenhöfe der Heurigen terrassenförmig angelegt. In Grinzing und in den anderen Lokalen in der Umgebung von Wien kam man unter Bäumen mit weit ausladenden Kronen über kiesbedeckten Wegen mit steigendem Alkoholspiegel dem »goldenen Wiener Herzen« deutlich näher; die verbauten, engen Höfe im Kahlenbergerdorf hatten die Atmosphäre einer Tuba, in deren Trichter das Grölen der Gäste verstärkt wurde.

Rosa hatte immer Mitleid mit den Kellnerinnen, die die schwer beladenen Tabletts über zahlreiche Stufen tragen mussten.

Sie nahm an einem der dunklen Holztische mit abgewetzten Bänken in der Nähe der Schank Platz und bestellte ein Achtel Gewürztraminer und eine Salzbrezel. Rosa ließ sie nach dem ersten Bissen liegen, sie war hart und schmeckte nach Zigarettenrauch. Offensichtlich hatte sie schon länger an dem hölzernen Stock, der auf der Theke stand, gehangen. Die Tischplatte klebte vom rasch aufgewischten Wein an ihren Unterarmen.

Die Männer am Stammtisch saßen vor ihren fettigen kleinen Gläsern und einer nicht etikettierten dunkelgrünen Weinflasche. Bevor Rosa den Wirt in ein Gespräch verwickeln konnte, betrat ein großer blonder Mann den Heurigen. Sein Blick streifte Rosa, dann setzte er sich zu den anderen Männern, die wie zerrupfte kleine Vögel in die Bank hineinrückten, um ihm Platz zu machen.

Ein Rudelführer, dachte Rosa.

Er war der Jüngste, hier geboren, hier geblieben und bewirtschaftete mit Sicherheit einen Weinbaubetrieb in der Nähe. Seine Arbeitsstiefel waren mit Erde beschmiert.

»Das ist eine Sache mit dem Regen«, sagte ein Alter.

»Fast alle Reben sind hin«, warf der Junge ein und schob seine Mütze mit dem Daumen in den Nacken.

»Dann kommt was anderes nach, Robert«, meinte der Wirt in Richtung des Jungen.

»Wenn's im nächsten Sommer wieder so viel regnet, nicht. Da ist es besser, man wohnt in Wien, da schert sich keiner um den Wein.«

Am Tisch trat Schweigen ein, und einige Gesichter wandten sich verstohlen Rosa zu.

»Wieso sollte ich aus Wien sein?«, fragte sie in ruhigem Ton.

»Mit *den* Schuhen kannst du nicht in einem Weingarten arbeiten.« Robert sah siegessicher in die Runde. Die Männer fingen an zu lachen.

»Und du kannst mit *dem* Schädel nicht erkennen, wo jemand herkommt«, schnappte Rosa zurück.

Das Lachen verebbte, und Robert biss die Zähne zusammen, sodass die Muskeln an den Wangen hervortraten. Der Wirt hinter der Schank begann zu prusten. Rosa sah in ihm den Vermittler, der in seinem Revier keine Unruhe duldete. Er war älter als Robert, aber nicht so alt wie die fünf Männer, die in sein Lachen einfielen.

Robert rieb sich den Nacken und lenkte ein, wobei er Rosa immer noch den Rücken zuwandte. »Du kommst nicht aus Wien.«

Rosa wusste, dass man hier keine direkten Fragen stellte. Das würde bedeuten, man sei neugierig, und Neugierde ist was für Weiber und nicht für Männer. Männer gehen ihren Weg und fragen nicht viel, denn sie wissen, wo es langgeht.

»Bin selbst vom Land. Und wo wohnst du?«

Robert nahm sich einen Zahnstocher aus einem kleinen Gefäß auf dem Tisch und antwortete beiläufig: »Wohn im Dorf.«

Rosa nickte und trank einen Schluck Wein. »Dann hast du ja die alte Zehetmair gekannt?«

»Hm« war alles, was sie zur Antwort bekam.

So ein bockiger Haufen, dachte Rosa. »Eigenartig, was da bei euch in der letzten Zeit alles passiert ist. Zuerst brennt das Haus der Zehetmair, dann geht eine Mure ab, man findet einen toten Polen im Hafen, und das Pfarramt brennt aus. Um die Aufräumarbeiten beneid ich euch nicht.«

Sie sah zur Decke und versuchte, so teilnahmslos wie möglich auszusehen. Schweigend zählte sie die Risse in der gekalkten Wand.

Am Stammtisch herrschte Unruhe. Die Alten rutschten auf ihren Bänken hin und her und ließen die Gläser in ihren knorrigen Händen kreisen.

»Der Pole war selbst schuld«, brummte Robert.

Rosa horchte auf, versuchte es zu verbergen und zuckte gleichgültig mit den Schultern. Mit dem Fingernagel fuhr sie die Maserung des Holztisches nach.

»Was redst denn da«, rief der Wirt dazwischen, »der war öfter bei mir, und ich hab mit ihm geplaudert.« Er wandte sich an Rosa. »War halt einsam in der Pension Schrattner.«

»Der war selbst schuld, sag ich«, stieß Robert in jugendlicher Heftigkeit hervor und sah den Wirt an. »Dauernd mit seiner Fragerei. Wir wissen nicht, wo dem sein Zeug hingekommen ist. Ist ja auch schon fast hundert Jahre her.«

»Woher solln wir denn das wissen?«, echote ein Alter.

Rosa befürchtete, dass sie durch das nun folgende Schweigen vom Thema abkommen würden.

Sie streckte sich und meinte in die Gaststube hinein: »Na, das ist eine lange Zeit, da kann man ja wirklich nichts mehr wissen.«

»Ja, lange Zeit«, wiederholte ein anderer Alter und beobachtete Rosa, die den Wein in ihrem Glas schwenkte. »Mein Vater ist auch nicht mehr wiedergekommen.«

Rosa verstand überhaupt nicht, worauf sich der alte Mann bezog; sie entschied, einfach zu warten.

»Das war doch der Zweite Weltkrieg, du kriegst schon alles durcheinander«, fuhr Robert ihn an. »Der Pole war nur am Ersten interessiert.«

»Gestorben sind sie da und dort«, begehrte der Alte auf und wies mit seinem krummen Finger auf die Holzplatte des Tisches, als läge dort der Beweis für das eben Gesagte.

»Ach, halt's Maul! Schnaps ma lieber eine Runde!« Robert stand auf und holte ein paar Karten von der Theke.

Die Runde begann schweigend zu spielen. Rosa wartete noch eine Weile. Als sie sich sicher war, dass aus den Leuten nichts mehr herauszukriegen war, bezahlte sie und verließ den Heurigen.

Der herrenlose Dackel hatte sich in die Ecke eines Haustores zurückgezogen. Sie ging auf ihn zu, doch als er merkte, dass sich ihm jemand näherte, sprang er auf und eilte mit eingeklemmtem Schwanz und tief gesenktem Kopf ein paar Meter weg. Dann drehte er sich um und sah sie angsterfüllt an. Sie versuchte es noch einmal, machte ein paar Schritte in seine Richtung, ging in die Hocke und wollte ihn mit leiser Stimme zu sich locken. Doch der Hund wich wieder vor ihr zurück. Rosa stand auf und betrachtete voll Mitleid das arme, halb verhungerte Tier.

»Du bist genauso wie die Leute hier«, stellte sie fest, »hast vor irgendetwas Angst und willst dir nicht helfen lassen!« Schweren Herzens ging sie zu ihrem Auto.

Als sie zu Hause die Tür aufsperrte, war es schon dunkel. Sie roch an ihren Kleidern und in den Haaren den schalen Geruch des Heurigen und stieg in den ersten Stock, um ein Bad zu nehmen.

Johanna stellte aus den wild wuchernden Rosen in ihrem Garten Rosenöl her, und Rosa tröpfelte nun ein wenig davon in ihr Badewasser. Nach zehn Minuten in der warmen Wanne merkte sie, wie sich ihre Muskeln entspannten.

Ihre Gedanken wanderten zum Kahlenbergerdorf. Sie erinnerte sich an den imposanten frei stehenden späthistorischen Bau in der Bloschgasse, nahe der Stelle, an der sie am Tag des Murenabgangs ihr Auto geparkt hatte. Der gelbe Verputz der Fassade war großflächig abgefallen, die dunkelgrün gerahmten Fenster waren schmutzig und manche eingeschlagen. Der niedrigen Holzeingangstür hatte die Vernachlässigung eine gewisse Patina verliehen. Der Bau wirkte, als würde er schlafen, bis man willens war, ihm genügend Aufmerksamkeit zu schenken. Der einzige Eingang zu dieser riesigen Schönheit im Kern des Dorfes hatte auf sie den Eindruck gemacht, das geschlossene Auge des Hauses zu sein, das nur darauf wartete, geweckt zu werden.

Und so war es mit mehreren Gebäuden im Dorf.

Sie knetete ihre noch immer verspannten Schultern und dachte an die Muttergottes im Hof der Kirche.

Wieso hat Andrzej die Dorfbewohner über den Ersten Weltkrieg befragt?, überlegte Rosa.

Als sie aus der Wanne stieg, hätte sie sich beinahe an dem kaputten Haltegriff hochgezogen, hielt jedoch gerade noch rechtzeitig inne, denn ihr Gewicht hätte ihn sicher vollends herausgerissen. Rosa begutachtete die Dübel, die nur noch sehr locker im Mauerwerk steckten, und beschloss, den Griff morgen endlich zu reparieren.

Als sie im Bademantel ins Erdgeschoss hinunterstieg, knurrte ihr der Magen. Im Eiskasten waren noch eingelegtes Gemüse und ein in Wachspapier eingewickelter Cheddar. Die süßen Feigen aus dem Delikatessenladen würden sehr gut zum Käse passen. Sie hatte Lust auf ein Glas Wein und stieg in ihren Keller. Hier roch es angenehm nach Äpfeln, und sie entschied sich für einen Gewürztraminer aus dem Elsass. Ein kräftiger Weißwein, der dem würzigen Käse standhalten konnte.

Auf der Terrasse wehte ein kräftiger Wind; er stieß in den Kamin, dass es Ascheteilchen ins Zimmer blies. Rosa entschied, im Wohnzimmer zu essen. Die Katze legte sich zu ihr und begann heftig zu schnurren; ihr dunkles Fell erinnerte Rosa an das Haar von Daniel Mühlböck.

Sie wickelte sich in eine Decke und nahm auf dem Sofa Platz. Der Käse war etwas zu kalt. Sie fand ihn trotzdem ausgezeichnet und klaubte die kleinen Würfel mit den Fingern vom Teller. Das Gemüse schmeckte zart nach Knoblauch. Als sie einen Schluck Wein nahm, kam ihr die Meldung vom jungen Robert über die beiden Weltkriege in den Sinn. Sie ließ den Gewürztraminer langsam im Mund kreisen.

»Kriegsbeute«, sagte sie zu sich, als sie an das Brustkreuz und die Ikone dachte. »›Unsre Seelen sind verloren, zu Michaeli hat mit uns im Kahlenbergerdorf der Teufel getanzt. Anno Domini 1919.‹ Es geht um Kriegsbeute! Wie kann ich Liebhart von dieser Entdeckung berichten, ohne ihm meinen Alleingang zu beichten?«

Rosa lauschte dem Wind, der ins Tal fiel und durch die Gassen stob, sodass auf den alten Wäscheleinen die verlassenen Wäscheklammern tanzten.

In der Morgendämmerung läutete das Telefon.

Rosa schälte sich aus ihren Polstern und griff nach dem Hörer.

»Wir haben Bissspuren an den Knochen gefunden«, begann Liebhart.

»An welchen Knochen habt ihr Bissspuren gefunden?«, antwortete Rosa schlaftrunken.

»Wir haben an siebzehn Skeletten aus dem Kuchelauer Hafen Bissspuren gefunden.«

»Ist das nicht normal? Vielleicht haben Tiere die Knochen ausgegraben und daran herumgenagt. Mit der Mure ist dann alles ins Hafenbecken gerutscht.«

»Nein, Rosa. Es sind keine Bissspuren von Tieren, sondern von Menschen.«

12

Prof. Dr. Wankel unterrichtete am Institut für Anthropologie an der Universität Wien und nahm gleichzeitig an einem Forschungsprojekt im Naturhistorischen Museum teil. Liebhart hatte Rosa dorthin bestellt, da Professor Wankel sich wegen des Projektes in seiner vorlesungsfreien Zeit ausschließlich im Museum aufzuhalten pflegte.

Als sie die Treppe hinaufstieg, blieb sie kurz stehen, drehte sich um und sah hinüber zum Kunsthistorischen Museum. Sie ließ ihren Blick über die helle Balustrade gleiten, die von der großen Eingangstür auf den Maria-Theresien-Platz mit der Statue der Kaiserin führte. Dort, auf dem Geländer, hatte Ende November letzten Jahres der abgetrennte Frauenkopf gelegen, mit dem die Zusammenarbeit mit Liebhart begonnen hatte. Viel war seitdem passiert, sie wäre fast totgeprügelt worden und hatte Beweise gefunden, die berechtigte Zweifel am Unfalltod von Paul hatten aufkommen lassen. Rosa drehte sich um und stieg schnell die restlichen Stufen zur Eingangstür hinauf.

Die Anthropologische Abteilung des Naturhistorischen Museums beherbergt vierzigtausend Gebeine, die in raumhohen Glasvitrinen bis zur Decke ausgestellt sind. Rosa traf Liebhart und Schurrauer in einem fensterlosen Extraraum. Auf einem großen Tisch unter einer starken Neonlampe lagen ein paar dunkle Knochen. Von der Decke hing eine Kamera, die an einem Schwenkarm befestigt war. An einer Wand stand ein großer Flatscreen.

Professor Wankel war ein schlaksiger Mann um die fünfzig. Wenn er lächelte, entblößte er ein riesiges Gebiss und erinnerte Rosa an ein Pferd. Seine weißen Haare standen ihm ungebändigt vom Kopf, und auf seiner großen Nase saß eine Brille aus einem zarten Silbergestell. Er umschloss zur Begrüßung Rosas Hand vollständig mit seiner, die ungefähr die Größe einer Schaufel hatte.

Als alle versammelt waren, begann er mit seinen Erläuterungen. »Wie Sie vielleicht bereits wissen, sind die Bergungsarbeiten im Kuchelauer Hafen abgeschlossen. Insgesamt haben wir fünfunddreißig

Skelette gefunden, leider nicht alle vollständig. Der Zustand der Knochen hat uns Aufschluss über die Art und Weise gegeben, auf die die Toten einst bestattet wurden.«

Rosa merkte, wie Liebhart sich anspannte. »Und wie sind sie begraben worden?«, fragte er und massierte sich den Kiefer.

»Wenn eine Leiche in einem Sarg bestattet und vielleicht auch noch einbalsamiert worden ist, verwest sie anders als in bloßer Erde. Bei den Toten vom Leopoldsberg war Letzteres der Fall.«

»Fünfunddreißig Personen einfach verscharrt«, bemerkte Liebhart.

»Konnten Sie herausfinden, ob man sie einzeln oder paarweise begraben hat?« Rosa führte die Gänsehaut, die ihr über den Rücken lief, nicht auf die Klimaanlage zurück.

Professor Wankel nickte. »Ja, denn Gott sei Dank sind die Skelette in den Kuchelauer Hafen – also in ein stehendes Gewässer – gerutscht und haben nicht lange im Wasser gelegen. Das heißt, die Erde ist nicht vollständig aus den Knochen ausgeschwemmt worden. Wir haben Bodenproben, die wir in den Schädeln sichern konnten, an die Universität für Bodenkultur geschickt. Dort hat man sie mit Proben aus dem Hang verglichen und herausgefunden, dass die Körper in einem sehr kleinen Bereich im Hang gelegen sind.«

»Wie klein?« Liebharts Fragen wurden immer kürzer.

Professor Wankel sah ihn über den Rand seiner Brille an. »Die Personen sind in einem zwanzig bis fünfundzwanzig Kubikmeter großen Areal begraben worden.«

»Wie wir vermutet haben: ein Massengrab«, brummte Liebhart.

Einen Augenblick lang hörte man nur das Surren der Klimaanlage.

Professor Wankel schob sich die Brille höher auf die Nase und wies auf die Knochen, die auf dem Tisch vor ihnen lagen. »Wir sehen hier das Skelett der Leiche mit der Fallnummer drei. Es handelt sich um die Überreste eines weißen männlichen Mitteleuropäers. Er wurde zwischen dreißig und vierzig Jahre alt. Die Verwesung tief liegender Leichen im Erdreich dauert achtmal länger als die eines an der Luft liegenden Toten. Diese Leichen wurden schon vor sehr langer Zeit begraben, ich konnte kein Leichenwachs mehr an den Knochen finden.«

»Wie lange?«, hakte Liebhart nach.

»Circa neunzig Jahre«, antwortete der Anthropologe. »Bei dem Skelett dieses Mannes habe ich Abnützungserscheinungen an der Hüfte feststellen können. Das bedeutet, dass er schon von früher Jugend an schwer arbeiten musste. Und hier sehen Sie nun den Grund meines Anrufes.«

Professor Wankel zog einen Kugelschreiber aus der Brusttasche seines Hemdes und wies damit auf den Brustkorb des Toten. »An der zwölften Rippe haben wir Bissspuren gefunden.«

Liebhart, Rosa und Schurrauer beugten sich über die Knochen. Rosa kam es vor, als würden sie mit der Bewegung ihren Respekt vor dem Toten bekunden.

Der Anthropologe beobachtete sie kurz. »Ich werde unsere Kamera einschalten. Bitte werfen Sie einen Blick auf den Bildschirm.« Er deutete auf den großen Flatscreen und zog die Kamera über den Knochen.

Ein wenig später flackerte eine starke Vergrößerung der untersten Rippe in Farbe auf dem Bildschirm auf. Deutlich hoben sich helle Nagespuren vom dunklen Knochen ab.

»Das sind Abdrücke eines menschlichen Gebisses. Hier sind die Zähne in den Knochen eingeschlagen, und dann haben sie das Fleisch abgezogen. Wir konnten die Bissspuren von der Rippe dieses jungen Mannes dem Gebiss des Skeletts mit der Fallnummer zwanzig zuordnen.« Professor Wankel trat etwas beiseite und ließ die drei das Bild auf dem Flatscreen betrachten.

Liebhart holte scharf Luft. Schurrauer fuhr sich mit der Hand über die Stirn und dann über die Augen, er drehte sich kurz weg. Rosa hustete mit vorgehaltener Hand und unterdrückte damit ihren Brechreiz.

»Hundert Prozent sicher, dass es sich um menschliche Bissspuren handelt?«, fragte Liebhart nach ein paar Sekunden Stille.

Professor Wankel zeigte erneut auf den Bildschirm, während er sprach. »Hier sehen Sie den Abdruck von vier oberen Schneidezähnen, an der anderen Seite des Knochens haben wir den Abdruck der unteren gefunden. Und das hier sind die Zugspuren.«

»Schimpansen haben doch auch acht Schneidezähne.«

Rosa hoffte, dass Professor Wankel diesem Einwurf Schurrauers zustimmen würde.

»Richtig, jedoch bilden sie nicht einen so durchgehenden Bogen wie menschliche.« Professor Wankel nahm die Brille ab und massierte sich den Nasenrücken. »Abgesehen davon glaube ich nicht, dass ein frei laufender Schimpanse Ihnen die Untersuchungen leichter machen würde.«

»Sind die Bissspuren an den Skeletten immer an den gleichen Stellen?«, erkundigte sich Rosa.

»Eine gute Frage.« Der Anthropologe nahm ein Klemmbrett zur Hand und begann vorzulesen. »Das Skelett mit der Fallnummer fünf weist Bissspuren vom Skelett mit der Fallnummer dreiunddreißig auf, und zwar auf der Innenseite des Oberarmknochens. Die Überreste vom Skelett Nummer siebzehn weisen Spuren der Zähne des Skelettes Nummer sieben an der Oberkante der rechten Beckenschaufel auf –«

Liebhart räusperte sich. »Vielen Dank, Herr Professor, ich denke, wir haben verstanden. Gibt es irgendeine Geschlechterverteilung, das heißt, wurden nur die Männer von den Frauen angefressen oder umgekehrt?«

»Nein, dergleichen konnte ich nicht erkennen.«

»Ich stelle es mir sehr schwierig vor, bis auf den Knochen durch rohes Fleisch zu beißen, ohne es vorher zu zerteilen«, sagte Liebhart.

»Wenn man einen Menschen mit einem Messer oder einer Säge zerteilt, dann rutscht man, auch wenn man noch so vorsichtig ist, irgendwann einmal auf den Knochen ab. Wir haben die Skelette sehr gründlich auf solche Spuren untersucht und konnten Kerben von scharfen Werkzeugen finden.« Er justierte die Kamera über dem Knochen neu. Auf dem Flatscreen ließen sich nun helle Kerben erkennen.

»Konnten Sie feststellen, ob das Fleisch vor dem Verzehr erhitzt worden ist?«, fragte Schurrauer.

»Oh mein Gott! Ich kann nicht glauben, dass du das gefragt hast!«, flüsterte Rosa und begann erneut zu husten.

Professor Wankel antwortete, als ob man ihn gefragt hätte, wie er denn sein Wochenende verbracht habe. »Nein, es gibt keine Spuren von Hitzeeinwirkung an den Knochen. Ich kann das selbst auch nicht nachvollziehen, denn gesetzt den Fall, ich möchte einen Menschen verzehren«, Rosa verbarg ihren Mund in der Hand und hüstelte heftiger, »würde ich ihn aufgrund des zähen Fleisches irgendwie zubereiten. Zum Beispiel kochen.«

»Wissen Sie schon, woran die Personen gestorben sind?«, unterbrach ihn Schurrauer.

»Ich kann Ihnen nur sagen, was die Knochen mir verraten. Deren Zustand deutet darauf hin, dass die Menschen alle zur selben Zeit gestorben und begraben worden sind. Ich habe keine Schussspuren und keine Stich- oder Schnittspuren gefunden, die zum Tod geführt hätten. Bis jetzt konnte ich auch keine tödlichen Krankheiten im Knochenmaterial finden, die Analyse läuft allerdings noch.«

»Also sind sie nicht durch äußere Gewalteinwirkung umgekommen«, resümierte Schurrauer.

»DNA?«, stieß Liebhart hervor.

»Wir versuchen, welche aus den Oberschenkelknochen zu bekommen. Aber ich kann Ihnen keine Wunder versprechen. Wenn dort keine organischen Komponenten mehr vorhanden sind, ist eine Bestimmung der DNA unmöglich.«

Nachdem sie von Professor Wankel die erschütternden Details zu den Skeletten gehört hatten, steuerten Liebhart, Rosa und Schurrauer, ohne ein Wort zu verlieren, das nächste Kaffeehaus an. So saßen sie wenig später im Kaffeerestaurant Bellaria und starrten ungläubig vor sich hin. Als die Kellnerin kam, bestellte jeder einen Schnaps, sogar Schurrauer, der sonst nie Alkohol trank.

»Was kann Menschen in einem Kulturkreis, in dem Kannibalismus als abstoßend gilt, dazu bringen, einander aufzufressen?«, fragte Liebhart nach einer Weile mit leerem Blick.

»Eine Notsituation«, antwortete Rosa und hustete wieder, der Brechreiz hatte sich nicht gelegt.

»Wie beim Flugzeugabsturz in den chilenischen Anden 1972. Ein paar Passagiere wurden nach zweiundsiebzig Tagen gerettet; sie hatten nur überlebt, weil sie andere Fluggäste gegessen hatten«, sagte Schurrauer.

»Es gibt ein Ölbild des französischen Malers Théodore Géricault, ›Das Floß der Medusa‹. Es ist 1819 entstanden und hängt heute im Louvre in Paris. Das Sujet des Bildes geht auf ein tatsächliches Ereignis zurück. 1816 war es auf einem Floß, auf dem sich

Überlebende einer verunglückten französischen Flotte befanden, zu Kannibalismus gekommen. Die Matrosen hatten am dritten Tag ohne Nahrung und Wasser begonnen, ihre Verstorbenen aufzufressen«, meinte Rosa.

Sie schwiegen, das Thema schlug ihnen aufs Gemüt.

»Kannibalismus ist auch aus rituellen Gründen praktiziert worden. Wie in den fünfziger Jahren des vorigen Jahrhunderts vom Volk der Fore aus Papua-Neuguinea. Die wären übrigens fast ausgestorben, da sie durch den Verzehr der Gehirne ihrer toten Verwandten Kuru – das ist eine Prionenkrankheit, ähnlich dem Rinderwahn und dem Creutzfeldt-Jakob-Syndrom – bekommen hatten.« Schurrauer drehte sein Glas in der Hand.

»Das heißt, dass man als Mensch vom Menschenfleisch krank wird«, sagte Liebhart.

Schurrauer nickte. »Über die Speiseröhre gelangen die Prionen in den Darm, dort treten sie in die Nervenbahnen ein und wandern ins Gehirn. Ein zweiter Weg führt über das Rückenmark. Auf dem Weg dorthin werden Blinddarm, Milz, Mandeln und das Lymphsystem befallen. Bis die Erreger ins Gehirn gelangen, können Jahre vergehen. Zeigen sich allerdings die ersten Symptome, geht alles sehr schnell. Zerstörung des Gehirns, rascher geistiger Verfall, dann massive Bewegungsstörungen und schlussendlich der Tod.«

»So weit ist es bei den Menschen in unserem Fall nicht gekommen. Die sind alle gleichzeitig, kurz nachdem sie angenagt worden sind, gestorben«, fügte Liebhart hinzu und schüttelte sich. »Der Zettel, den wir im Brustkreuz gefunden haben, bezieht sich auf ein Ereignis im Kahlenbergerdorf zu Michaeli am 29. September 1919. Ist euch irgendein Ereignis aus dem Dorf vor circa neunzig Jahren bekannt? Erzählt man sich Schauergeschichten hinter vorgehaltener Hand? Gerüchte oder Ähnliches? Ich bin mir sicher, dass das, was zu Michaeli 1919 passiert ist, mit den angenagten Skeletten zusammenhängt. Von der Zeit her würde es passen.«

Rosa überlegte kurz, ob sie Liebhart von ihrem gestrigen Ausflug erzählen sollte, verwarf den Gedanken wieder und antwortete: »Im Bezirksmuseum konnte ich nur herausfinden, dass das Dorf um 1900 arm gewesen war. Die Weinreben waren durch einen Schädlingsbefall vernichtet worden, und der Hang von Leopolds- und Kahlenberg war stark abrutschgefährdet.«

»Wem gehört denn das Land an den Hängen der Wiener Hausberge?«, fragte Liebhart.

»Laut Grundbuch dem Stift Klosterneuburg«, antwortete Schurrauer. »Wir haben uns mit dem dortigen Verwalter, nachdem die Mure abgegangen war, in Verbindung gesetzt, da wir damals noch vermutet hatten, dass die Skelette von einem stillgelegten Friedhof stammen könnten. Er konnte uns nicht weiterhelfen.«

Liebhart fuhr sich durch das verschwitzte Haar. »Es wird die Hölle los sein, sobald die Presse von dem Kannibalismus Wind bekommt. Je abartiger Verbrechen sind, desto größer ist das öffentliche Interesse, und je größer das öffentliche Interesse, desto größer ist der Druck des Justizministeriums.«

Sein Telefon läutete.

»Die Witwe von Zieliński ist da, wir müssen gehen.«

Agnieszka Zielińska wartete im Besprechungszimmer der Kriminalpolizei. Sie war eine zierliche Frau, der ihre dünnen blonden Haarsträhnen ins Gesicht fielen. Blass, in einem viel zu warmen Pullover, hatte sie sich in einen Sessel gekauert. Sie schlug das Angebot, etwas zu trinken, aus und streckte zur Begrüßung Rosa und Liebhart ihre schmale, kraftlose Hand entgegen. Rosa wunderte sich, dass die Hand kühl war.

Ein polnischer Übersetzer war zu dem Gespräch hinzugebeten worden. Er stellte sich Liebhart und Rosa als Michałł Dzierwa vor.

»Wir möchten Ihnen zuallererst unser Beileid aussprechen«, begann Liebhart, und Michałł Dzierwa übersetzte.

Agnieszka Zielińska nickte und fragte mit dünner Stimme, ob man schon wisse, wer ihrem Mann das angetan hatte. Liebhart verneinte niedergeschlagen und versicherte, dass er alles in seiner Macht Stehende tun werde, um den Schuldigen so schnell wie möglich zu finden.

»Können Sie mir erklären, warum Ihr Mann Polen verlassen hat?«

Agnieszka Zielińska erzählte, dass Andrzej und sie bei Zamość, einer Stadt im südöstlichen Teil Polens, gewohnt hatten. Sie hatten mit der Großmutter ihres Mannes, Zofia Zielińska, etwas außerhalb der Stadt auf deren Hof gelebt. Zofia war schon achtundneunzig Jahre alt. Andrzej hatte Polen wegen einer Geschichte verlassen, die seine Großmutter ihm von klein auf erzählt hatte.

Liebhart schenkte Wasser in vier Gläser, die am Tisch standen, und bedeutete Agnieszka Zielińska weiterzusprechen.

Als Andrzejs Großmutter vier Jahre alt gewesen war, waren Soldaten in den Hof, auf dem ihre Familie und sie gelebt hatten, eingefallen. Die alte Frau konnte sich nur noch undeutlich an die Nacht erinnern, aber die Soldaten hatten gestohlen, was sie zu fassen gekriegt hatten. Ihre Mutter hatte ihre beiden Brüder und sie in den Stall gezogen und Heu über sie geworfen, dann war sie auf den Hof gelaufen, um die Fremden von ihren Kindern abzulenken.

Sie hatten ihren Vater und ihre Mutter erschossen; Zofia hatte ihre Eltern nie wiedergesehen. Sie konnte sich noch erinnern, dass es ein sehr heißer Sommer gewesen war und ihre Brüder und sie fast keine Luft unter dem Stroh bekommen hatten. Vor lauter Angst hatten sie sich lange nicht wieder herausgewagt, sondern die ganze Nacht und den ganzen nächsten Tag gewartet. In der Dämmerung waren sie dann aus dem Heu hervorgekrochen. Der Hof war geplündert worden, und auf den Feldern hatten die Soldaten bei Lagerfeuern ihren Raubzug gefeiert. Sie waren betrunken gewesen und hatten die Vorratskeller der umliegenden Höfe leer gefressen. Drei Tage hatten die Plünderungen gedauert, dann waren die Fremden endlich weitergezogen. Zofia hatte den Tod ihrer Eltern und den Diebstahl der Ikone nie verwinden können.

Agnieszka Zielińska griff zögernd zu dem Glas Wasser und trank ein paar Schluck. Rosa konnte sehen, dass ihre Hände zitterten. Die Geschichte rund um die gestohlene Ikone schien ihr zuzusetzen.

Danach atmete sie tief ein und fuhr fort, dass sie in einem Supermarkt in Zamość arbeite. Andrzej habe bis vor einem halben Jahr in einem Stahlwerk nahe dem Ort eine Anstellung gehabt. Als es geschlossen worden war, hatte er keine neue Arbeit mehr gefunden. Das Geld sei knapp geworden, und deswegen habe er entschieden, die Ikone zu suchen.

Liebhart fragte, ob sie mit ihrem Mann während seiner Reise in Kontakt gestanden habe. Sie antwortete, dass sie ab und zu telefoniert hätten. Andrzej hatte nicht viel Geld bei sich gehabt, er hatte an allen Ecken und Enden sparen müssen, und so wurden die Telefonate immer seltener.

»Hat Ihr Mann einmal einen gewissen Friedrich Kobald erwähnt?« Liebhart forderte Michałl Dzierwa mit einem Kopfnicken auf zu übersetzen.

Der Dolmetscher gab die Frage auf Polnisch weiter.

Nein, dieser Name sagte ihr nichts. Andrzej hatte ihr während der kurzen Telefonate versichert, ihr mehr von seiner Reise zu erzählen, sobald er wieder zu Hause wäre.

Die junge Frau wollte wissen, wer Friedrich Kobald denn sei. Als Liebhart ihr von den Fingerabdrücken ihres Mannes auf der Mordwaffe berichtete, legte sie erschrocken die Hand auf den Mund. Dann redete sie aufgeregt auf den Übersetzer ein.

Michałl Dzierwa hörte ihr nickend zu, dann fragte er Liebhart, ob die Polizei glaube, dass Andrzej Friedrich Kobald erschlagen habe. Frau Zielińska war sich sicher, dass dem nicht so gewesen sein könne.

Liebhart beruhigte sie und ließ sie wissen, dass ihr Mann vor dem Sammler gestorben war. Er schob ihr ein Foto des Brustkreuzes und der Monstranz hin und wollte wissen, ob sie die beiden Gegenstände schon einmal gesehen hatte. Sie studierte die Bilder sehr lange und schüttelte dann verneinend den Kopf.

Agnieszkas Vernehmung dauerte über eine Stunde. Rosa hörte auf diese eigenartige, kehlige Sprache. Da sie Polnisch nicht verstand, fiel es ihr schwer einzuschätzen, ob Agnieszka Zielińska die Wahrheit sagte.

Liebhart wollte abschließend mehr über die Ikone wissen, ob sie wertvoll sei, woher die Familie der Großmutter sie hatte; doch Agnieszka schüttelte nur wieder den Kopf; alles, was sie darüber wisse, habe sie ihm bereits erzählt. Er zeigte ihr das durch eine Klarsichthülle geschützte Foto, das die Polizei im Rucksack ihres Mannes gefunden hatte. Agnieszka nahm es in die Hand und strich mit dem Daumen ein paarmal drüber, dicke Tränen traten ihr in die Augen.

Rosa ließ ihr Zeit, sich wieder etwas zu fangen, dann wollte sie wissen, ob sie ihr den Schatten in der rechten unteren Ecke, den Rosa für einen fliegenden Zopf hielt, erklären könne. Agnieszka lächelte. Das Bild sei schon sehr alt. Der Urgroßonkel ihres Mannes sei Fotograf gewesen, er habe das Foto gemacht. Die alte Frau im Bild war die Ururgroßmutter Andrzejs, der Schatten im Bild war der Zopf seiner Großmutter Zofia. Sie musste damals circa drei Jahre alt gewesen sein.

Bevor Agnieszka Zielińska ging, bat Liebhart sie noch um eine DNA-Probe, um Spuren, die sie auf der Kleidung oder auf den persönlichen Gegenständen von Andrzej Zieliński entdeckt hatten, zuordnen zu können.

Rosa stand auf und streckte sich. »Gut, ich weiß jetzt, dass die Ikone schon lange im Besitz der Familie Zieliński war und dass sie vor vierundneunzig Jahren gestohlen worden ist. Ich versuche herauszufinden, wieso es Andrzej auf der Suche nach dem Marienbild ins Kahlenbergerdorf verschlagen hat«, meinte sie. Und werde das, was ich im Heurigen erfahren habe, mit ein paar Daten und Fakten untermauern, fügte sie in Gedanken hinzu.

»Wahrscheinlich hat Zieliński mit Kobald Kontakt aufgenommen, da er sich von dem Sammler eine Auskunft über den Verbleib der Ikone erhofft hatte«, sagte Schurrauer.

»Habt ihr schon irgendjemanden in Kobalds Umfeld gefunden, der uns dabei helfen kann festzustellen, wer bei dem Sammler ein und aus gegangen ist? Was ist mit den orthodoxen Gemeinden in Wien?« Liebhart stand auf und ging durch den Raum.

»Ostkirchliche Traditionen sind in Wien mit siebzehn Kirchengemeinden vertreten.« Schurrauer hob resigniert die Schultern.

Liebhart blieb stehen. »So viele? Wer gehört denn dazu?«

Schurrauer zählte auf: »Griechen, Russen, Bulgaren, Rumänen und Serben. Soviel ich weiß, Kopten, Syrer, Äthiopier und Armenier. Dann noch die katholischen Ostkirchen der Melkiten, Chaldäer, Maroniten, armenischen Mechitaristen und Ukrainer.«

»Herrje«, seufzte Rosa, »die Befragungen dauern ja sicher ewig.«

Alle drei starrten vor sich hin, dann nahm Liebhart seine Wanderung erneut auf. »Ich werde um einen Termin beim Justizminister anfragen. Wenn die Presse Wind von den Skeletten kriegt, kann ich mir meine Haut selbst abziehen und sie ihm schicken«, wechselte er unvermittelt das Thema und drehte sich zu Rosa. »Du kümmerst dich um die Ikone und bleibst so am Fall Zieliński dran. Wir treffen uns morgen im Kahlenbergerdorf und reden mit den Familien, die er in seinem Tagebuch erwähnt hat. Was kann ich dem Justizminister über unser weiteres Vorgehen im Fall des Massengrabes sagen? Irgendwelche Vorschläge?«

Liebhart sah Rosa und Schurrauer auffordernd an.

Schurrauer räusperte sich. »Wenn wir davon ausgehen, dass die fünfunddreißig unbekannten Personen aus dem Kahlenbergerdorf stammen, müssten wir doch irgendetwas in den Geburtsregistern finden. Selbst wenn sie vor rund neunzig Jahren gelebt haben.«

»Sicher«, meinte Rosa gedankenverloren, »wir können einfach ins Pfarramt von …«

Es wurde still im Raum.

»Teufel auch.« Liebhart rieb sich die Stirn, während er sprach. »Da ist aber einer sehr gründlich.«

»Und hat große Angst, erwischt zu werden. Er vernichtet die Unterlagen im Pfarramt …« Schurrauer schluckte.

»… indem er es in die Luft jagt«, vollendete Rosa den Satz. »Das Haus der alten Zehetmair ist auch abgebrannt. Ein bisschen viel Feuer für die paar Wochen.«

»So«, Liebhart schlug mit der flachen Hand auf den Tisch, »jetzt leiten wir eine offizielle Untersuchung ein. Die Überreste des Pfarramts und des Zehetmair-Hauses sollen in Hinblick auf Brandstiftung von einem Team der Abteilung für Brand- und Explosionsursachenermittlung aus Wien untersucht werden. Schurrauer, du fährst mit den Leuten ins Kahlenbergerdorf, sie sollen auf jeden Fall heute noch mit der Untersuchung beginnen. Ich brauche ein paar Ergebnisse für das morgige Gespräch mit dem Minister.«

Rosa war froh, Wien hinter sich zu lassen. Als sie auf der Autobahn war, kurbelte sie das Fenster hinunter und genoss Sonne und Fahrtwind auf ihrer Haut.

Gerade als sie sich halbwegs entspannt hatte, fielen ihr die dunklen Knochen auf dem Tisch des Naturhistorischen Museums ein. Sofort stieg wieder Brechreiz in ihr hoch. Um einen klaren Kopf zu bekommen, entschied sie, noch schnell in den Sellnersee zu springen, bevor sie nach Hause fuhr.

Sie parkte den Wagen an der üblichen Stelle und zog sich um. Das Wasser war klar und kühl, und sie spürte ihr Herz gegen den Brustkorb schlagen, als sie sich nach dem Schwimmen tropfnass auf die warmen Bretter des Stegs fallen ließ.

Als sie die Haustür aufsperrte, war die Übelkeit verschwunden, und Rosa bemerkte, dass sie Hunger hatte.

Aber nur auf Salat mit einem leichten Dressing, dachte sie schnell, da sie Angst hatte, dass ihr beim Gedanken an Fleisch wieder schlecht werden könnte.

Sie überlegte, ob sie einen Kuchen backen sollte, das hatte für sie immer etwas Tröstendes. Kummer und Sorgen ließen sich durch das Bearbeiten des Teiges wegkneten.

»Und abgesehen davon muss ich etwas Gescheites essen. Ich brauch die Kraft, wird wahrscheinlich eine arbeitsame Nacht«, bestärkte sie sich selbst.

Obwohl es im Brunner Klima mit seinen bitterkalten Wintern und heißen Sommern schwer war, hatte Rosa ein kleines Zitronenbäumchen gezogen. Sie goss es nur mit Regenwasser und stellte es beim ersten Frost in den Keller. Ein Zitronenbaum blüht und trägt gleichzeitig Früchte, so konnte sie sich auf der Terrasse nicht nur über den Blütenduft freuen, sondern auch über die Früchte, die sie jetzt für ihren Kuchen verwenden wollte.

Als die Sonne unterging, saß Rosa unter der Blutbuche auf der Holzbank und nippte an einem heißen Espresso in einer dickwandigen kleinen Tasse. Sie hatte sich eine große Schüssel mit Salat gemacht und dazu einen würzigen Schafskäse und etwas dunkles Bauernbrot gegessen. Genussvoll biss sie in eine Feige, der dunkelrote Saft tropfte von ihren Fingern. Der Zitronenkuchen stand im Rohr und begann bereits zu duften, ein Zeichen, dass er bald fertig war. Das Teigkneten hatte sie leider nicht so wie erwartet abgelenkt, und so stürzten die Ereignisse der letzten Tage erneut auf sie ein.

Ihre Gedanken drehten sich unermüdlich um die Fragen: Was hatte Paul mit der rätselhaften Abkürzung »Gen. 16,1; Infer.« sagen wollen? Wieso war er an seinem Todestag, dem 11. Oktober, in der Bakk Pharm AG gewesen, obwohl er zu Hause arbeiten wollte? Er musste danach gleich zum Komatsee gefahren sein. Rosa konnte sich die Wege, die Paul an diesem Tag zurückgelegt hatte, nicht erklären. Wieso war er nicht nach Hause gefahren und hatte ihr dort eine eindeutigere Nachricht hinterlassen?

Agnieszka Zielińska, die nun in ihrem Flugzeug nach Hause sitzen dürfte, kam ihr in den Sinn; im Laderaum den Sarg, in dem die sterblichen Überreste ihres Mannes lagen. Für die junge Frau hatte wohl auch die Welt aufgehört, sich zu drehen, als ihr Mann gestorben war.

»Wie für mich, als ich Paul verloren habe.«

Rosa spürte, wie ihr Tränen in die Augen traten. Mit einem Mal fühlte sie sich unglaublich einsam. Sie konnte sich noch sehr gut an die Zeit nach Pauls Tod erinnern, monatelang hatte sie nichts empfunden.

Daniel Mühlböck hatte sich nicht wie versprochen gemeldet, und sie ärgerte sich über sich selbst, dass sie auf seinen Anruf wartete. Kurz überlegte sie, sich bei ihm zu melden.

»Den Teufel werd ich tun!« Sie ließ den letzten Rest Espresso in der Tasse kreisen, die außen ganz klebrig vom Feigensaft war.

Als sie aufstand, sah sie über die Hügel, hinter denen die Sonne blutrot unterging. Auf der Wiese vor ihrem Haus wippten die Blütenköpfe von Schafgarbe und Rittersporn im leichten Abendwind, Grillen zirpten. Doch trotz der Ruhe um sie herum war sie nervös. Mit der Entdeckung von Kannibalismus und eines anonymen Massengrabes war das Grauen in ihr friedliches Zuhause gekommen. Rosa schüttelte es, als sie an die dunklen Knochen dachte.

Im Haus fuhr sie ihr Notebook hoch und sah in ihre Mailbox. Keiner ihrer Kollegen oder alten Freunde, bei denen sie nachgefragt hatte, ob ihnen vermehrt sakrale Kunstgegenstände aus dem Osten im Handel aufgefallen waren, hatte sich gemeldet.

Sie telefonierte kurz mit Liebhart. Er hatte um acht Uhr früh einen Termin beim Justizminister. Schurrauer stand bis zu den Waden im Schutt des Pfarramtes vom Kahlenbergerdorf. Sie konnten erst morgen mit den Untersuchungen der Brandstätte des ehemaligen Hauses der Zehetmair beginnen, da es schon dunkel wurde. Liebhart verabredete sich dort mit ihr für elf Uhr vormittags. Rudolf Schinder, der Feuerwehrhauptmann, der geholfen hatte, den Brand zu löschen, sollte auch kommen.

Zwanzig Minuten später saß sie über ihre Bücher gebeugt an ihrem großen Esstisch im Wohnzimmer. Rosa hörte um acht Uhr am Abend auf, Kaffee zu trinken, und ging zu leichtem Kräutertee über, da ihre Hände beim Schreiben schon zitterten. Gegen zehn hatte sie ein Drittel des Zitronenkuchens direkt aus dem Steingutgeschirr gegessen, das neben ihr auf einem Stapel Bücher stand. Die Katze lag auf ein paar Zeitungen, die Rosa auf dem Esstisch abgelegt hatte, und schnurrte.

Als die Turmuhr im Ort elf schlug, lehnte Rosa sich zufrieden zurück. Da sie einen wichtigen Schritt weitergekommen war, verputzte sie zur Belohnung auch noch den restlichen Kuchen. Während sie langsam kaute, fiel ihr wieder Daniel Mühlböck ein, schnell stand sie auf und begann, Kaffeetassen mit eingetrockneten Überresten vom Tisch zu räumen. Dabei stieß sie einen Stapel Bücher um, und die Fotos der Ikone und des eigenartigen Abdruckes auf Andrzej Zielińskis Stirn segelten zu Boden. Als Rosa sie aufheben wollte, erstarrte sie.

***

Die Ritzbergerin streute Mehl auf die Holzplatte des Tisches und goss etwas Schafsmilch dazu. Sie knetete den Teig, bis er keine Blasen mehr warf, und salzte ihn zwischendurch. Ab und zu warf sie einen Blick aus dem Fenster vor ihr in den Hof, wo ihr Mann den Schädel unter einen kühlen Wasserstrahl hielt, den er mit einem Hebel aus dem Brunnen pumpte.

Heut geht er wieder zu der Hur', dachte sie und warf den Teig mit aller Wucht auf die Platte.

»Parfümiert sich wie ein Gockel, der Bock, und dann fahrt er nach Wien und glaubt, ich bin so deppert, dass ich's nicht merk.«

Sie biss die Zähne zusammen. Sie wusste, dass sie vor ihrer Zeit gealtert war, so wie jede hier. Die Arbeit saugte einem die Jugend aus, und sie wusste auch, dass sie sich nicht beschweren durfte: Keiner hätte sie geheiratet mit dem Bastard im Bauch. Obwohl es schon über zehn Jahre her war, rannen ihr Tränen über die Wangen, als sie an den Abend dachte, als er sie gezwungen hatte, das Kind abtreiben zu lassen.

Eigenartigerweise fiel ihr jetzt das Schwalbennest ein. Sie hatte damals ein kleines Zimmer unterhalb des Daches, dort hatten sich Schwalben im Frühling ein Nest auf einem Dachbalken gebaut. Am Morgen konnte sie den Flügelschlag der Schwalbeneltern hören, die eifrig Material für die Brutstätte gebracht hatten.

Der Arzt, der ihr Kind abgetrieben hatte, war eigentlich Tierarzt und so besoffen, dass er im Stehen schwankte. An jenem Tag im Frühling rüttelte ein starker Wind an den Fensterflügeln und wehte kleine Baumzweige auf die Straße. Als sie nach der Abtreibung nach Hause kam, hatte eine Brise das Nest vom Dachbalken geweht, zwei kleine Eier lagen zerbrochen vor der Haustür. Die Ritzbergerin konnte seit dem Eingriff keine Kinder mehr bekommen.

13

Rosa hatte nach ihrer Entdeckung nicht schlafen können und sich bis vier Uhr früh in ihrem Bett hin und her gewälzt. Dann hatte sie es aufgegeben, war aufgestanden und hatte mit einem Kaffee, in dem eine Zimtstange schwamm, in ihrem Garten den Sonnenaufgang beobachtet. Sobald das frühmorgendlich dunstige Gelb am Himmel erschien und seine goldenen Finger über der Weide unter dem Haus ausstreckte, begann das tägliche Vogelkonzert.

Rosa hatte Liebhart gestern Abend nicht mehr erreicht. Deswegen saß sie jetzt mit ihrem Mobiltelefon auf der Terrasse und wartete auf eine christliche Zeit, um ihn anzurufen. Trotz der schlaflosen Nacht war sie hellwach. Sie atmete tief die kühle Luft ein. Um sieben Uhr wählte sie Liebharts Nummer; er nahm sofort ab. Sie sprach schnell und hastig, versuchte, die wichtigsten Punkte für ihn zusammenzufassen. Auch Liebhart hatte Neuigkeiten für sie, und so verabredeten sie sich für zehn Uhr in seinem Büro.

Rosa war nach dem Gespräch und einem halben Liter Kaffee zu aufgewühlt, um sich noch einmal hinzulegen. Ein paar Minuten schlenderte sie durch den Garten und wusste nichts mit sich anzufangen. Sie entschied, jetzt schon nach Wien zu fahren, um dem Vormittagsverkehr zu entgehen und sich bis zur Besprechung mit einem Stadtspaziergang abzulenken. Sie schrieb es dem Schlafmangel und ihrer Unruhe zu, dass ihr die ländliche Idylle trügerisch erschien. Die violetten Blüten der Königskerzen, die entlang des Weges ins Tal wuchsen, waren ihr zu grell. Das Summen der Insekten machte sie nervös, die Sonne stach vom Himmel. Sie konnte sich nicht erinnern, wann sie sich in den Jahren, in denen sie auf dem Land lebte, so auf die Stadt gefreut hatte.

In einer knappen Stunde war sie im 1. Bezirk und fand, sie konnte es kaum glauben, am Neuen Markt einen Parkplatz. Der Morgen war nicht sehr verheißungsvoll, der Himmel noch von einer dünnen Wolkendecke zugezogen, die Hitze stand in den engen Gassen. Rosa drückte das Wetter aufs Gemüt. Sie beschloss, die nahe Kapuzinergruft aufzusuchen.

Das ist zwar auch nichts fürs Gemüt, aber wenigstens ist es dort unten angenehm kühl, dachte sie, als sie ihre Schritte Richtung Plankengasse lenkte.

Da zu ihrer Enttäuschung die Kaisergruft erst um zehn geöffnet wurde, machte sie sich auf den Weg Richtung Innenstadt.

Sie bog rechts in die Augustinerstraße ein und horchte auf das vertraute Klappern der Hufe der Fiakerpferde, die, vom Michaelerplatz kommend, auf dem Kopfsteinpflaster entlangfuhren. Rosa hatte einmal gehört, dass Fiakerkutscher noch vor nicht allzu langer Zeit ein beliebter Beruf von entlassenen Häftlingen ohne Führerschein gewesen war. Es war keine besondere Ausbildung für das Lenken der Kutschen notwendig, und niemand fragte nach der Vorgeschichte des Kutschers.

Als sie Richtung Burggarten schlenderte, wurde sie sich, wohl noch in Gedanken an die Kaisergruft, bewusst, dass Wien eine riesige Nekropole war. Unter dem Stephansdom und unter Teilen der Inneren Stadt waren mehr als fünfzehntausend Menschen bestattet. Nach vagen Schätzungen sollte das Areal einen halben Quadratkilometer groß sein.

Sofort fiel ihr das ehemalige Massengrab am Hang des Leopoldsberges ein. Sie blieb vor der Michaelerkirche stehen, deren Krypta bei Adeligen bis zur vorigen Jahrhundertwende sehr beliebt gewesen war. Alle wollten in der Nähe des kaiserlichen Hofes begraben werden. Der Platz für Bestattungen, der immerhin den gesamten Grundriss der Kirche umfasste, war bald zu eng geworden. So wurden die Grüfte bei Bedarf geräumt, die Särge verbrannt und die Toten mit einer dicken Schicht aus Erde und Sand in der Krypta begraben, über der heute die Besucher gingen.

Auf dem Graben herrschte reger Verkehr, der sich in der Fußgängerzone fortsetzte. Die beiden breiten Einkaufsstraßen durften nur am Vormittag befahren werden, um die Geschäfte zu beliefern. Wo sonst nur die Schritte und Stimmen von Touristen und ein paar wenigen Wienern von den Hausfassaden hallten, musste man sich am Vormittag in Acht nehmen, nicht von einem wütenden Zulieferer überfahren zu werden.

Rosa wurden die Autos bald zu viel, und sie ging zum Café Weinwurm gegenüber dem Stephansdom. Der Boden war hier, am größten Fiaker-Standplatz Wiens, feucht von der Straßenreinigung, die die Pferdeäpfel aus den tiefen Zwischenräumen des Kopfsteinpflasters schwemmte. Rosa setzte sich an einen der freien Tische, die vor dem Café Weinwurm unter weißen Sonnenschirmen standen. Nach einem Wiener Frühstück mit krachfrischen Semmeln und exzellentem Kaffee bestellte sie aus der frisch befüllten Mehlspeisentheke eine Erdbeertorte, die so saftig war, dass Rosas Dessertgabel wie von selbst in dem weichen Biskuitteig versank.

Rosa sah auf den Stephansplatz, über dem eine graue Dunstplatte hing, die von einer unsichtbaren Sonne aufgeheizt wurde. Gelegentlich fegte ein warmer Windhauch über den Platz, der einem Staub in die Augen trieb, die aufgespannten Sonnenschirme verdrehte und den knipsenden japanischen Touristen, die wie aus dem Ei gepellt aussahen und gegen die Hitze resistent zu sein schienen, die Hemden und Rockzipfel aufblähte.

Rosa ließ ihren Blick über den Dom gleiten. Das fahle Licht verwischte die Schatten der schlanken Türme und gotischen Ornamente, die an klaren Tagen wie feinste Spitzenarbeit aussahen. Das Gebäude wirkte heute flächig und einheitlich grau, wie ein riesiger Meteorit, der in die Innenstadt eingeschlagen war.

Ermattet lehnten Verkäufer von Tickets für das Residenz-Orchester in barocken Kostümen an der Balustrade des U-Bahn-Abgangs gegenüber dem Stephansdom. Sie hatten in ihrer Jagd nach Touristen eine kurze Pause eingelegt und standen nun müde in ihren rüschenbesetzten Hemden, bunten Kniehosen und Schnabelschuhen herum, rauchten und tranken Energydrinks aus Dosen. Ihre billigen Mozartperücken lagen der Reihe nach auf der Balustrade. Rosa musste an den Sturm auf die Bastille und die abgeschlagenen Köpfe der Adeligen, die auf den Zäunen aufgespießt worden waren, denken, als sie ihren Blick über die Haarteile schweifen ließ.

Am Tisch rechts von ihr gaben sich zwei ältere Wiener Damen, wahrscheinlich Hofratswitwen, den Cremeschnittentod. Ihren Pudel streichelnd, der zwischen ihnen auf einem Sessel saß, unterhielten sie sich schnatternd und ließen dabei Diabetikersüße in ihre Melange fallen.

Ein distinguiert aussehender Herr am Tisch links von ihr strahlte eine so unglaubliche Ruhe aus, dass sie sich für die kurze Zeit, die sie ihn beobachtete, anstecken ließ. Er trug einen hellen Sommeranzug aus Leinen und ein beigefarbenes Hemd, ein Panamahut lag auf einem Sessel neben ihm. Die Wolke eines leichten, angenehm duftenden Rasierwassers umgab ihn. Feiner Orienttabak stieg Rosa von der Zigarillo, die er rauchte, in die Nase. Sie sog ihn genüsslich ein und sehnte sich wie nie zuvor danach, auch eine zu rauchen. Er las, zurückgelehnt und mit überschlagenen Beinen, die Zürcher Zeitung und hatte einen Einspänner auf einem kleinen Tablett vor sich stehen. Rosa beneidete ihn um seine Muße; wie gern hätte sie auch die Ruhe besessen, die von ihm ausging.

Um halb zehn bezahlte Rosa und fuhr zu Liebharts Büro. Im Vorraum stampfte Frau Grand hinter ihrem Schreibtisch und zwischen den Aktenschränken hin und her. Ihr Mund war ein einziger Strich. Als Rosa grüßte und an ihr vorbeiging, knallte Frau Grand einen Ordner auf ihren Schreibtisch.

Liebhart teilte Rosa mit, dass Schurrauer gestern bis spät in die Nacht das Pfarramt gemeinsam mit dem Brandteam aus Wien untersucht und dabei Reste eines Molotowcocktails gefunden habe. Den fleißigen Bewohnern des Kahlenbergerdorfes sei es nicht gelungen, die Spuren des Brandherdes vollständig zu vertuschen.

Dann gab er ihr einen kurzen Überblick über den Verlauf seines Gesprächs mit dem Justizminister. Der Abgang der Mure war natürlich längst in den Nachrichten erwähnt worden. Der Justizminister und er hatten vereinbart, nichts vom Kannibalismus vor der Presse zu erwähnen. Liebhart hatte streckenweise das Gefühl gehabt, der Justizminister halte ihn für übergeschnappt.

»Wahrscheinlich sitzt er jetzt totenbleich über dem Bericht von Professor Wankel«, meinte er abschließend.

Sie setzten sich, und Rosa schilderte ihre Entdeckung. »Wie schon am Telefon kurz angedeutet, habe ich herausgefunden, woher der seltsame Abdruck auf der Stirn Andrzejs gekommen ist.«

Liebhart lehnte sich interessiert vor. Rosa zog einen großen Bildband über Ikonen aus ihrer Tasche.

Sie schlug das Buch an einer markierten Stelle auf und wies mit dem Finger auf eine Christusikone. »Das ist ein Oklad, eine Ummantelung aus Edelmetall, die an Ikonen angebracht wird, um sie vor den Küssen und Berührungen der Gläubigen zu schützen. Es gibt zahlreiche Formen dieser Ummantelungen, aber das tut jetzt nichts zur Sache.« Sie kramte eine Lupe und das Foto von dem Abdruck auf Andrzej Zielińskis Stirn aus ihrer Tasche hervor und hielt Liebhart beides hin. »Derjenige, der ihm eine verpasst hat, hat ihn vorn auf der Stirn getroffen. Sieh dir den Abdruck an, er ist sehr breit. Ich habe es nachgemessen, sieben Zentimeter. Er muss also von einem Gegenstand ohne Krümmung herrühren. Vergleiche bitte das Foto der Obduktion mit den von mir gekennzeichneten Okladen.«

Liebhart blätterte zu der markierten Seite in Rosas Buch, um mit der Lupe den Rand der Ummantelungen genauer zu untersuchen.

»Das könnte hinkommen«, sagte er, »aber Zielińskis Ikone hatte nicht so eine Ummantelung. Zumindest nicht auf dem Foto.«

»Ich denke auch nicht, dass es seine Ikone war, mit der er geschlagen worden ist. Es wäre doch möglich, dass der Mörder im Kahlenbergerdorf einen Kirchenschatz hütet. Andrzej hatte ein Brustkreuz in seinem Zimmer versteckt, vielleicht hat er einen Schatz gefunden und das Kreuz an sich genommen. Als der Mörder ihm auf die Schliche gekommen ist, hat Andrzej das mit seinem Leben bezahlt.«

»Rosa, das sind schon wieder halsbrecherische Vermutungen.« Liebhart rieb sich entnervt über das Gesicht.

»Ich glaube herausgefunden zu haben, wie der Schatz ins Kahlenbergerdorf gekommen ist.«

Liebhart verstummte.

Rosa hielt die Gelegenheit für günstig, sie setzte sich und fuhr fort. »Ich war am Sonntag in einem Heurigen im Dorf.«

Liebhart richtete sich auf und sah sie vorwurfsvoll an. »Ich weiß nicht, wie oft ich dir noch sagen muss, dass du so etwas nicht allein machen sollst.«

»Du kannst nicht als Wiener in deinem Anzug und mit Krawatte dorthin gehen und glauben, etwas aus den Bewohnern da herauszubekommen. Die sagen kein Wort.«

»Aber einem Polizisten werden sie antworten müssen.«

»Liebhart«, meinte Rosa mild und beugte sich etwas zu ihm über den Tisch, »ich bin sehr vorsichtig, aber ich glaube, dass du, selbst wenn du mit einem Polizeipanzer dort einfährst, nichts erfahren wirst.«

Er lehnte sich resigniert zurück und verschränkte die Arme vor der Brust.

»Andrzej ist hierhergekommen, um seine Ikone zu suchen. Er hat Erkundigungen über die Vorfahren von einigen Leuten eingeholt. Besonders interessiert war er an den Männern, die im Ersten Weltkrieg waren. Das haben die Leute beim Heurigen erzählt. Ich konnte, als ich das erfahren habe, nichts damit anfangen. Aber mit der Geschichte von Agnieszka Zielińska ergibt alles einen Sinn. Von ihr wissen wir, dass die Ikone gestohlen worden ist, als Zofia Zielińska vier Jahre alt war. Sie hat erzählt, dass Zofias Mutter sie und ihre zwei Brüder im Heu versteckt hat. Es ist ein heißer Sommer gewesen, und Zofia hat unter dem Heu kaum atmen können. Heute ist Zofia achtundneunzig Jahre alt, also wurde die Ikone im Sommer 1914 vom Hof in Zamość gestohlen. Und weißt du, was im Sommer 1914 in Zamość war?«

Liebhart schüttelte langsam den Kopf. Rosa griff in ihre große gelbe Tasche und zog einen historischen Atlas hervor.

Sie schlug ihn auf einer Seite auf, die mit einem Lesezeichen gekennzeichnet war. »Die Ostfront des Ersten Weltkrieges war dort! Zamość war 1914 ein umkämpftes Gebiet. Die k. u. k. Armee war damals sehr vielfältig, es gab neun Sprachgruppen. Die Armeen setzten sich aus Deutschen, Italienern, Österreichern, Serben, Slowaken, Slowenen, Tschechen, Kroaten, Polen, Rumänen, Ukrainern – damals hießen sie Ruthenen – und Ungarn zusammen. Auch aus Wien und Umgebung waren junge Männer rekrutiert worden. Im Hof der Kirche im Kahlenbergerdorf hängt eine Gedenktafel für die Gefallenen.«

Rosa deutete auf einen Punkt auf der Landkarte. »Am 23. August 1914 ist das k. u. k. Heer bei Kraśnik auf seinen russischen Gegner getroffen und hat angegriffen. Nach einer Woche waren die Russen fast umzingelt, Österreich konnte einen Sieg verbuchen. Danach haben sie weitere Siege bei Kraśnik und«, sie fuhr mit dem Finger auf der Landkarte weiter nach Südosten, »Zamość-Komarów errungen.«

Sie lehnte sich zufrieden zurück und sah Liebhart an.

»Und dort haben sie dann geplündert«, schloss Liebhart. »Das stimmt mit der Geschichte, die uns Agnieszka Zielińska erzählt hat, überein.«

Rosa nickte. »Ich war vor acht Jahren auf einer Konferenz über restituierte Kunstgegenstände in Zürich. In den beiden Weltkriegen ist geraubt worden, was nicht niet- und nagelfest war.«

»Soldaten der k. u. k. Armee aus dem Kahlenbergerdorf sind also in Zamość eingefallen, haben am Hof von Zofia Zielińska alle umgebracht, die sie dort angetroffen haben, und die Ikone geraubt.«

»Und nach dem Krieg sind sie hierher zurückgekommen. Mit der Ikone, wie Andrzej richtig angenommen hatte. Aus seinem Tagebuch wissen wir, dass er Ritzberg, Hofmacher, Setzensberger und Brandstätter aufgesucht hat. Wir wissen allerdings nicht, wie er auf diese Namen gekommen ist. Frau Zehetmair dürfte ihm ein paar genannt haben. Alles, was er über seinen Besuch bei ihr schreibt, ist …« Rosa nestelte in ihrer Tasche und nahm die Übersetzung von Andrzej Zielińskis Tagebuch zur Hand. »›War bei Frau Zehetmair, habe viel erfahren.‹« Sie ließ die Blätter sinken und sah Liebhart an. »Wie alt war die Zehetmair, als sie verbrannt ist?«

Liebhart stand auf und ging zu seinem Schreibtisch, auf dem sich Akten türmten. Er suchte kurz und kam dann mit einer von ihnen zurück.

»Ganz schön alt, neunundachtzig Jahre!«

»Sie war fast eine Zeitzeugin des Ersten Weltkrieges. Vielleicht hat ihr Vater ebenfalls einrücken müssen, unter Umständen hat er nach seiner Rückkehr seiner Familie einiges erzählt. Wer an den Raubzügen beteiligt war, wer sich bereichert hat. Dann hätte Frau Zehetmair dieses Wissen an Andrzej weitergeben können.«

Liebhart stierte eine Weile vor sich hin, mehr zu sich selbst als zu Rosa sagte er: »Die Toten in dem anonymen Massengrab vom Hang des Leopoldsberges sind vor circa neunzig Jahren gestorben.«

Rosa versteifte sich. »Also um das Ende des Ersten Weltkrieges herum.« Sie sahen sich ein paar Sekunden an, dann brummte sie: »Was zum Teufel ist in dem Nest passiert?«

Rosa und Liebhart mussten von Wien aus über die Höhenstraße zum Kahlenbergerdorf, da die Zufahrt über den Hafen wegen Aufräumarbeiten gesperrt worden war. Als sie den Waldbachsteig bergab Richtung Donau fuhren, wären sie beinahe von einer Gruppe Pensionisten gelyncht worden, die sie mit drohend in die Luft erhobenen Stöcken an das absolute Fahrverbot in dieser Straße erinnerten.

Im Ortskern fuhr Liebhart langsam an dem zerstörten Pfarramt vorbei. Das Brandteam aus Wien, erkenntlich an den weißen Overalls und der professionellen Ausrüstung, war noch bei der Arbeit.

Sie bogen von der Wigandgasse in den Jungfernsteig ein, eine schmale Straße, die zu den höher gelegenen Häusern führte. Holpernd und staubaufwirbelnd folgten sie nach ein paar Minuten Fahrt einem etwa drei Kilometer langen, schlecht befestigten Weg. Abgeschirmt hinter einem Buchenwäldchen lag, umgeben von einer Baumgruppe, das Grundstück der Zehetmair-Schwestern. Als das Haus noch stand, war seine Lage sicher einzigartig gewesen.

Liebhart parkte das Auto nahe einem verkümmerten Nussbaum. Sie stiegen aus und näherten sich langsam der Brandstätte. Das Haus war nur noch eine schwarze Grube, aus der wie verfaulte Zähne Teile des Rauchfangs und der Mauern ragten. Heizungsrohre und verschmorte Kabel hingen wie Innereien aus den wenigen noch stehenden Wänden. Das Ausmaß der Verwüstung ließ Rosa den Atem stocken.

Schurrauer war schon früher hergekommen, um mit Rudolf Schinder, dem Hauptmann der freiwilligen Feuerwehr vom Kahlenbergerdorf, zu sprechen. Der hatte sich an den Stamm einer dicken Eiche gelehnt, seine Arme waren vor der Brust verschränkt, ein Fuß abgewinkelt und gegen den Stamm gestemmt. Er ließ Rosa und Liebhart auf sich zukommen, ohne sich von der Stelle zu rühren. Als Schurrauer sie einander vorstellte, nickte Schinder nur kurz zur Begrüßung, ohne ihnen die Hand zu geben. Er trug eine blaue Latzarbeitshose und Gummistiefel; sie hatten ihn von der Arbeit in seinem Weingarten weggeholt, und er schien darüber alles andere als erfreut zu sein.

Rosa ging langsam zur Brandstelle, blieb jedoch in Hörweite, um vom Gespräch zwischen Liebhart und Schinder etwas mitzubekommen. Im ehemaligen Keller, der sich im hinteren Teil des Hauses befunden hatte, stand das Regenwasser der letzten Gewitter. Rosa hörte, wie der Feuerwehrmann Schurrauer widerwillig erklärte, dass das Löschwasser abgepumpt worden war, sobald keine Gefahr des Wiederentzündens mehr bestanden hatte. Dann hatte man die Reste des Hauses untersucht.

Durch eine klaffende Fensteröffnung konnte Rosa in die rußige Grube sehen, in der noch die schwarzen durchweichten Überreste einer Couch standen. Ein geschmolzener Fernseher lag an der westlichen Mauer. Der erste Stock des Hauses war heruntergefallen und mit ihm ein eisernes Bettgestell, das nun, stark verrußt, seine zerstörten Sprungfedern zeigte. Beim ehemaligen Eingang lag ein alter Sicherungskasten mit Porzellansicherungen auf dem Boden und reckte seine geschmolzenen Drähte in den Himmel. Das umliegende Gelände war vom Einsatz der Feuerwehr niedergetrampelt worden. Nur zähe Silberdisteln reckten ihre Köpfe aus dem kargen Gras, das sich wieder zögernd aufgerichtet hatte.

Das Gespräch mit Rudolf Schinder verlief schleppend. Rosa merkte an Liebharts Stimme, dass es nicht mehr lange dauern würde, bis ihm der Kragen platzte.

»Wie waren denn die Wetterbedingungen am Tag des Brandes?«, hakte er bei Schinder nach.

»Es hat von Freitag, dem 23. Mai, an ununterbrochn gregnet«, entgegnete dieser gelangweilt und sah währenddessen zum Horizont. »Der Boden ist feucht und matschig gwesen. Am 27. Mai hat der Regen dann zu Mittag aufghört.«

»Haben Sie den Brandherd ermitteln können?«, fragte Schurrauer.

»Es hat mit einem Kleinbrand im Erdgeschoss angfangen«, antwortete Schinder träge und ging auf die Brandstätte zu. Rosa, Liebhart und Schurrauer folgten ihm. »Die Flammen haben schnell auf den ersten Stock und das Dach übergriffen. Dann ist der erste Stock eingstürzt.« Er sah die drei an und fügte mit übertriebener Geste, so als würde er mit Schwachsinnigen reden, hinzu: »Mit andern Worten, die Trümmer vom Dach und vom erstn Stock liegn hier unten zuoberst.«

Liebhart nickte und rieb sich den Nacken. Rosa merkte, dass seine Ohren vor Zorn rot angelaufen waren. Sie kannte dieses Phänomen bereits.

»Hat das Haus noch gebrannt, als Sie eingetroffen sind?«, fragte sie Schinder.

»Das Hauptgebäude war schon ausgebrannt, das Feuer war dabei, auf den Schuppen überzugreifen. Sie als Stadtmensch wissen doch, was ein Schuppen ist, oder? Da, wo die Geräte für die richtige Arbeit stehen«, meinte Schinder süffisant.

»Ja, und als Polizist weiß ich auch, was auf Behinderung einer polizeilichen Ermittlung in einem Mordfall steht!«, blaffte Liebhart.

Schinder presste die Lippen aufeinander, bis sie weiß waren, und ballte die Fäuste.

»Welche Farbe haben die Flammen gehabt?« Schurrauer ließ sich nicht so leicht beirren.

»Wie Flammen halt aussehen«, schnappte Schinder.

»Blau, Gelb, Weiß, Rot?«, half Schurrauer und ignorierte Schinders Ton.

»Gelb bis Rot, soviel ich mich erinnern kann.«

»Und welche Farbe hat der Rauch gehabt?«

»Warum wolln Sie das alles wissen? Wir habn versucht, so schnell wie möglich alles zu löschen. Ich hab keine Ahnung mehr!«

»Die Farben der Flammen waren Gelb bis Weiß, die Farbe des Rauches war Schwarz«, sagte Rosa.

Die drei Männer sahen sie erstaunt an.

»Ludwig hat den Rauch gesehen. Er war an dem Abend im Kuchelauer Hafen, und ihr wollt sicher nicht wissen, was er dort gemacht hat«, fügte sie erklärend hinzu. »Man hat das Feuer bis zum Hafen sehen können«, sagte sie an Herrn Schinder gewandt.

»Wolln Sie damit sagen, wir habn schlechte Arbeit gleistet, oder was?«, fuhr er Rosa an. »Wolln Sie mir unterstelln, dass ich nicht weiß, wie ma a Feuer löscht? Sie haben doch ka Ahnung, was richtige Arbeit is! Das seh i schon allein an Ihrn Schuhn!«

Was haben nur alle gegen meine Schuhe?, dachte Rosa und sah zu ihren bunten Sandalen hinunter.

»Jetzt hurchn S' amal zua …« Liebhart trat zwischen Schinder und Rosa.

Sie drehte sich einfach um und ging um die Brandstätte herum. Sie hatte keine Lust mehr, mit dem störrischen Feuerwehrmann zu reden.

Rudolf Schinder und Liebhart standen sich eine kurze Zeit fast Nase an Nase gegenüber, während der Chefinspektor auf ihn einredete. Dann drehte sich Schinder auf dem Absatz um, machte eine wegwerfende Handbewegung, ging grußlos zu seinem Auto und fuhr mit quietschenden Reifen davon. Liebhart blieb schwer atmend zurück, die Zikaden sangen in den Disteln, und die Sonne stach vom Himmel.

Rosa, Liebhart und Schurrauer setzten sich in den Schatten auf einen umgestürzten Baum und berieten, was sie als Nächstes tun sollten. Als Liebhart sich etwas beruhigt hatte, gab er Schurrauer einen kurzen Überblick über das, was Rosa entdeckt hatte. Dann trennten sie sich, um den Brandplatz einzeln genauer zu untersuchen.

»Versucht, euer Augenmerk auf verrußte Gegenstände zu lenken, die euch irgendwie wertvoll erscheinen«, meinte Liebhart und nahm einen großen Schluck aus einer Mineralwasserflasche.

»Ich glaube nicht, dass wir noch verwertbare Spuren finden«, gab Schurrauer zu bedenken. »Falls doch, zerstören wir die wahrscheinlich vollends, wenn wir durch das Haus latschen.«

»Na, dann steigen wir nicht hinein. Wir können das Innere vom Haus auch von den niedergebrannten Mauern aus untersuchen.« Rosa merkte, wie sie ungeduldig wurde, vielleicht konnte sie ja etwas in den Trümmern finden. Sie wollte auf keinen Fall warten, bis das Brandteam vom Pfarramt hierherkam. »Ist sowieso besser, denn wir wissen ja nicht, ob alles gut genug gesichert ist.« Sie stand auf und klopfte sich den Staub vom Rock.

Eine Stunde lang untersuchten sie Meter für Meter den Boden zwischen den Silberdisteln, die ihnen die Beine zerstachen. Rosa ertappte sich dabei, dass sie schon wieder an Daniel Mühlböck dachte. Als sie ihr Mobiltelefon aus der Rocktasche zog und überprüfte, ob sie hier draußen Empfang hatte, dachte sie verärgert: Dumme Kuh, und steckte es schnell wieder ein.

Eine warme Sommerbrise wehte ihr ins Gesicht und wirbelte Ascheteilchen auf. Sie vergaß Daniel Mühlböck, als sie langsam die ehemalige Mauer des Hauses abschritt und angestrengt in das Innere sah.

»Was meint ihr?« Liebhart starrte auf die Ruine.

Rosa blies sich eine Haarsträhne aus dem Gesicht. »Ich bin keine Expertin für Brandherde, aber ich bin es gewohnt, Bilder zu untersuchen und Schlussfolgerungen zu ziehen. Zuerst habe ich mir gedacht, dass es einfacher wäre, wenn wir einen Plan des Hauptgebäudes hätten. Damit wir die Lage der verschiedenen Zimmer kennen. Ganz zu schweigen davon, dass ich gern wissen würde, wo man Frau Zehetmair gefunden hat.« Sie sah Liebhart fragend an; als der nicht antwortete, fuhr sie fort: »Auf jeden Fall habe ich nach kurzer Zeit bemerkt, dass ich gar keinen Plan brauchte. In der ehemaligen Küche liegen noch vereinzelt Scherben von Geschirr und Besteck am Boden.«

»Richtig«, sagte Schurrauer, »hier sind noch Teile des Schrankes, in dem sie aufbewahrt worden sind. Er ist verbrannt, das Geschirr ist herausgefallen und zersprungen.« Er wies in die Schuttmassen.

»Ich hab den Herrgottswinkel gefunden, obwohl dort keine Mauer mehr steht. Aber im Schutt liegen Beschläge eines Kreuzes sowie Schrauben und Haken, mit denen ein Holzkreuz befestigt gewesen sein muss, das natürlich auch verbrannt ist«, fügte Liebhart hinzu.

»Und um den geschmolzenen Fernseher liegen Knöpfe, Schnallen, Kleiderbügel, Haken und Ösen und eine Menge Asche. Da muss im oberen Stockwerk das Schlafzimmer mit dem Kleiderschrank der Frau Zehetmair gewesen sein. Das verkohlte Bettgestell liegt unweit daneben und ist mit der einstürzenden Decke ins Erdgeschoss gefallen. Aber wisst ihr, was das Erstaunlichste ist?« Rosa führte Liebhart und Schurrauer an die westliche Seite des Haupthauses.

»Wir stehen vor dem ehemaligen Wohnzimmer, und hier«, sie zeigte mit dem Finger auf einen Fleck am Boden, »hier seht ihr fünf Griffe, die an dem Laden einer Kommode befestigt waren, und zahlreiche Beschläge.« Rosa sah Schurrauer und Liebhart siegessicher an.

»Und?«, fragten beide gleichzeitig.

»Wo ist der Inhalt? Das sind die Überreste einer verbrannten Kommode, die sicher aus massivem Holz war. Vielleicht hat sie hier gestanden, vielleicht im ersten Stock, und sie war leer. Leer und mit drei Vorhängeschlössern zugesperrt, die allerdings geknackt worden sind.« Rosa zeigte auf drei aufgebrochene Schlösser im Ruß.

Schurrauer ließ sich schnell auf die Knie sinken und lehnte sich über die zerstörte Mauer, um besser sehen zu können. »Tatsächlich«, rief er. »Rosa, du hast recht!«

Aufgeregt musterte er die drei Vorhängeschlösser, deren Schließen mit einer Zange aufgezwickt worden waren. Liebhart beugte sich ebenfalls über die Mauer.

Dann richtete er sich auf und strahlte Rosa an. »Unsere Kunstwissenschaftlerin mit dem messerscharfen Blick!«

Sie lächelte und deutete einen Knicks an.

Liebhart blickte prüfend zu Schurrauer. »Ich bin mir sicher, dass du mit deinem Labor-Adlerblick auch einiges gesehen hast.«

»Ich denke schon«, begann er. »Feuer züngelt immer nach oben, deswegen liefert der unterste Brandpunkt erfahrungsgemäß die wichtigsten Hinweise. Holzböden und -balken verkohlen oft schachbrettartig.« Er führte Rosa und Liebhart zur Mauer des Haupthauses und zeigte auf eine Stelle in der Mitte des ehemaligen Wohnzimmers. »Ich kann natürlich nicht mit absoluter Bestimmtheit sagen, wo das Feuer ausgebrochen ist, da seit dem Brand schon recht viel Zeit vergangen ist und es inzwischen heftigen Niederschlag gegeben hat, der die Spuren leider noch mehr verwischt hat.« Schurrauer ging in die Hocke und sah konzentriert in den ehemaligen Raum. »Seht ihr, hier müsste der Brandherd gewesen sein. Ihr könnt es an dem verkohlten Muster in den Resten des Holzbodens erkennen und daran, dass an der Stelle etwas mehr Schutt und Asche liegen.«

»Was heißt das?«, fragte Rosa.

»Dass hier Material aufgeschichtet worden ist, um ein Feuer zu entfachen.«

»Also Brandstiftung«, meinte Liebhart.

»Genau, Brandstiftung«, stimmte Schurrauer zu und erhob sich wieder. »Dafür sprechen noch mehr Indizien, wie zum Beispiel die geschmolzenen Kupferkabel am Boden.« Er wies auf eine Stelle am ehemaligen Wohnzimmerboden. »Der Schmelzpunkt von Kupfer liegt bei elfhundert Grad. Das Feuer muss also noch heißer gewesen sein. Derart hohe Temperaturen lassen eindeutig auf den Einsatz eines Brandbeschleunigers schließen. Ansonsten hätte das Feuer nur circa neunhundert Grad erreicht.«

»Kann man auf chemischem Wege jetzt noch herausfinden, welcher Brandbeschleuniger verwendet worden ist?«, wollte Liebhart wissen. »Ich möchte Frau Zehetmair exhumieren lassen, dafür brauche ich eine richterliche Verfügung. Ich weiß zwar jetzt schon, dass alles, was du gesagt hast, zutrifft, aber Richter interessieren sich heutzutage nur noch für forensische Analysen.«

Schurrauer nickte und rieb sich das Kinn. »Die Stoffe werden zum Teil von verkohltem Holz aufgesogen oder versickern in die Bodenfugen, wo sie wegen Sauerstoffmangels meist nicht verbrennen. Ein Fachmann kann mit einer guten Nase kurz nach dem Löschen solche Brandherde ausmachen. Das funktioniert aber nicht bei geruchsfreien Verdünnern und anderen geruchlosen Flüssigkeiten. Abgesehen davon ist jetzt schon zu viel Zeit vergangen. Es gibt auch zuverlässigere Tests. Einer der ältesten ist das Pulver Petrobst oder Rhodakit, mit dem man Oberflächen einstäubt, die eventuell leicht entzündbare Kohlenstoffe enthalten haben.«

»Jetzt wird es mir zu technisch«, unterbrach ihn Liebhart.

»Entschuldige.« Schurrauer schien wieder in die Realität der Laien zurückzukehren. »Wir versuchen es mit einem Gas-Chromatografen und verbinden ihn mit einem Massenspektrometer. Aber auch ohne das Gerät kann ich euch jetzt schon sagen, welches Material als Brandbeschleuniger eingesetzt worden ist.«

Liebhart und Rosa sahen ihn erstaunt an.

»Benzin, denn es verbrennt mit einer gelben bis weißen Flamme, und die Farbe des Rauches ist Schwarz!«

Liebhart klappte sein Telefon auf und beantragte einen richterlichen Beschluss zur Exhumierung von Frau Zehetmair.

Danach zogen er und Rosa los, um mit der Befragung der Bauern, die Andrzej Zieliński besucht hatte, zu beginnen. Schurrauer ließen sie beim ausgebrannten Haus zurück. Dem war es nur recht, denn er untersuchte die Trümmer ohnehin lieber nach weiteren Spuren.

Alois Setzensberger war groß und dünn, seine Augen waren blutunterlaufen und seine Wangen dunkel vom Schatten eines nachwachsenden Bartes. Violette Äderchen überzogen die Nase, und seine Oberlippe schmückte ein kleiner abstehender Schnauzbart. An seinem langen Hals stand der Adamsapfel weit vor.

Nahe der kleinen Weingartenhütte brannte ein Feuer. Setzensberger packte ein paar vertrocknete Rebstöcke und warf sie in die Flammen, dass die Funken stoben.

Rosa beobachtete den Rauchfaden, der sich von der Feuerstelle erhob. So wie er ihnen zwischen den Riedreihen entgegengestiegen war, erinnerte der Bauer sie an einen sehr großen Storch. Und als sich Setzensberger auf einen Sessel fallen ließ und seine Füße auf dessen Sprosse stellte, sah er erst recht wie ein großer Vogel auf einer Stange aus.

Unter dem schmalen Dachvorsprung der Weingartenhütte stand ein kleiner wachstuchbedeckter Küchentisch mit sechs Sesseln, deren Sitze durchgescheuert waren. Auf dem Tisch sah Rosa speckige Gläser und einen Steinkrug, der wahrscheinlich sauren Most enthielt. Bei der Hüttenwand lag eine schmutzige gesteppte Decke, auf der ein Kind mit Downsyndrom saß. Rotz rann ihm aus der Nase. Wenn es den Kopf hob, um in die Sonne zu sehen, begann es zu lachen, und Speichel tropfte ihm aus dem Mundwinkel.

Vom Weingarten kam eine junge, drahtige Frau in Gummistiefeln. Sie hatte eine Schürze umgewickelt und sah misstrauisch zu Rosa und Liebhart herüber, begrüßte sie aber nicht, sondern ging zu dem Kind und rieb ihm heftig mit der Schürze den Rotz und den Speichel vom Gesicht, sodass es aufquiekte und zu weinen begann. Die Frau ließ es sitzen, richtete sich auf und verschränkte die Arme vor der Brust. Das Kind weinte und streckte ihr die Arme entgegen, sie ging noch zwei Schritte von ihm weg, damit es sie nicht am Rock ziehen konnte.

»Ja, der war da«, antwortete Setzensberger langsam auf Liebharts Frage nach Andrzej Zieliński.

»Er wollte etwas über Ihre Vorfahren wissen«, sagte Liebhart.

Setzensberger riss es, nur ganz schwach, aber Rosa bemerkte es sofort. »Glauben *Sie*«, entgegnete er.

»Ja, glaube ich.« Liebhart war gereizt. »Zieliński ist zu Ihnen gekommen, weil er nach einer Ikone gesucht hat, die von den Soldaten aus dem Kahlenbergerdorf während des Ersten Weltkrieges hierhergebracht worden ist.«

»Wenn S' das schon wissen, brauchen S' mich ja nicht mehr«, antwortete Setzensberger, nahm den Hut ab und wischte sich mit einem großen karierten Taschentuch den Schweiß von der Stirn.

»Wir wissen, dass Herr Zieliński bei Ihnen war. Wir wissen aber nicht, ob Ihr Großvater – ich nehme einmal an, dass es um ihn ging – im Ersten Weltkrieg war und, wenn ja, ob er an den Plünderungen nach der Schlacht bei Komarów-Zamość teilgenommen hat. Aber Sie haben ganz recht«, sagte Liebhart und beugte sich zu ihm hinüber, »dafür brauchen wir Sie nicht, denn das finden wir auch so heraus.«

»Na, dann is ja wunderbar, denn ich weiß nix.« Setzensberger sprang auf und stieg zwischen den Weinreben davon.

Als sie wieder im Auto saßen, meinte Liebhart: »Hast du gesehen, wie es den gerissen hat?«

Rosa nickte. »Es wird jetzt schnell die Runde machen, dass uns bekannt ist, wonach Andrzej gefragt hat.«

Liebharts Telefon läutete. Als er das Gespräch annahm, wich die Farbe aus seinem Gesicht.

Im Neonlicht des AKH wirkte Liebharts Haut blass, seine Augen lagen tief in den Höhlen. Sie saßen nun schon seit einer Stunde auf den orangen Plastikschalensesseln und warteten auf den behandelnden Arzt. Die Hitze in der Stadt ließ alte Menschen auf der Straße zusammenbrechen, auf den Baustellen um Wien verletzten sich erschöpfte Arbeiter oder wurden mit Sonnenstich ins Spital gebracht.

Drei Ventilatoren drehten sich träge an der Decke.

Das Spurensicherungsteam hatte Schurrauer ohnmächtig beim Zehetmaier-Haus gefunden. Die Rettung hatte ihn ins nächstliegende Spital gebracht. Seine Frau war nicht zu erreichen. Rosa verließ alle fünfzehn Minuten den Wartesaal, da man dort nicht telefonieren durfte, und wählte ihre Nummer. Soviel sie wusste, war Schurrauers Frau Lehrerin und hatte wahrscheinlich während des Nachmittagsunterrichtes ihr Telefon ausgeschaltet. Rosa hatte keine Ahnung, an welcher Schule sie arbeitete.

»Ich hab mich nie mit ihm über private Dinge unterhalten«, sagte sie leise zu sich selbst.

Kurz darauf steuerte der Arzt mit wehenden Rockschößen auf Liebhart und sie zu. »Ihr Kollege hat eine Kopfverletzung. Nach dem, was Sie mir erzählt haben, könnte er von einem herunterfallenden Ziegelstein getroffen worden sein. Er hat eine mittelschwere Gehirnerschütterung, es ist nichts Ernstes.«

»Das soll wohl ein Witz sein, oder?«, presste Liebhart zwischen den Zähnen hervor. »Das war mit Sicherheit kein herunterfallender Ziegelstein, ich möchte, dass Sie die Wunde noch einmal untersuchen. Mein Kollege ist von jemandem niedergeschlagen worden.«

Der Arzt sah ihn betroffen an. »Das kann natürlich auch sein, ich –«

»Ist er schon bei Bewusstsein?«

»War er vorhin, jetzt schläft er. Sie können zu ihm hinein, aber nur für fünf Minuten. Noch etwas, wir haben das in seinem Mund gefunden.« Der Arzt hielt ein kleines Plastiksäckchen hoch, in dem ein türkisfarbener ovaler Stein lag.

»Das ist ein Türkis«, rief Rosa. »Warum war der denn in seinem Mund?«

»Das kann ich Ihnen nicht beantworten.«

Liebhart nahm den Plastikbeutel an sich, drehte sich wortlos um und eilte zu Schurrauers Zimmer. Rosa verabschiedete sich schnell von dem Arzt und lief hinter ihm her.

»Was soll das denn?«, fragte sie, als sie ihn eingeholt hatte. »Der Mann kann ja wohl kaum was für den Überfall auf Schurrauer.«

Liebhart blieb stehen und sah Rosa wütend an. »Dieses Scheißnest … ich … werde diese Sturschädeln im Kahlenbergerdorf alle einsperren. Das sag ich dir. Sie behindern Polizeiarbeit und sorgen dafür, dass mein Kollege einen«, er machte mit den Händen Anführungszeichen in die Luft, »›Unfall‹ hat.«

Rosa legte ihm ihre Hand für einen Augenblick auf den Arm. »Liebhart, jetzt reg dich ab. Wir können Schurrauer nicht helfen, wenn du gleich in Saft gehst. Der Stein, ich muss ihn mir erst genauer ansehen, aber ich vermute, er passt in die leere ovale Einfassung am Fuß des Brustkreuzes, das wir in Andrzejs Zimmer gefunden haben.«

Liebhart nickte und öffnete die Tür zu Schurrauers Zimmer. Er atmete tief ein, als er seinen Kollegen mit Kopfverband und an piepsende Geräte angeschlossen sah. Sie stellten sich an sein Bett und wussten beide nicht, was sie tun sollten.

Nach etwa fünf Minuten kam eine Schwester und bat sie, den Raum zu verlassen. Sie gingen hinaus, und endlich gelang es Rosa, Frau Schurrauer zu erreichen. Sie versprach, so schnell als möglich zu kommen.

Während sie auf sie warteten, besorgte Rosa zwei Becher geschmacklosen Kaffees aus dem Automaten. Draußen versank die Sonne wie ein glutroter Ball hinter dem Horizont. Der Gang war durch ihr Licht in kräftiges Orange getaucht und wurde durch die großflächigen Fenster erbarmungslos aufgeheizt.

Schurrauers Frau eilte auf Liebhart zu. Rosa stellte fest, dass sie typologisch das genaue Gegenteil von ihrem Mann war: rundlich und mit rosa Teint. Rotblonde Locken fielen ihr ins Gesicht, und eine Wolke aus einem leichten, sehr angenehmen Parfum hüllte sie ein. Sie fächelte sich Luft mit einer Zeitung zu, ihre Wangen waren gerötet, und auf der Oberlippe stand ein wenig Schweiß.

Liebhart erzählte ihr stockend, was vorgefallen war. Sie legte sich vor Schreck die Hand vor den Mund. Rosa fragte, ob sie ihr irgendwie helfen könnten. Frau Schurrauer verneinte dankend und wollte nur so schnell wie möglich zu ihrem Mann.

Rosa und Liebhart verabschiedeten sich von ihr und gingen zum Auto. Schweigend fuhren sie den Gürtel entlang. Rosa sah, wie Liebharts Hände sich um das Lenkrad krampften, sodass die Fingerknöchel weiß hervortraten. Sie fragte sich, ob er den Bürgern vom Kahlenbergerdorf nach Schurrauers Unfall noch unvoreingenommen gegenübertreten konnte. Kurz bevor sie sich trennten, versprach Liebhart, sie anzurufen, sobald der Stein, den man in Schurrauers Mund gefunden hatte, auf Fingerabdrücke untersucht worden war. Dann könne sie ihn sich im Labor ansehen, um festzustellen, ob er tatsächlich zum Brustkreuz gehörte.

Als Rosa Richtung Brunn fuhr, senkte sich die Dämmerung kühl über die Hügel. Schwalben flogen tief, und Gelsenschwärme standen über dem See.

Als sie zu Hause ankam, war es bereits dunkel. Rosa erledigte fahrig und ohne viel Erfolg Hausarbeit und stellte um neun Uhr fest, dass sie heute genau zwei Alternativen hatte, um die Nacht durchzuschlafen: Entweder sie setzte sich mit einer Flasche Bourbon auf ihre Terrasse, oder sie zog sich ihre Joggingschuhe an und lief noch ein paar Kilometer über die beleuchtete Landstraße. Sie entschied sich für Letzteres, da sie am nächsten Tag nicht verkatert sein wollte. Die Katze hatte sich, irritiert durch Rosas Hin-und-her-Eilen, in eine Ecke des Wohnzimmers verkrochen und zu einer Fellkugel zusammengerollt. Sie blickte Rosa vorwurfsvoll an.

Der heiße Tag war angenehmer Kühle gewichen, und die Zikaden sangen laut in den umliegenden Feldern. Die Gemeinde hatte noch immer nicht die Straße in der Kurve repariert, sondern einfach die zu umfahrende Stelle weitläufig abgesichert. Rosa lief eine Stunde und merkte, wie die Bilder vom blassen Schurrauer sich langsam auflösten. Fragen, die sie sich in den letzten Tagen unaufhörlich gestellt hatte, verblassten, und als sie wieder zu Hause ankam, fühlte sie sich entspannt und hatte Hunger.

Erst jetzt bemerkte sie, wie lange sie nichts mehr gegessen hatte. Sie duschte lange und warf, als sie sich abtrocknete, einen missbilligenden Blick auf den leider noch immer losen Haltegriff über der Badewanne. Morgen Abend würde sie ihn ganz sicher reparieren.

In ihrem dicken Bademantel und mit einem Turban auf dem Kopf ging sie in ihre Küche hinunter. Sie schlug ein paar Eier in eine Schüssel, rührte etwas Milch darunter, dann salzte und pfefferte sie die Mischung. Nachdem sie Olivenöl in einer beschichteten Pfanne erhitzt hatte, warf sie eine klein geschnittene Schalotte hinein und ließ sie glasig anlaufen.

Johanna und sie waren ungeschlagene Meister im Pilzesammeln und hatten ein ausgeklügeltes Verfahren entwickelt, um ihre Schätze über das ganze Jahr aromatisch zu halten. Dem lag ein komplizierter Trocknungsprozess zugrunde, bei dem frisch geschnittene Fichtenzweige eine tragende Rolle spielten. Rosa und Johanna waren bei ihren Experimenten beinahe durch eine Rauchgasvergiftung draufgegangen.

Als sie die Schwammerln in die Pfanne warf, verbreitete sich sofort ein angenehmer Duft nach feuchtem Waldboden in der Küche. Sie goss die Eiermilch darüber und ließ das Ganze ein paar Minuten zugedeckt stocken. In der Zwischenzeit bereitete sie sich einen Salat aus Gurken und frischen Kräutern zu. Dann trug sie alles wie gewohnt auf einem Holztablett auf die Terrasse.

Nach dem Laufen hatte Rosa keine Lust auf Wein, sie trank fast einen Liter Wasser zum Essen und starrte danach auf die dunkle Wiese vor ihrem Haus, über der die Glühwürmchen schwebten.

Mit einem Schlag waren alle Fragen wieder da. War Schurrauer wirklich angegriffen worden, oder hatte er einen Unfall gehabt? Was hatte der Stein in seinem Mund zu bedeuten? Sie konnte es kaum erwarten, ihn sich näher anzusehen. Was war im Kahlenbergerdorf zu Michaeli passiert, als der Teufel, wie auf dem Zettel geschrieben stand, dort getanzt hatte? Wo war die verdammte Ikone? Wer hatte Andrzej und Friedrich Kobald ermordet? Hatte Paul ihr tatsächlich in seinen Aufzeichnungen eine Nachricht mit den roten Buchstaben, die ihren Namen bildeten, hinterlassen? Und wenn ja, was hatte er bloß mit Gen. 16,1; Infer. gemeint? Warum hatte er ihr an dem Tag des Unfalls nicht erzählt, dass er nach Wien in die Bakk Pharm AG fahren wollte? Und warum rief dieser verdammte Daniel Mühlböck nicht an? Sie beschloss, ins Bett zu gehen, bevor sie sich noch weiter den Kopf sinnlos zerbrach. Müde stieg sie in den ersten Stock hinauf.

Auch über das Kahlenbergerdorf senkte sich die Nacht. Vier Gestalten trafen einander bei einer Weingartenhütte nahe dem Waldbachsteig.

»Hast ihn erwischt?«, fragte die eine.

In der Dunkelheit leuchtete ein Feuerzeug auf, mit dem eine Zigarette angezündet wurde.

»Hm«, brummte die zweite zustimmend.

»Hat er dich gsehn?«, wollte die dritte wissen und schob sich den Hut in den Nacken.

»Nein, ging schnell. Hat Nüsse gessen.«

»Wie, Nüsse?«

»Na, hat sich eine Nuss ins Maul gstopft, kurz bevor er eingangen is.«

»Ah.«

Dann trat eine Pause ein.

»Is er hin?«

»Nein, hab nicht fest zugschlagen. Rettung hat ihn gholt.«

Sie schwiegen einige Zeit. In der hereinbrechenden Nacht konnte man nur die glühenden Enden ihrer Pfeifen und Zigaretten erkennen.

»Jetzt wern s' uns hoffentlich in Ruh lassen.«

14

Rosa war um sechs Uhr aufgewacht und konnte nicht mehr einschlafen. Da sie mit einem anstrengenden Tag rechnete und ihr die unregelmäßigen Mahlzeiten der letzten Tage viel Kraft genommen hatten, stellte sie sich einen Topf mit Hirse zu. Sie ließ den Brei mit einer Zimtstange aufkochen und rührte noch ein paar Rosinen unter. Während sie eine Handvoll Nüsse in einer Pfanne anröstete, brodelte der Kaffee schon leise in der Espressokanne am Herd. Sie plante, sich nach dem Frühstück um ihren vernachlässigten Garten zu kümmern.

In den frühen Morgenstunden hatte es geregnet. Rosa band die Zweige von ein paar Sträuchern hoch und rechte Laub von dem kleinen Weg aus Natursteinen, der sich durch den Rasen schlängelte. Die Kraft der Sonne wurde noch von ein paar dunstigen Wolkenfeldern gedämmt, die Landschaft dampfte nach dem nächtlichen Niederschlag.

Als Liebhart sie um acht Uhr anrief, stand sie in Gummistiefeln, einer abgeschnittenen Jean und einem mit Erde verschmierten T-Shirt mitten in der Wiese vor ihrem Haus und suchte ihre Katze, die in der Nacht nicht nach Hause gekommen war.

»Wie hast du geschlafen?«, fragte er.

»Wie ein Stein.«

»Ich hab kein Auge zugemacht.« Rosa konnte den vorwurfsvollen Klang in seiner Stimme hören.

»Wir brauchen jetzt unsere Kraft. Es bringt Schurrauer nichts, wenn wir nicht weitermachen können, weil uns die Luft ausgeht«, erwiderte sie fest. Sie hielt den Nacken in die milde Wärme, ihre Beine waren feucht vom Gras, das auf ihrer Haut kitzelte. Telefonierend streifte sie durch die Wiese und zerrieb zerstreut den Blütenkopf einer Schafgarbe zwischen den Fingern.

»Die Spurensicherung hat den Stein aus Schurrauers Mund untersucht. Du kannst ihn dir in einer Stunde im Labor ansehen.«

»Bin unterwegs!« Sie legte auf und lief ins Haus, um sich fertig zu machen.

Auf dem Weg nach Wien fuhr Rosa an weiten Feldern vorbei, auf denen hoch das Heu stand. Sie wusste, dass die Bauern nur darauf warteten, dass es einige Tage trocken blieb, um es einholen zu können. Nach der letzten Nacht mussten sie sich wohl noch ein wenig gedulden. Stellenweise dürfte der Regen recht stark gewesen sein, an manchen Stellen waren die Halme geknickt. Als sie das Labor der Kulturfahndung betrat, wartete Frau Dr. Reschreiter schon mit dem Bericht der Spurensicherung auf sie.

»In Anbetracht der Lage haben wir der Untersuchung des Steines höchste Priorität eingeräumt«, meinte die Laborleiterin.

Rosa konnte auch ihr die Bestürzung über den Angriff auf Schurrauer anmerken.

Auf einer Glasplatte lag, neben dem Brustkreuz, der Türkis. Rosa lief ein Schauer über den Rücken. Sie kannte dieses Gefühl nur allzu gut, denn sie empfand es jedes Mal, wenn sie einen Kunstgegenstand vor sich hatte. Sie zog sich Stoffhandschuhe an und begann mit der Vermessung des Steines.

Der Hirsebrei zahlte sich aus. Als Rosa auf die Uhr blickte, war es zwei vorbei. Sie hatte vier Stunden konzentriert gearbeitet und viel herausgefunden. Sie rief Liebhart an, und er versprach, so schnell wie möglich ins Labor zu kommen.

Rosa wollte in der Zwischenzeit etwas essen und wählte das Café Blaustern am Döblinger Gürtel, unweit des Bundeskriminalamtes. Normalerweise saß sie lieber draußen, doch in Anbetracht der ungünstigen Lage des Blausterns – zwei viel befahrene Straßen, die Nussdorfer Straße und der Gürtel, kamen an diesem Punkt zusammen – entschied sie sich dafür, drinnen zu sitzen.

Sie verdrückte ein riesiges Wiener Schnitzel vom Kalb mit Reis und Erdäpfelsalat. Beim Espresso starrte sie auf die Autokolonnen, die sich träge Richtung Nordbrücke schoben, und ging in Gedanken ihre Untersuchungsergebnisse noch einmal durch.

Etwas später stand sie neben Liebhart im Labor. An der Wand hingen, an einem Lichtklemmbrett montiert, vergrößerte Abbildungen des Türkises.

»Der Stein ist vier Zentimeter lang, eineinhalb Zentimeter breit und an seiner dicksten Stelle neun Millimeter hoch. Er wurde glatt geschliffen und mit einer speziellen Schleifart, dem Cabochon, in Form gebracht«, begann Rosa.

»Was ist das für ein Schliff?«

»Bei einem Cabochonschliff wird der Stein auf der Unterseite gerade und auf der Seite, die nach außen getragen wird, hügelig geschliffen. So, wie du es bei diesem hier siehst.« Rosa deutete auf die Folie. »Der Türkis hat eine Mohshärte von knapp unter sechs, deswegen ist er auch nicht sehr porös.«

Liebhart sah sie fragend an.

»Je größer die Härte ist, desto größer ist auch die relative Dichte, und desto kleiner ist auch die Porosität. Das bedeutet, dass es ein qualitativ hochwertiger Stein ist.«

»Er hat eine wunderschön reine blaugrüne Farbe«, stellte Liebhart fest.

»Der Wert des Türkises als Schmuckstein wird generell durch die Intensität der Farbe bestimmt, wobei ein tiefes Himmelblau am begehrtesten ist. Je grüner, heller oder gesprenkelter der Stein, desto weniger wert ist er auch. Weiters weist dieser Türkis keine Matrixeinlagerung auf – das sind braune, graue oder schwarze spinnwebartige Adern –, auch ein Zeichen hoher Qualität.«

Sie warf einen Blick auf ihre Aufzeichnungen.

Liebhart wippte unruhig auf seinen Fersen auf und ab. »Könnte er eventuell auch zu einem Schmuckstück gehören? Einer Brosche oder Ähnlichem?«

Rosa schüttelte zweifelnd den Kopf. »Er ist zu groß für ein Schmuckstück und weist keinerlei Oberflächenveränderungen durch Wasser oder Seife auf.«

»Ist seine Oberfläche speziell behandelt worden?«

»Ja, sie wurde vor sehr langer Zeit mit Öl eingerieben. Heute macht man Türkise widerstandsfähig, indem man sie mit einer dünnen Schicht aus Kunstharz überzieht. Nachdem das bei unserem Stein nicht der Fall ist, können wir davon ausgehen, dass er schon vor sehr langer Zeit das letzte Mal gepflegt worden ist. Ich schätze, er ist vor über sechshundert Jahren geschliffen worden. Seine Oberfläche wurde nur mit Öl behandelt, und das Öl ist circa zweihundert Jahre alt.«

»Dann kann er nicht zum Brustkreuz passen, denn das wurde ja sehr sorgfältig poliert«, warf Liebhart ein.

»Der Türkis ist trotzdem der fehlende Stein. Neben der passenden Größe hat er auch leichte Kratzer, die zu den Zähnen der Fassung auf dem Brustkreuz passen.«

»Also wurde das Kreuz, nachdem der Stein herausgefallen war, poliert.«

»Richtig, das beweisen auch Reste von Reinigungsmilch, die in der leeren Fassung auf dem Brustkreuz gefunden worden sind.« Rosa nahm den Bericht der Spurensicherung erneut zur Hand. »Und jetzt das Wichtigste: Es befindet sich menschliches Blut auf dem Stein.«

»Schurrauer hatte den Stein im Mund, wie konnte man da noch Reste von Blut finden?«

»Da der Stein vor sehr langer Zeit das letzte Mal gepflegt worden ist, sind winzige Risse entstanden, in denen es sich ablagern konnte.«

»Wie alt ist denn das gefundene Blut?« Liebhart rieb sich die Augen.

»Ein paar Wochen, es ist noch nicht sehr stark zersetzt. Die Forensik hat zwar feststellen können, dass es von einer Frau sein muss, konnte aber keine brauchbare DNA mehr ermitteln. Der Stein ist im Feuer gelegen, und das hat das Material sehr beeinträchtigt.«

Liebharts Telefon läutete, er sprach schnell und hastig. Nachdem er aufgelegt hatte, sagte er zu Rosa: »Die Leiche von Frau Zehetmair wurde soeben zur Exhumierung freigegeben.«

»Das ging schnell. Ich schätze, dass das Blut von ihr stammt.«

»Das glaube ich auch.«

»Ich denke, dieser Fund bestätigt meine These. Irgendjemand hat im Kahlenbergerdorf ein paar besonders wertvolle Stücke aus einem Kirchenschatz versteckt. Er poliert sie und er verteidigt sie; wenn es sein muss, geht er sogar über Leichen.«

Liebhart ballte die Fäuste, als sie das Dorf erwähnte.

»Haben die DNA-Analysen der Familien, die Andrzej erwähnt hat, etwas ergeben? Passt eine Probe zu der DNA, die ihr an seinem Rucksack gefunden habt?«

»Nein, es passt keine. Trotzdem stecken die Bewohner vom Kahlenbergerdorf alle unter einer Decke. Zieliński hat bei der Suche nach der Ikone an etwas gerührt, das auf keinen Fall ans Licht kommen soll.«

»Ja, die Nacht, in der der Teufel mit den Menschen dort getanzt hat«, meinte Rosa und schlang die Arme um ihren Körper.

Auf dem Weg nach Brunn rief sie Schurrauers Frau an und erkundigte sich nach seinem Befinden. Frau Schurrauer erzählte ihr, dass er heute schon die Augen aufgemacht habe, es gehe ihm den Umständen entsprechend gut. Rosa legte erleichtert auf und nahm sich vor, ihn morgen zu besuchen.

Als sie am Friedhof von Brunn vorbeifuhr, schlug die Kirchturmuhr sechsmal. Sie parkte ihr Auto und lief in die kleine Trafik auf dem Hauptplatz, um einen Stapel Zeitungen zu kaufen. Als sie wieder aus dem Laden trat, fiel ihr der alte knorrige Stamm des Geißblattes ins Auge, der sich in üppigem Grün um die niedrige Friedhofsmauer rankte. Sie ließ ihren Blick kurz über die gusseisernen Grabkreuze schweifen und hielt plötzlich inne.

»Der Hang gehört der Kirche!«, rief sie laut und schlug sich mit der flachen Hand vor die Stirn. Erna Peier, die gerade grüßend an ihr vorbeieilte, um noch in die Trafik zu kommen, bevor diese schloss, hätte es vor lauter Schreck beinahe der Länge nach hingeschlagen.

Zu Hause rief Rosa zuerst Johanna, danach Ludwig an. Sie überlegte kurz, ob sie Liebhart in ihre Pläne einweihen sollte, verwarf den Gedanken aber wieder, da ihr sein »Du bist zu voreilig«-Geschwafel auf die Nerven ging.

15

»Nein, ich denke nicht, dass sich Aschenbecher in Form von menschlichen Organen gut verkaufen.« Rosa legte die Stirn in Falten, um ihrer Aussage Nachdruck zu verleihen.

»Das kann ich nicht nachvollziehen«, raunzte Ludwig. »Es gibt doch schon Aschenbecher in Herzform, und die sind äußerst beliebt. Wieso dann nicht einen Schritt weiter denken und Aschenbecher in Nieren- oder Leberform mit authentischer Bemalung …?«

Rosa verscheuchte eine Fliege, die ihr vor dem Gesicht herumschwirrte. »Weil die Aschenbecher, die du in Herzform bekommst, nicht im Mindesten einem echten Herz ähneln. Täten sie das, wäre das nicht nur ekelhaft, sondern auch geschmacklos.«

»Habt ihr gewusst, dass diese Herzform eigentlich auf die Form einer aufgeschnittenen Feige zurückgeht?«, fragte Johanna und blieb schnaufend stehen.

Schweiß rann ihr über das Gesicht, und Rosa bereute es, die beiden gestern Abend gebeten zu haben, mit ihr den Waldbachsteig hinaufzuwandern. Durch die Mure war ein Großteil des unteren Nasenweges, der eigentlich näher am Unglücksort lag, abgegangen. Der obere Weg, der von der Leopoldskirche wegführte, war noch gesperrt.

»Ich dachte, die Form kommt vom Efeublatt, das in griechischen, römischen und frühchristlichen Kulturen als ein Zeichen unsterblicher Liebe gegolten hat.« Sowie Rosa den Satz beendet hatte, wusste sie, dass es ein Fehler gewesen war zu antworten.

Johanna hob mit pfeifendem Atem den Zeigefinger und wollte zu einem Wissenswatschentanz ansetzen, winkte jedoch ab und setzte den Weg fort. »Wegen physischen Zusammenbruchs geschlossen« war alles, was sie hervorbrachte.

Rosa atmete auf, eine Diskussion mit Johanna hätte sie jetzt genauso wenig brauchen können wie ein Loch im Knie. Die sanfte Steigung des Waldbachsteiges war aufgrund der Hitze anstrengend, der Tag machte dem Sommer alle Ehre.

Ludwig blieb mit einem spitzen Aufschrei stehen. »Meine Güte, habt ihr den dicken Käfer gesehen?«

»Ludwig, wir sind in der Natur, da gibt es nun einmal alle möglichen Tiere«, meinte Rosa, versucht, ihn zu beruhigen.

»Habt ihr gewusst, dass zwei Drittel aller Lebewesen Insekten sind?«, schnaufte Johanna.

»Das ist mir klar, dass wir in der Natur sind«, Ludwig ignorierte Johanna, »aber der Käfer war so groß wie eine Turnhalle.«

Nur im Ludwig'schen Kosmos gab es Käfer, die so groß wie Turnhallen waren. Rosa zog ihn weiter den Weg hoch und warf besorgte Blicke auf Johanna, die ihnen langsam folgte.

»Um auf die Aschenbecher zurückzukommen«, begann Ludwig erneut, »ist euch aufgefallen, dass in unserer Kirche ungemein viele getrocknete Körperteile herumliegen?«

Rosa blieb erschrocken stehen. »Ist nicht dein Ernst?«

»Er meint die Reliquien«, rief Johanna und massierte sich genervt die Nasenwurzel.

Ludwig warf ihr einen missbilligenden Blick zu. »Wie auch immer; ein Stück Lunge der heiligen Elisabeth, ein Zehennagel der heiligen Veronika. Da liegt ja wohl der Schluss nahe, dass sich Aschenbecher in Organform verkaufen werden wie warme Semmeln.«

»Ja, die werden sicher der Reißer«, murrte Rosa.

»Also, ich fände das sehr reizvoll und habe auch schon den Werbeslogan dafür: Mein Herz hast du schon …«

»… dann nimm auch meine Milz?«, warf Rosa ein, und Johanna begann zu lachen.

»Ihr habt keinen Sinn für Romantik«, zeterte Ludwig. »Natürlich nicht. ›… nimm auch den Rest‹ schwebte mir vor.« Als Zeichen seines Protestes legte er an Tempo zu.

»Oder: Wenn auch meine Nieren glosen …«, kuderte Rosa.

»… meine Leber brennt im Ofen«, keuchte Johanna.

»Hustend schwör ich ewige Liebe …«

»… nimm meine gebrannten Knie!«

Als sie die höchste Stelle des Waldbachsteigs und damit den besten Ausblick auf den weggerutschten Hang erreicht hatten, wartete Ludwig mit erhobenem Haupt und im Wind wehender Haartolle. Er sah ins Tal und würdigte Rosa und Johanna keines Blickes.

Rosa stemmte die Hände in die Hüften und ließ ihren Blick über die Unglücksstelle gleiten. Hinter ihr ging die Diskussion zwischen Ludwig und Johanna weiter.

»Den ›Tante Mizzis Vanillekipferl-Club‹ wolltest du mir auch ausreden. Ich möchte gerne wissen, wie man es dir recht machen kann«, schnappte Ludwig beleidigt in ihre Richtung.

Johannas Gesicht spiegelte vor Anstrengung die interessantesten Rottöne. »Ludwig, mit diesem ganzen ›Tante Mizzis Vanillekipferl-Club‹ ging ein recht aufreibendes Forschungsprojekt über die Wesensart von Tante Mizzi einher. Du hast den halben Ort beleidigt mit deinen indiskreten Fragen, und du wolltest gratis Vorsorgeuntersuchungen anbieten, um alle Tante Mizzis vor dem Vanillekipferl-Zuckertod zu retten.« Johannas Stimme wurde lauter. »Nicht nur Frauen, die Mizzi heißen, backen Vanillekipferl, und ich habe noch nie etwas von einer Vanillekipferl-Zucker-Staublunge gehört!«

»Der Club war ein unglaublicher Erfolg«, brüllte Ludwig. »Es gibt tausende Tante Mizzis auf dieser Welt. Darf ich dich daran erinnern, dass wir eine Nachbargemeinde im Wuppertal gefunden haben und mit dieser zu Weihnachten das größte Vanillekipferl im deutschen Sprachraum hergestellt haben? In Brunn gab es in den Pensionen und Hotels von Anfang Dezember bis Ende Jänner kein einziges freies Bett mehr. Alle wollten unser gigantisches Vanillekipferl sehen!«

»Genau«, Johannas Gesichtsfarbe wurde leicht violett, »und Mizzi Laibstarck wäre beinahe gestorben vor lauter Vanillekipferlteigkneten. Und weißt du, wer sie um halb drei Uhr früh ins Spital gebracht hat? Ich! Und ich habe es satt, dir dauernd aus der Patsche zu helfen.«

Ludwig hob siegessicher den Zeigefinger und meinte grinsend: »Siehst du, wegen der Geschichte mit Mizzi Laibstarck wollte ich, dass im Jahr darauf alle Tante Mizzis diese Vorsorgeuntersuchungen machen.«

Rosa hörte nur mit einem Ohr zu. Die Mure hatte dem Berg eine riesige Wunde zugefügt. Der östliche, dem Hafen zugewandte Teil des Hangs war vollends verschwunden, hier musste sich das Massengrab befunden haben. In den Nachrichten hatte sie gehört, dass die starken Temperaturschwankungen Ende Mai, Anfang Juni das Schiefergestein brüchig gemacht hatten. Durch den anhaltenden Regen war die Erde abgeschwemmt worden, und dreitausend Quadratmeter Fels und Geröll waren abgegangen.

»Interessant«, meinte Ludwig, der neben Rosa trat. »Das ist doch …«, er stutzte und reckte den Hals, um besser den kahlen Abhang hinuntersehen zu können, »… sehr eigenartig!«

Rosa kniff die Augen zusammen und folgte seinem Blick, konnte aber außer Geröll nicht viel erkennen. »Was meinst du?«

»Da hat doch jemand … also, fällt euch das nicht auf?« Er drehte sich zu Rosa und Johanna, die erschöpft auf einem Baumstumpf Platz genommen hatte, um.

»Was denn?«, fragte nun auch Johanna.

»Seht ihr das nicht? Es sind fast keine Stämme und Wurzeln von Bäumen im abgegangenen Hang zu sehen.«

»Na, die sind mit der Mure in den Hafen geschwemmt worden, oder?«

»Da sind Bäume gestanden, die über hundert Jahre alt waren. Die Wurzeln müssen einige Meter tief in die Erde gereicht haben, die können nicht so einfach weggeschwemmt werden. Im Gegenteil, die Wurzeln halten den Hang. Irgendjemand muss nicht nur die Bäume abgeholzt, sondern auch noch die Wurzeln ausgegraben haben.«

»Wer sollte das denn gemacht haben?«, fragte Johanna.

»Die Kirche! Der Grund gehört bis zum Hafen dem Stift Klosterneuburg«, fand Rosa ihren Einfall, der ihr gestern vor der Trafik gekommen war, bestätigt.

Man hat vor neunzig Jahren fünfunddreißig Menschen auf Grund und Boden der Kirche in ungeweihter Erde verscharrt. Was ist da passiert, verdammt noch einmal, und wieso ist von dem Ereignis nie etwas nach außen gedrungen?, dachte sie.

Schurrauer hob müde die Hand, als er Rosa sah. Seine Wangen waren eingefallen, und er hing an einem Tropf.

Rosa war gleich nach ihrem Ausflug mit Johanna und Ludwig ins AKH gefahren. Nun stand sie verschwitzt und staubig vor dem Krankenbett. Die Schwestern hatten ihr gesagt, dass Liebhart vor einer Stunde da gewesen war.

»Wie geht es dir?«, fragte Rosa und zog sich einen Besucherstuhl heran.

»Ich kann morgen schon nach Hause«, antwortete er. »Etwas schlecht ist mir noch, und mein Schädel scheint zu zerspringen, aber sonst bin ich in Ordnung.«

»Ich nehme an, dass du schon mit Liebhart gesprochen hast?«

Schurrauer nickte heftig und verzog gleich darauf das Gesicht.

Rosa dachte, dass es keine gute Idee war, den Kopf nach einer Gehirnerschütterung so heftig zu bewegen.

Sie wartete ein wenig und fuhr dann fort. »Hast du irgendjemanden gesehen? Weißt du, wer dir den Stein in den Mund gelegt hat?«

»Ich hab niemanden gesehen, der Schlag ist von hinten gekommen. Ich hatte, nachdem ihr weggefahren wart, die ganze Zeit das Gefühl, beobachtet zu werden. Ich hab nur ein Rascheln gehört und dann den Stein schnell in den Mund geschoben, bevor die Lichter ausgegangen sind.«

Rosa schmunzelte. »Schlauer Mann, du wolltest nicht, dass dir der Stein weggenommen wird? Und dummer Mann, du hättest daran ersticken können, wenn du anders gefallen wärst.«

»Das ist aber nicht passiert.« Er zwinkerte, so gut es ging. »Ich habe ihn in der Asche unter der ehemaligen Kommode mit den drei aufgebrochenen Schlössern gefunden. Liebhart hat mir schon erzählt, dass das Blut einer Frau drauf war.«

»Gott sei Dank bist du nicht so lange dort gelegen.«

Da Schurrauer immer wieder die Augen zufielen, verabschiedete Rosa sich und versprach, bald wiederzukommen.

Als sie den Gürtel Richtung Nordbrücke fuhr, entdeckte sie am Horizont dunkle Gewitterwolken. Ein heißer Wind drückte die schwüle Luft in die hohen Häuserschluchten. Auf der Höhenstraße konnte sie erkennen, dass der Himmel sich immer mehr zuzog. Sie hatte das Gefühl, dass die Wolkendecke sich langsam über ihr schloss.

Im Kahlenbergerdorf fuhr sie, auf der Suche nach einem Parkplatz, langsam am Pfarramt vorbei. Liebhart winkte ihr zu, er trug einen blauen Schutzhelm, sein Gesicht war von der schwülen Hitze gerötet. Er bat ein paar Arbeiter, den Bauzaun etwas zur Seite zu schieben, und Rosa durfte auf dem abgesperrten Areal parken.

Eine kleine Gruppe von Einwohnern folgte Rosa mit ihren Blicken aus verwitterten dunklen Gesichtern unter tief in die Stirn gezogenen Hüten und Mützen. Die Mitglieder der freiwilligen Feuerwehr standen schweigend abseits des Geschehens und beobachteten die Arbeit der Wiener Polizei. Rosa konnte Feuerwehrhauptmann Schinder erkennen. Er starrte sie an, ohne zu grüßen.

»Wie schaut's aus?«, fragte sie Liebhart und hielt sich die Hand vor das Gesicht, da der starke, warme Wind ihr den Staub in die Augen trieb.

»Der Leiter des Pfarramts und seine Sekretärin wissen natürlich nichts von einer Brandbombe und haben auch keine Ahnung, wer sie im Pfarramt deponiert haben könnte. Sie sind am 10. Juni um zwölf Uhr mittagessen gegangen und haben, wie immer, wenn es heiß ist, ein Fenster offen gelassen. Obwohl das Pfarramt im Erdgeschoss liegt, hatten die beiden keine Sorge, dass jemand in ihrer Abwesenheit einsteigen würde.«

»Und, ist wer eingestiegen?«

»Eingestiegen ist niemand, aber der Molotowcocktail wurde reingeworfen.«

»Hat man dabei jemanden beobachtet?«

»Das Fenster geht nicht auf die Wigandgasse, die etwas belebter ist, sondern auf eine schmale kleine Nebengasse, die Zwillinggasse, Richtung Hafen hinaus.« Er deutete Richtung Donaukanal.

Bevor er weitersprach, gab er Rosa einen Schutzhelm und führte sie näher zu den Trümmern. »Hier ist der Sprengsatz detoniert. Die Feuerwehr vom Dorf hatte den Schutt und die verbrannten Schränke weggeräumt, dann hat das Team aus Wien die Arbeiten übernommen. Die Reste des Brandsatzes haben sie genau hier gefunden.«

Rosa ging in die Knie und sah auf eine sternförmige verkohlte Stelle am Boden. In der Ferne donnerte es leise.

»Den kann nur jemand hereingeworfen haben, der nicht wollte, dass der Leiter des Pfarramtes und seine Sekretärin getötet werden, und deren Tagesablauf kennt.«

»Großartig, Miss Marple!« Rosa sah Liebhart das erste Mal seit langer Zeit lachen. »Deswegen kann es nur einer aus dem Dorf gewesen sein.«

»Und, konntet ihr etwas im Brandbericht dazu finden?« Rosas Frage war eher rhetorisch.

»Du machst wohl Scherze, oder?«, stieß Liebhart hervor. »Ich habe den Verdacht, die haben auf den paar vorgeschriebenen Formblättern für Brandberichte einfach das Datum und den Ort des Geschehens eingetragen, und damit hatte es sich. Aber du kannst sicher sein, dass sie damit nicht davonkommen. Ich häng ihnen eine Klage an, dass ihnen die Ohren wackeln.«

»Ist irgendetwas von den Akten erhalten geblieben? Die Geburts- und Sterberegister?«

Liebhart schüttelte den Kopf. »Wir haben kein Stückchen Papier, das älter als zwanzig Jahre ist, gefunden.«

»Was sagt der Leiter des Pfarramts dazu, dass keine älteren Dokumente auffindbar sind?«

»Der kann sich das nicht erklären, ist aber eh nicht besonders redselig. Ich befürchte, die Feuerwehr des Dorfes hat die Unterlagen, die von der Explosion verschont geblieben sind, aus den paar noch unversehrten Aktenschränken entfernt.«

Rosa sah sich um und zog Liebhart von eventuell Mithörenden weg. Sie zwängten sich durch den Bauzaun und überquerten die Hauptstraße.

Als sie vor dem ehemaligen Schulgebäude standen, sagte Rosa leise: »Ich bin heute mit Johanna und Ludwig den Waldbachsteig hinaufgegangen und hab ihnen die Unglücksstelle gezeigt. Ludwig kennt das Kahlenbergerdorf recht gut, er hat hier einen Großteil seiner Kindheit verbracht.«

Eine Windböe verwehte ihre Worte, wirbelte Staub über den kleinen Platz, alte Herren drückten ihre Hüte tiefer ins Gesicht, damit sie nicht weggeweht wurden. Ein Blitz zuckte am Himmel. Liebhart trat näher an sie heran.

»Ludwig meint, dass am Hang, der durch die Mure abgegangen ist, vorher uralte Bäume gestanden sind, die das Schiefergestein unter anderem davor bewahrt haben, abzurutschen. Irgendjemand hat vor ein paar Wochen diese Bäume fällen und die Wurzeln ausgraben lassen, durch den Regen und die starken Temperaturschwankungen ist daraufhin die Mure abgegangen. Das gesamte Areal gehört dem Stift Klosterneuburg. Entweder es gibt jemanden, dem daran gelegen ist, dass man das Massengrab findet, oder es war tatsächlich ein verdammter Zufall.«

»Die Leute vom Stift hat Schurrauer schon befragt, leider ohne Erfolg«, erwiderte Liebhart. Er überlegte kurz. »Wir reden morgen mit dem Pfarrer. Müssen wir sowieso, da hier keine Geburts- und Sterberegister mehr zu finden sind. Vielleicht gibt es Unterlagen im Pfarrhaus.« Er sah über den Hauptplatz, über den der Wind wehte und die Rockschöße der Zuschauer hob. »Wäre doch gelacht, wenn wir das Geheimnis von dem verdammten Nest nicht knacken könnten.«

Die Aufmerksamkeit der Dorfbewohner war für Rosa regelrecht spürbar. Es schien ihr, als ob der ganze Ort seine Ohren spitzte und sie auf ihre Unterhaltung richtete. Und irgendwo war der Mörder und Dieb und wartete vielleicht nur auf einen konkreten Hinweis, um sie beide auch noch abzuschlachten, vielleicht zu verbrennen oder ins Wasser zu werfen.

Rosa sah sich bedrückt um. Wer war der Täter? Wer versteckte seinen Wahnsinn hinter einem soliden, verschlossenen Alltag? Wie schaffte er es, mit der immer gleichen Monotonie seine Zigarette zu rollen oder Pfeife zu stopfen und sich im Gasthaus nicht zu verplappern? Nicht zu laut zu lachen oder sogar zum falschen Zeitpunkt? In der Kirche sein Knie vor dem Altar zu beugen, ohne zu zittern, vor den Mitbürgern seinen Hut zu ziehen mit immer der gleichen Bewegung?

Ein Donner, gefolgt von einer Blitzsalve, erschütterte das Tal. Rosa verabschiedete sich schnell von Liebhart, sie wollte heim, bevor das Gewitter richtig losging.

Als sie zu Hause ihre Tür aufsperrte, fuhr ihr eine Windböe unter den Rock und hob ihn hoch. Sie lief auf die Terrasse und sammelte schnell die Polster der Gartengarnitur ein. Zwei hatte der Wind in den Garten geweht, sie hingen schaukelnd in den Zweigen des Buchsbaumes. Rosa warf die Terrassentür zu und begab sich auf die Suche nach der Katze. Sie fand sie im ersten Stock unter ihrem Bett, das Tier glotzte sie mit großen Augen an. Erleichtert stieg Rosa die Treppe hinunter, sie mochte es nicht, wenn die Katze bei Unwetter außer Haus war.

Rosa goss sich einen Morellino aus der Toskana ein. Sie setzte sich auf das Sofa und ließ den kräftigen Geschmack des Weines nach schwarzen Beeren auf ihren Gaumen wirken. Vom Wohnzimmer aus sah die Landschaft wie von einem Bilderrahmen umrahmt aus: ein Drittel grüne Felder, zwei Drittel bedrohlich kupferfarbener Himmel. Die Wolken hatten sich zu einer Decke zusammengeballt, die sich nach Osten hinzog, der Wind wehte schwach, als ob er sich auf seinen großen Auftritt erst vorbereiten würde. Das grüne Heer der Buchen schimmerte stumm und schien abzuwarten. Der Donner grollte laut von weit her, rollte über den Himmel und schien minutenlang anzuhalten. Dann folgten kurz aufeinander mehrere trockene Blitzschläge, die die Buchengruppe auf dem Weizenfeld weiß und golden färbten. Bisweilen war der Abstand zwischen ihnen so kurz, dass die Schatten der Baumgruppen sich auf dem Boden abzeichneten. Die Fenster von Johannas Haus blinkten bei jedem Einschlag. Es brodelte in der dicken Wolkendecke, als wollten Blitz und Donner nach allen Seiten zugleich ausbrechen. Die Luft knisterte wie eine Hochspannungsleitung. Dann riss der Himmel wie eine Wasserblase auf, und der Regen hämmerte buchstäblich auf das Land. Der Wolkenbruch dämpfte das eigentliche Gewitter, und der Donner klang dumpfer.

Nach einer halben Stunde war alles vorbei. Die schmalen Wege zwischen den Feldern hatten sich in eine ockerfarbene Rutschbahn verwandelt. Rosa öffnete die Terrassentür und trat in den vom Regen tropfenden Garten. Es duftete nach nassem Laub und Erde. Sie atmete tief ein und beschloss, den Abend bei einem Pastagericht ausklingen zu lassen.

***

Natürlich hatten die Alten dies und das angedeutet. Sich die Ereignisse dieser einen Nacht zugeraunt, wenn sie in dunklen Winternächten vor dem Kamin saßen.

Brandstätter hatte eine Pfeife in der Hand und sah besorgt auf die Reben, auf die die Blitze niedergingen. Er war damals noch nicht geboren, aber sein Großvater hatte das alles miterlebt. Er hatte erzählt, dass das Dorf nach der schrecklichen Nacht wie leer gefegt gewesen war. Die Bürger hatten zwei ganze Wochen in der alten Kirche gehockt, bis sie vom Beten wunde Knie hatten.

Er hatte damit nichts zu tun, war damals noch nicht auf der Welt gewesen und wusste nicht einmal heute genau Bescheid. Brandstätter zog an der Pfeife und beschloss, nach dem Regen zum Heurigen zu gehen.

16

Die Ferienzeit begann. Horden von Städtern trieb es an den heißen Wochenenden zu den Ziegelteichen oder zu den nahe Wien gelegenen Seen. Man begegnete ihnen in den Wäldern, wo sie nach dem verregneten Frühling unter den hohen Bäumen in greller Sommerkleidung nach Pilzen suchten. Sie fuhren in schnellen offenen Sportwägen über die Straßen und kehrten erhitzt in Heurigen ein.

Die Menschen in Wien wirkten nach dem gestrigen heftigen Gewitter gelöster, und die Häuser im 19. Bezirk sahen im hellen Sonnenlicht wie frisch lackiert aus. Rosa machte ein paar Besorgungen und steuerte mit einem Paket Zeitungen unterm Arm das Nussdorfer Café in der Greinergasse an, um an einem der kleinen runden Tische mit Korbsesseln einen Espresso zu trinken. Der Kellner sprühte mit einem Schlauch das Kopfsteinpflaster ab. Rosa hielt ihr Gesicht in die Sonne. Sie begutachtete eine Blase, die sie sich gestern in ihren Sportschuhen geholt hatte, als sie mit Johanna und Ludwig den Waldbachsteig hinaufgewandert war.

Sie hatte den Versuchungen der Glasvitrine nicht standhalten können und einen Schokoladenkuchen ausgewählt. Als ihre Bestellung gebracht wurde, tauchte sie ein Zuckerstück in ihren Kaffee und sah zu, wie es sich langsam vollsog. Sie wollte eigentlich in den Zeitungen blättern, doch sie genoss das starke Aroma des Kaffees und sah dabei ein paar Spatzen zu, die sich um Kuchenkrümel stritten, die ihnen zwei Touristen am Nachbartisch zuwarfen.

Liebhart kam, um sie abzuholen, und sie machten sich auf den Weg ins Kahlenbergerdorf, um mit dem Pfarrer zu reden.

»Andrzej hat in seinem Tagebuch geschrieben, dass der Pfarrer noch nicht lange für die Gemeinde zuständig ist«, gab Rosa zu bedenken.

»Wir müssen trotzdem mit ihm reden.« Liebhart steuerte sein Auto über die holprige Höhenstraße. »Er könnte den Auftrag zur Abholzung der Bäume gegeben haben, oder er hat vielleicht eine Ahnung, wer das getan hat. Immerhin gehört der Grund dem Stift, zu dem auch seine Kirche gehört.«

Pfarrer Mullner war ein Mann Mitte fünfzig. Als er die dicke Holztür des Pfarrhauses, das windschief neben der kleinen Kirche stand, mit einem Ruck öffnete, trug er beige Cordhosen und ein dunkelrotes Hemd. Seine Augen, um die wie ein Fächer winzige Lachfältchen lagen, waren wachsam und freundlich. Bevor er Liebhart und Rosa hereinbitten konnte, fragte sie, ob er ihnen kurz die Kirche zeigen könnte. Er kam der Bitte gern nach und holte aus seiner Hosentasche einen großen Schlüssel, mit dem er das Tor aufsperrte. Rosa bewunderte die Rokokobeschläge der niedrigen Holztür, die in das Innere führte.

Unter einem Kreuzgewölbe fiel das helle Sonnenlicht durch die gotischen Kirchenfenster. Die dunklen Bänke waren abgewetzt, rote Gesangbücher lagen auf ihnen. Zum Hochaltar an der Stirnseite gehörte ein Gemälde vom heiligen Georg. Die Kirche war erstaunlich schmucklos, selbst der Altar neben dem massiven spätgotischen Taufbecken aus Rotmarmor am Ende des kurzen Mittelganges wirkte, obwohl barock, wie eine etwas bessere Kredenz. Rosa stockte der Atem, sie riss Liebhart am Ärmel und zeigte auf zwei Ikonen der Muttergottes. Langsam ging sie so nah wie möglich an die Bilder heran. Sie klassifizierte die beiden Bilder russischer und byzantinischer Herkunft.

Pfarrer Mullner folgte ihrem Blick. »Sie waren schon da, als ich die Gemeinde übernommen habe. Ich kann Ihnen leider nicht sagen, woher sie gekommen sind. Aber wir sollten ins Pfarrhaus gehen.« Er schob sie zum Ausgang.

Sie betraten ein gemütliches Wohnzimmer, in das durch die kleinen Fenster wenig Licht fiel, und Pfarrer Mullner bat sie, an einem dunklen Holztisch mit quadratischer Platte Platz zu nehmen. Er stellte ungefragt drei kleine Gläser auf das rote Samttischtuch und goss ihnen augenzwinkernd Kirschlikör ein.

»Ein ausgezeichneter Tropfen, der Ehemann meiner Haushälterin stellt ihn selbst her«, erklärte er, während er die Gläser füllte.

Der Raum wäre ohne die dicht gefüllten Bücherregale und den bequemen Lehnsessel vor dem Fenster trostlos gewesen. Rosa bewunderte die Einlegearbeiten an den Regalen; Familienerbstücke, wie ihr der Pfarrer stolz erzählte.

»Ich fürchte, wir müssen die Ikonen in Ihrer Kirche beschlagnahmen«, begann Liebhart.

»Wenn Sie meinen.« Der Pfarrer hob ergeben die Hände und lehnte sich zurück.

Für ein paar Sekunden war nur das Ticken der alten Standuhr zu hören.

»Wir wissen, dass Andrzej Zieliński vor seinem Tod bei Ihnen war.« Liebhart sah den Priester fest an. »Was wollte er?«

Pfarrer Mullner knetete seine Finger. »Er war sehr freundlich, aber auch sehr hartnäckig. Was mich nicht besonders gewundert hat, schließlich hatte er einige Strapazen auf sich genommen, um hierherzukommen. Trotz allem habe ich gespürt, dass er unglaublich viel Kraft und Ausdauer besaß.«

Er sah aus dem Fenster und schien die Erinnerungen an die Begegnung, die schon einige Wochen zurücklag, aus seinem Gedächtnis zu sammeln, um sie so genau wie möglich wiederzugeben.

»Er wollte von mir wissen, ob ich ihm Namen nennen könne.«

»Wessen Namen?«, fragte Rosa.

»Von Soldaten, die nach dem Ersten Weltkrieg ins Kahlenbergerdorf heimgekehrt sind. Männer, deren Familien trotz des Krieges und der Not plötzlich über ein großes Vermögen verfügten. Er wollte wissen, ob es diese Familien noch gibt und wo sie leben.«

»Wieso sind Sie mit der Auskunft nicht zur Polizei gegangen, nachdem man Zieliński tot aufgefunden hatte?«, fragte Liebhart.

»Ich bin seit zwei Jahren hier, und obwohl ich die katholische Kirche vertrete und die Einheimischen sehr gläubig sind, bin ich kein Teil der Gemeinde geworden. Soll heißen, ich bin keine Vertrauensperson. Es gibt natürlich immer ein paar Gläubige, hauptsächlich alte, alleinstehende Frauen, die in mir und in diesem Haus ihre einzige Familie haben.« Er stützte sich mit den Ellbogen auf den Tisch. »Trotz der Verschlossenheit der Bewohner verbreiten sich Veränderungen oder Neuigkeiten rasch. Und«, er hob kurz den Zeigefinger, »die Menschen hier sind nicht dumm. Wenn in der Kirche von einem Tag auf den anderen etwas fehlte, dann würde der am Tod von Andrzej Zieliński Schuldige eins und eins zusammenzählen und wissen, dass die Polizei aus Wien ihm auf der Spur ist.«

»Sie haben also doch eine Idee, woher die Ikonen in Ihrer Kirche stammen?« Liebhart nippte an dem Likör.

Rosa meinte, eine Bewegung hinter dem ebenerdigen, straßenseitigen Fenster wahrzunehmen, auch Pfarrer Mullner schien sie bemerkt zu haben.

Er stand auf, ging zum Fenster und sah kurz hinaus. Während er zum Tisch zurückkam, antwortete er. »Ich war, bevor ich meine jetzige Tätigkeit aufgenommen habe, lange in der Flüchtlingshilfe tätig. Wir haben in Italien Afrikaner, die illegal ins Land gekommen sind, verpflegt und sie bei ihren Aufenthaltsansuchen unterstützt. Etwas haben die Bewohner hier mit diesen armen Flüchtlingen gemeinsam: Sie haben Angst.«

»Wovor, meinen Sie, haben sie Angst?«, wollte Liebhart wissen.

»Das ist eine gute Frage. Mit dem Trauma der beiden Weltkriege hat das nichts mehr zu tun. Die Menschen haben ihr ganz persönliches Trauma erlitten. Andrzej Zielińskis Fragen haben mich nachdenklich gemacht. Ich unterstehe der heiligen römischen Kirche.« Er stand auf und ging zu einem Bücherregal. »Meine Loyalität gilt in erster Linie dem Papst.« Er zog ein mit altem dunkelbraunem und brüchigem Leder eingebundenes Buch aus dem Regal. Rosa konnte die Aufschrift erkennen: »1890 bis 1920«.

»Ich habe als Pfarrer einen Eid abgelegt.« Er blätterte stehend in dem Buch. »Der römisch-katholischen Kirche gehören weltweit etwa 1,13 Milliarden Menschen an, denen ich als Teil dieser Institution ergeben dienen darf.«

Er entnahm dem Buch ein zusammengefaltetes Blatt, warf noch einmal einen Blick aus dem Fenster und ging dann an den Tisch zurück.

»Nachdem ich meine Ausbildung beendet hatte, wurde ich auf eigenen Wunsch nach Afrika geschickt. Ich bin dort hingesandt worden, um den Glauben der Menschen zu festigen und die Morallehre der Kirche auf diesem Kontinent durchzusetzen.« Der Pfarrer setzte sich und legte die Unterarme flach auf den Tisch.

Das zusammengefaltete Blatt Papier verschwand unter seinen Handflächen, er lächelte Liebhart und Rosa an.

»Die katholische Kirche nimmt im Bezug auf Sexualität, lebenslange Treue und Fortpflanzung eine eindeutige Position zur Empfängnisverhütung ein, selbst wenn Krankheiten übertragen werden können. Ich kann diese Haltung als ihr Stellvertreter nur begrüßen. Ebenso wie ich aus tiefster Seele davon überzeugt bin, dass sich der Missbrauchsvorwurf gegen katholische Pfarrer in unserem Land als

Hirngespinst herausstellen wird.« Er schob das Blatt Papier mit diesen Worten zu Liebhart.

»Die absolute Loyalität zur katholischen Kirche und zu meiner Gemeinde gehört zu meinen allerersten Pflichten. Dass ich in der ersten Woche meines Dienstes hier mein Auto in einem nahen Weingarten auf dem Dach liegend wiedergefunden habe oder dass man meinen Hund ersäuft und mir das tote Tier vor die Tür gelegt hat«, sein Gesicht verhärtete sich, »habe ich schon damals zwar als großen Verlust, aber auch als Opfer im Dienste des Herrn gesehen. Ich kann Ihnen leider nicht weiterhelfen. Ich bedaure den Tod von Andrzej Zieliński sehr, möge seine arme Seele Ruhe finden.«

Liebhart steckte das Papier kommentarlos ein, der Pfarrer stand auf und begleitete die beiden noch zur Tür.

»Wir werden die Ikonen in Ihrer Kirche vorerst nicht beschlagnahmen.« Mit diesen Worten streckte Liebhart dem Pfarrer die Hand entgegen. Der nahm sie freundlich und drückte sie. »Eine kluge Entscheidung. Hab ich mir gleich gedacht, dass Sie nicht von ungefähr Chefinspektor sind.«

Bevor sie ins Auto stiegen, drehte sich Rosa noch einmal um. »Mir ist aufgefallen, dass einige alte Bäume am Hang des Leopoldsberges gefällt worden sind, dort, wo die Mure abgegangen ist. Der Grund gehört der Kirche. Wissen Sie, wer für die Abholzung verantwortlich ist?«

»Sicherlich, ich hab den Auftrag dazu gegeben«, sagte der Pfarrer leichthin. »Wissen Sie, sie waren schon sehr alt und morsch«, fügte er launig hinzu und tippte sich mit dem Finger auf die Nase. »Ob das Ausgraben der Wurzelballen dazu beigetragen hat, dass der Hang abgegangen ist und das Massengrab freigelegt wurde, kann ich natürlich nicht sagen. Ein schreckliches Unglück, nicht wahr?«

Pfarrer Mullner sah ihnen nach, wie sie mit dem Auto davonfuhren.

Sie wollten zum »Gasthof zum Renner« beim Nußdorfer Platzl fahren, um dort etwas zu Mittag zu essen. Der Himmel zeigte sich unverschämt blau, und ein leichter Luftzug strich über die Landschaft.

»Armer Mann«, sagte Rosa, als Liebhart die Höhenstraße nach Wien zurückfuhr.

»Ziemlich demoralisiert, die Leute im Kahlenbergerdorf haben ihm wirklich nichts geschenkt«, pflichtete ihr Liebhart bei.

Sie beschlossen, im Garten zu essen. Rosa entschied sich für ein Holzofenschweinsbratl, Liebhart nahm ein Steak. Sie aßen schweigend und schnell. Rosa war gespannt auf den Zettel, den ihnen Pfarrer Mullner gegeben hatte, sie nahm an, dass es Liebhart nicht anders ging. Nach dem Essen bestellten sie zwei Espresso. Als sie den heißen Kaffee schlürften, griff Liebhart in seine Brusttasche und holte das Blatt Papier heraus. Rosa beugte sich vor, um besser sehen zu können, als er es auf dem Tischtuch ausbreitete.

Es war eine vergilbte Seite aus einem Kontobuch vom Herbst 1919, das Datum war in der rechten oberen Ecke vermerkt. In schräger Kurrentschrift waren die Einnahmen und Ausgaben in drei Tabellen vermerkt.

»Sieh einmal an: Am 1. Oktober 1919 gingen an die Pfarre St. Georg im Kahlenbergerdorf beachtliche Summen ein: fünfzigtausend Kronen der Familie Ritzberg, vierzigtausend Kronen der Familie Hofmacher, siebzigtausend Kronen der Familie Saatpichler, dreißigtausend Kronen der Familie Fuhrenbacher und so weiter und so fort«, las Liebhart vor und drehte das Blatt um.

»So viel Geld hat sonst nie jemand der Kirche gespendet«, meinte Rosa, die ihren Blick über die Tabellen vor und nach dem 1. Oktober laufen ließ.

Liebhart ließ das Blatt sinken und starrte über den gut besuchten Gastgarten. »Bußgeld!«

»Richtig, oder eher Büßergeld. Für die Nacht vom 29. auf den 30. September 1919, in der der Teufel mit den Bewohnern vom Kahlenbergerdorf getanzt hat.«

Liebhart sah auf die Uhr seines Mobiltelefons. »Wir müssen jetzt losfahren, sonst kommen wir zu unserem Termin bei Dr. Ahran zu spät.« Im Aufstehen zog er sich sein Jackett an und erklärte Rosa: »Er hat die Obduktion von Frau Zehetmair vorgenommen.«

Rosa hatte den Eindruck, in letzter Zeit viel zu oft bei Untersuchungen menschlicher Überreste dabei zu sein. Sie wünschte, während sie im Auto saß und hinter Liebhart herfuhr, dass das mit dieser ein Ende hätte.

Anfang des Jahres war das Gerichtsmedizinische Institut in Wien geschlossen worden. Obduktionen wurden, bis eine neue Lösung gefunden worden war, in den Spitälern der Stadt durchgeführt. Frau Zehetmair wurde deswegen im Sozialmedizinischen Zentrum Ost im 22. Bezirk untersucht.

Als Rosa von der Stadlauer Straße in die Langobardenstraße einbog, schüttelte sie sich wie jedes Mal, wenn sie die fleischfarbene Fassade des in den neunziger Jahren des vorigen Jahrhunderts erbauten Spitals sah.

Dr. Ahran litt, seitdem das Gerichtsmedizinische Institut aufgelassen worden war, unter seiner Heimatlosigkeit und klagte einem blassen Schurrauer, der schon im Sektionssaal wartete, sein Leid. Rosa wunderte sich über Schurrauers Anwesenheit, er war direkt vom Spital, aus dem er zu Mittag entlassen worden war, hierhergefahren, um bei dem Gespräch mit Dr. Ahran dabei zu sein. Sie drängte ihn, sich noch zu schonen, und er versprach, nachdem er die Ergebnisse von Dr. Ahrans Untersuchung erfahren hatte, nach Hause zu fahren.

Trotz der Hitze empfand Rosa die klimatisierten Räume der Sektionssäle nicht als angenehm. Sie hatte das Gefühl, dass ihr der Tod mit seiner Kälte nun auch in die Knochen kroch.

Auf einer Aluminiumbahre lagen die exhumierten Überreste von Frau Zehetmair. Rosa wünschte der alten Frau, dass sie nicht bei lebendigem Leib verbrannt war.

»Wieso sind die Knochen so grau?«, fragte Liebhart, nachdem er Dr. Ahran begrüßt hatte.

»Bei Temperaturen über elfhundert Grad verbrennt der Kohlenstoff, aus dem Knochen bestehen, und es bleiben nur ein paar kalzinierte Reste zurück.«

»Deuten diese hohen Temperaturen auf einen Brandbeschleuniger hin?«

»Anzunehmen«, pflichtete ihm Schurrauer leise bei.

Liebharts Ungeduld schien greifbar. »Haben Sie irgendetwas gefunden, das uns weiterhelfen könnte?«

»Es waren nur noch Überreste vom zehnten Thorakalwirbel aufwärts vorhanden. Alles andere ist wahrscheinlich bis zur Unkenntlichkeit kalziniert. Das bedeutet, dass ein Gegenstand auf die Leiche gefallen ist, der verhindert hat, dass sie vollständig verbrannte.« Dr. Ahran nahm einen Schnellhefter zur Hand und begann darin zu blättern. »Eigenartigerweise ist im Bericht der Feuerwehr nichts dergleichen erwähnt. Ich kann deswegen nicht sagen, was den Oberkörper des Opfers vor den Flammen geschützt hat.«

»Wieso sind denn die Armknochen so angewinkelt?«

»Der menschliche Körper durchläuft, wenn er verbrennt, eine interessante Veränderung«, erklärte Dr. Ahran und nahm seine Brille ab. »Arme und Beine sind in Relation zum restlichen Körper relativ dünn, das heißt, sie brennen wie Zunder. Schon bei Temperaturen von wenigen hundert Grad wird die Haut schwarz, das darunterliegende Fett verschmort, nach wenigen Minuten platzt die Haut, und das Fleisch beginnt zu brennen.«

Obwohl Rosa einiges gewohnt war, wünschte sie doch, dass Dr. Ahran nicht so ins Detail ginge.

»Dann beginnt das Besondere bei Verbrennungsopfern: Durch die Biomechanik und die Muskelkraft winkeln sich die Arme in Richtung Schulter an, die Beine spreizen sich leicht, wobei die Knie gebeugt sind. Der Grund dafür ist, dass die Beugemuskeln der Arme und Beine stärker sind als die Streckmuskeln. Wenn das Feuer die Muskeln und Sehnen verbrennt und austrocknet, ziehen sie sich zusammen. Ein Brandopfer sieht daher aus wie ein Boxer im Ring. Ausgenommen die Hände und Füße waren gefesselt, oder das Opfer hatte zu wenig Platz, um sich zusammenzuziehen.« Dr. Ahran vergewisserte sich mit einem Blick über den Brillenrand, dass ihm alle folgen konnten. »Da irgendetwas auf dem Oberkörper verhindert hat, dass die Knochen vollends verbrannt sind, ist sie mit Sicherheit auf der Seite gelegen, sonst hätten sich die Arme nicht *so* anwinkeln können. Bemerkenswert finde ich, dass der Schädel noch weitgehend unversehrt ist.«

»Wieso? Es ist doch, wie Sie bereits gesagt haben, etwas auf dem Oberkörper gelegen?« Liebhart wippte nervös auf und ab. Rosa wünschte, er hätte die Frage nicht gestellt.

Dr. Ahran nickte und setzte die Brille wieder auf. »Durch die hohen Temperaturen dehnt sich das Gewebe im Schädel aus, irgendwann hat es keinen Platz mehr«, Rosa schloss kurz die Augen, »und dann explodiert der Kopf. Außer es gibt eine Stelle im Schädel, aus der der Druck entweichen kann.«

»Wie ein Loch, das durch ein Projektil oder durch einen harten Gegenstand verursacht worden ist«, murmelte Rosa.

»Korrekt«, stimmte Dr. Ahran ihr zu. »Trotz alledem verursacht das Feuer Bruchlinien. Im Falle dieser Toten hat der Gegenstand, der auf sie gefallen ist, jedoch auch auf dem Schädel starke Schäden hinterlassen. Es war sehr schwierig, herauszufinden, ob das Opfer durch den Schlag eines stumpfen oder scharfen Gegenstandes gestorben ist.«

»Also wieder nichts.« Liebhart versenkte seine Hände in den Hosentaschen.

»Moment«, zischte Dr. Ahran und sah ihn vorwurfsvoll an. »Nehmen Sie sich bitte die Zeit, in Ruhe hinzusehen, denn dann können Sie erkennen, dass nichts Organisches mehr übrig geblieben ist. Die Rückseite des Schädels war versengt, allerdings nicht besonders stark. Auf halber Höhe, ein wenig rechts von der Mitte, befindet sich ein Loch. Und hier habe ich auch eine interessante Substanz gefunden, nämlich Gold.«

»Sie haben Gold im Loch des Schädels gefunden?«, fragte Rosa ungläubig.

»Ja, Gold. Winzig kleine Partikel, mit dem Auge nicht sichtbar und natürlich geschmolzen.« Dr. Ahran sah Rosa streng über seinen Brillenrand an. Die Zwischenbemerkungen schienen ihm auf die Nerven zu gehen. »Man kann daraus schließen, dass das Opfer mit etwas erschlagen wurde, das mit Gold überzogen war. Dieser Gegenstand hat nicht nur ein breites eckiges Stück Knochen herausgebrochen, sondern auch dazu geführt, dass ein eindeutiges Muster zurückgeblieben ist.« Er nahm den Schädel vorsichtig in die Hand und drehte ihn so, dass das Loch für alle sichtbar war. »Vom Loch verlaufen in alle Richtungen zickzackförmige Bruchlinien, und auf der Innenseite des Schädels war der Knochen rund um das Loch herum unregelmäßig verfärbt.«

»Was heißt das?«, stieß Liebhart hervor. Als er Dr. Ahrans strafenden Blick sah, murmelte er ein schnelles »Entschuldigung«.

»Aus der Wunde war Blut geflossen und dann im Feuer verschmort. Sobald ein Körper abgekühlt ist und die Totenstarre eingesetzt hat, bluten später zugefügte Wunden nicht mehr. Das bedeutet, dass das Opfer zuerst getötet wurde und danach verbrannt ist.«

Für einen Moment herrschte Stille.

»Wenn ich Ihnen einen Gegenstand bringe, können Sie dann feststellen, ob es sich um die Tatwaffe handelt?«

Dr. Ahran nickte. »Ich werde mein Bestes geben.«

Als sie kurz darauf vor dem Spital standen, begann Schurrauer, sich die Schläfen zu massieren. Die Sonne brannte auf den Gehsteig. In ihrem grellen Licht war seine Haut noch bleicher als im Sektionssaal. Liebhart telefonierte mit dem Bundeskriminalamt, um das Brustkreuz mit einem Schnelltransport zu Dr. Ahran bringen zu lassen.

»Ist der herausgebrochene Stein mit dem Blut nicht schon Beweis genug, dass Frau Zehetmair mit dem Kreuz erschlagen worden ist?«, fragte Rosa.

»Ich fürchte nicht, da die DNA unbrauchbar ist und das Blut deshalb nicht eindeutig der alten Frau zugeordnet werden kann«, gab Schurrauer zu bedenken.

»Wenn das Brustkreuz zum Loch im Schädel passt, dann ist es die Mordwaffe«, meinte Liebhart.

Rosa schwirrte der Kopf, ihre Kehle war ausgedörrt. Die Hitze verstärkte den Geruch von ausgedämpften Zigaretten, der aus den sanduhrförmigen Behältern vor dem Spital aufstieg. Rosa und Liebhart entschieden, in sein Büro zu fahren. Trotz ihrer Proteste bestand Schurrauer darauf mitzukommen.

Frau Grand empfing sie in einem aschfarbenen Sommerkleid, in dem sie fast mit den dunklen Büromöbeln verschmolz. Rosa dachte, dass sich das Gemüt von Liebharts Sekretärin in der Farbe ihrer Kleidung widerspiegelte.

»Was Heißes zu trinken?«

Liebhart, Schurrauer und Rosa zuckten zusammen.

»Es hat circa vierzig Grad draußen, wollen Sie uns umbringen?«, fragte Rosa.

Ein leichtes Lächeln um Frau Grands Mund verriet, dass ihr das bei gewissen Personen durchaus genehm gewesen wäre.

»Wir sollten das Ganze chronologisch angehen«, meinte Liebhart in seinem Büro und goss für alle Mineralwasser in die dafür bereitstehenden Gläser. »Wenn ihr Fragen habt oder euch etwas einfällt, unterbrecht mich, ich schreibe es auf. Die Geschichte beginnt im August des Jahres 1914 auf einem Hof etwas außerhalb von Zamość.«

Er stand auf und ging zur Tafel, auf der die Zeitlinie aufgezeichnet war, die mit dem 1. Mai begann, dem Tag, an dem Andrzej Zieliński seine Heimat verlassen hatte. Er zog über der bestehenden Linie eine zweite, schrieb »1914« und »Zamość« an den Anfang und markierte die Stelle mit einem kurzen Längsstrich.

»Fremde Soldaten fallen 1914 auf dem Hof von Zofia Zielińskas Eltern ein«, fuhr Liebhart fort. »Gehen wir einmal davon aus, dass die Soldaten tatsächlich aus dem Kahlenbergerdorf waren. Sie haben den Hof geplündert und eine wertvolle Ikone mitgenommen. Höchstwahrscheinlich ist die Ikone nicht das Einzige, was sie geraubt haben. Sie könnten sich auch in den umliegenden Höfen und vielleicht auch in den Kirchen bedient haben.« Er schrieb das Wort »Kirchenschatz« in Klammern und ein Fragezeichen neben die Jahreszahl.

»1918 endet der Erste Weltkrieg. Soldaten, die überlebt haben, kommen heim. Ein paar sehr wertvolle Stücke finden so ihren Weg von der damaligen Ostfront ins Kahlenbergerdorf«, fügte Rosa hinzu.

Es wurde still im Raum, alle drei wussten, was jetzt kommen würde. Es hatte den Anschein, als ob keiner beginnen wollte.

Schließlich fasste Liebhart sich ein Herz. »Kurz nach Ende des Krieges sterben auf einmal fünfunddreißig Menschen. Ein Indiz gibt uns sogar das genaue Datum an: der Zettel, den wir im Brustkreuz gefunden haben und auf dem die folgenden Worte stehen …«, Liebhart schrieb, während er weitersprach: »›Unsre Seelen sind verloren, zu Michaeli hat mit uns im Kahlenbergerdorf der Teufel getanzt.‹«

»Michaeli ist ein kirchlicher Feiertag am 29. September«, fügte Rosa hinzu.

Liebhart nickte, schrieb das Datum auf und setzte auf die Zeitlinie darunter einen neuen Längsstrich.

»Wie sie zu Tode gekommen sind, konnte bis jetzt nicht ermittelt werden. Professor Wankels Untersuchungen laufen noch. Nach seiner Auskunft wurden an den Skeletten Biss- und Nagespuren gefunden, die anderen Gebissen dieser fünfunddreißig Skelette zugeordnet werden können«, fuhr Schurrauer fort und hielt dabei sein Glas Wasser mit beiden Händen umschlossen.

»Alle fünfunddreißig Menschen wurden in den ehemaligen Sandgruben am Hang des Leopoldsberges verscharrt«, resümierte Rosa.

»In einem zwanzig bis fünfundzwanzig Kubikmeter großen Massengrab ohne Sarg, in ungeweihter Erde.«

Die Luft stand im Raum. Es wurde unerträglich heiß, da die Sonne ungehindert durch die hohen Fenster scheinen konnte.

Rosa griff zu ihrem Glas und trank es auf einen Sitz leer. »Von Pfarrer Mullner wissen wir, dass am 1. Oktober 1919 beachtliche Summen an Bußgeld von einigen Familien aus dem Dorf eingegangen sind.«

Liebhart nickte. »Indiz Nummer zwei.« Er zog aus seinem Jackett das Blatt, das sie vom Pfarrer bekommen hatten, und schrieb die Namen der Familien und den Betrag, den sie gespendet hatten, auf die Tafel. »Fünfzigtausend Kronen der Familie Ritzberg, vierzigtausend Kronen der Familie Hofmacher, siebzigtausend Kronen der Familie Saatpichler, dreißigtausend Kronen der Familie Fuhrenbacher.«

Schurrauer pfiff leise durch die Zähne. »Soviel ich weiß, hat sich die Krone nach Ende des Ersten Weltkrieges nie mehr erholt. 1924 hat die Inflation ihren Höhepunkt erreicht, man hat nur mehr mit Millionen Kronen gerechnet.«

Rosa nickte. »Das Geld für die Kirche ist aber fünf Jahre vorher gespendet worden. Da war die Krone noch mehr wert. 1919 hat man für ein paar Schuhe zweihundert bis dreihundert Kronen gezahlt.«

Liebhart und Schurrauer sahen sie erstaunt an.

»Ludwig hat vor drei Jahren ein Heimatmuseum in Brunn eingerichtet. Ich habe zwei Monate damit verbracht, die Preise für Gebrauchsgegenstände, die über hundert Jahre alt waren, herauszufinden.«

»Dann ist das doch ziemlich viel Geld, woher hatten die armen Bewohner des Dorfes das nur?«, überlegte Schurrauer.

»Na, die haben den Kirchenschatz verklopft«, vermutete Rosa.

Liebhart schlug mit der flachen Hand auf den Tisch. »Rosa, mit dir gehen schon wieder die Pferde durch!« Dann erklärte er, zu Schurrauer gewandt: »Wir haben heute in der Kirche vom Kahlenbergerdorf zwei Marienikonen gesehen.«

»Die sind sicher von den reuigen Bürgern nach Michaeli gespendet worden. Na ja, mit Diebesgut kann man ja großzügig sein«, sagte Rosa sarkastisch.

Liebhart blickte sie streng an. »Ungefähr neunzig Jahre nach den erwähnten Vorfällen macht sich Andrzej Zieliński aus Zamość auf die Suche nach der Ikone, die seiner Familie gestohlen worden war.« Er trat zurück und starrte auf die Tafel. Bevor er sich zu den beiden anderen setzte, fügte er beim Namen der alten Zehetmair »Brustkreuz« und bei Andrzej Zieliński »Abdrücke eines Oklads an der Stirn« hinzu.

»Am 27. Mai brennt das Haus der Frau Zehetmair im Kahlenbergerdorf ab.« Liebhart nahm einen Schluck Wasser, bevor er fortfuhr.

»Das Brandteam aus Wien konnte noch Reste eines Brandbeschleunigers finden«, warf Schurrauer ein.

»Ist es schon sicher, dass es Benzin war?«

Schurrauer nickte, dann fuhr Liebhart fort: »Wir wissen leider nicht, wann Zieliński bei Frau Zehetmair war. Aber nach seinem Besuch, oder auch währenddessen, wird Frau Zehetmair mit einem vergoldeten Gegenstand erschlagen.«

»Mit ziemlicher Sicherheit mit dem wertvollen Brustkreuz«, sagte Rosa und ignorierte Liebharts strengen Blick. »Ein Türkis bricht durch die Wucht des Aufschlages aus der Fassung, bleibt auf dem Boden liegen und wird später in der Asche des abgebrannten Hauses entdeckt. Das Brustkreuz finden wir in Andrzejs Zimmer.«

»Aus dem Notizbuch Zielińskis wissen wir, dass er mehrere Bewohner des Kahlenbergerdorfes besucht hat und bei Pfarrer Mullner war. Leider hat Andrzej seine Einträge nicht mit dem Datum versehen.« Schurrauer sprach langsam und räusperte sich zwischendurch.

Liebhart nickte. »Mit dem Pfarrer und Setzensberger haben wir bereits gesprochen. Kollegen waren bei Brandstätter und Ritzberg, fehlt noch Hofmacher.« Er stand erneut auf und schrieb »Hofmacher« in die freie Hälfte der Tafel.

»Frau Zehetmair scheint, laut Tagebuch, die Letzte gewesen zu sein, die Andrzej aufgesucht hat. Danach gibt es keine Eintragungen mehr über weitere Besuche«, fügte Rosa hinzu.

»Wozu hat er sich einen botanischen Atlas schicken lassen?«, warf Schurrauer ein. Seine Kopfschmerzen schienen wieder stärker zu werden, er war sehr blass und rieb sich öfter die Schläfen.

Rosa sah ihn besorgt an und stand dann auf, um das Fenster zu öffnen. Sie blieb, an das Fensterbrett gelehnt, stehen, spürte die Sonne im Nacken und sah zur Tafel. »Haben wir schon eine Übersetzung des Atlasses oder einiger Teile, damit ich zu lesen beginnen kann?«, fragte sie Liebhart.

Er nickte und begann, in einem Aktenstapel auf seinem Schreibtisch zu suchen. Dann reichte er ihr circa zwanzig A4-Seiten. »Wir gehen davon aus, dass außer der Ikone noch weitere wertvolle liturgische Gegenstände ins Kahlenbergerdorf gekommen sind. Möglicherweise das Oklad, dessen Abdruck wir auf Zielińskis Stirn gefunden haben, und die dazugehörige Ikone. Die Kommode von Frau Zehetmair war aufgebrochen. Schurrauer hat aufgezwickte Schlösser gefunden, aber keine Spur vom Inhalt.«

Das Telefon läutete. Liebhart nahm ab, lauschte, bedankte sich und legte wieder auf. »Das war Dr. Ahran, das Brustkreuz passt zum Loch im Schädel von Frau Zehetmair.«

»Dann ist Andrzej wohl ihr Mörder«, brummte Rosa.

Liebhart nickte. »Scheint so, aber wer hat ihn und Kobald umgebracht, und wo ist die Ikone, die der junge Pole gesucht hat?«

Er seufzte und deutete auf die untere Zeitlinie. »Machen wir weiter. Um den 30. Mai wird Zieliński mit einem rundlichen Gegenstand aus Holz erschlagen. Vorher zwingt ihn sein Mörder, die letzten Seiten seines Tagebuches zu schlucken. Nachdem er ihn erschlagen hat, wirft er ihn in das Kuchelauer Hafenbecken. Am Sonntag, dem 1. Juni, geht eine Mure ab. Ein Teil des Hangs des Leopoldsberges rutscht in den Hafen und mit ihm ein bis dato unbekanntes Massengrab.«

»Am 2. Juni wird Kobald in Wien ermordet. Auf der Tatwaffe, einem Weihwassersprengel seiner Sammlung, befinden sich die Fingerabdrücke von Zieliński«, fügte Schurrauer hinzu.

»Obwohl sich in der Wohnung wertvollere Gegenstände als die verschwundene Monstranz befinden, nimmt der Dieb und Mörder nur diesen Gegenstand mit.« Rosa wurde die Sonne unangenehm, sie schloss das Fenster und setzte sich wieder.

»Von der Monstranz fehlt bis heute jede Spur, genauso wie von Kobalds Mörder.« Liebhart zuckte resigniert die Schultern. »Nachdem bekannt geworden war, dass mit dem Murenabgang vom 30. Mai das Massengrab entdeckt worden ist, wurde am Dienstag, dem 10. Juni, ein Molotowcocktail ins Pfarramt geworfen.«

»Der Mörder konnte sich ausrechnen, dass die Identität der Toten, nachdem es keine offiziellen Bestattungsunterlagen gibt, nur durch das Geburtsregister im Pfarramt festgestellt werden könnte. Aber warum ist es ihm so wichtig, dass niemand erfährt, was da vor etwa neunzig Jahren passiert ist?«, führte Rosa an.

Es wurde still im Raum.

»Der Kirchenschatz ist vermutlich einiges wert. Wir haben uns erkundigt, auf viele Weinbaubetriebe laufen Hypotheken. Die meisten Bewohner des Dorfes sind Nebenerwerbsbauern, und das zahlt sich nicht mehr aus. Wenn es ums Geld geht, könnte es jeder gewesen sein. Abgesehen davon versucht das ganze Dorf, das schreckliche Ereignis von damals zu vertuschen«, sagte Liebhart.

»Nicht das ganze Dorf. Pfarrer Mullner hat die Bäume am Hang des Leopoldsberges abholzen und die Wurzelballen ausgraben lassen. Das hat, in Kombination mit den lang anhaltenden Regenfällen, dazu geführt, dass die Mure abgegangen und das Massengrab ans Licht gekommen ist«, fügte Rosa hinzu. »Ich glaube, der Pfarrer hat uns nicht alles gesagt, was er herausgefunden hat.«

Das Telefon läutete, Liebhart nahm ab und lauschte. Nachdem er aufgelegt hatte, sah er Rosa und Schurrauer mit großen Augen an.

»Das war das Labor. Also, um das Ganze jetzt noch verwirrender zu machen: Sie haben eine der DNA-Spuren von Zielińskis Rucksack zuordnen können.«

Als Liebhart nicht fortfuhr, wurde Rosa ungeduldig und stieß hervor: »Und, wer ist es: Ritzberg, Hofmacher, Setzensberger, Brandstätter?«

»Nein, das errätst du sowieso nie. Sie haben die Proben einem Skelett aus dem Massengrab zuordnen können! Professor Wankel hat das Unmögliche möglich gemacht und aus ein paar Oberschenkelknochen DNA extrahiert. Sie passt zu einem Menschen, der seit fast neunzig Jahren tot ist.«

»Das heißt, dass ein Toter aus seinem Grab auferstanden ist, um Andrzej zu ermorden?«, sagte Rosa langsam und sah Liebhart dabei an, als ob er irre geworden wäre.

Er lächelte. »Nein, so gruselig ist es nicht. Die DNA auf dem Rucksack muss von einer Frau stammen, die heute lebt. Und daher wird sie die Enkeltochter eines Mannes oder einer Frau sein, deren Überreste im Massengrab gefunden worden sind.«

17

Als Rosa nach Hause kam, war sie zu müde, um sich noch etwas zu kochen. Lustlos stand sie vor dem geöffneten Kühlschrank und starrte auf ihre Vorräte. Nach einer Weile legte sie sich eine geräucherte Forelle, die sie bei einem kleinen Fischgeschäft am Sellnersee erstanden hatte, auf einen Teller, bereitete sich eine Schüssel Salat zu und schnitt noch eine dicke Scheibe Bauernbrot ab. Während sie auf ihrer Terrasse sitzend in die Dunkelheit starrte, kaute sie gedankenverloren am für ihr Empfinden kargen Abendessen und dachte an die Besprechung in Liebharts Büro. Ihr schien die Lösung des Falls zum Greifen nahe. Nach zwei Stunden gab sie auf und stieg erschöpft in den ersten Stock hinauf, um sich schlafen zu legen.

Rosa verbrachte den nächsten Tag mit der Übersetzung des botanischen Atlasses. Sie konnte sich nur schwer konzentrieren, die hohe Temperatur machte ihr zu schaffen. Übellaunig betrachtete sie den Sommerhimmel, der sich strahlend und eintönig über die Landschaft zog. Sie bevorzugte einen bewegten Himmel und sich rasch änderndes Wetter. Alles andere empfand sie als lähmend und konnte nichts damit anfangen.

Die Übersetzer des Buches hatten ganze Arbeit geleistet und neben den deutschen Texten auch die Abbildungen der Blütenköpfe eingefügt. Das lockerte das Material etwas auf. Ihr blieb es trotzdem ein Rätsel, warum Andrzej sich das Buch hatte schicken lassen. Das Einzige, was sie feststellen konnte, war, dass er sich für die Flora der Region des Wiener Beckens interessiert zu haben schien. Sie bedauerte, dass er nicht mehr die Möglichkeit gehabt hatte, den Atlas zu lesen. Vielleicht hätte er Anmerkungen hinterlassen, die ihr weitergeholfen hätten.

Durch die Hitze flirrte die Luft über den Hügeln. Drei hochgewachsene Fichten, die Rosas Grundstück im Osten begrenzten, schwitzten Harz aus, und die Zikaden sangen im Gras. Der Horizont schien wabernd zu verschwimmen. Man konnte nicht mehr erkennen, wo das Land aufhörte und der Himmel begann. Die wippenden Blütenköpfe der Bougainvillea hingen träge herab.

»Du musst sie zurückschneiden«, sagte Paul.

»Zu müde«, brummte Rosa.

Ihre Arme lagen wie festgenagelt auf den hölzernen Lehnen ihres Gartensessels. Pauls Bild begann zu verblassen, sie zwang sich, ihn anzusehen, wollte, dass sein Körper wieder Konturen annahm.

»Du kannst doch nicht erwarten, dass Menschen ihre Zigaretten in einer Keramikmilz ausdrücken. Wie sieht eine Milz denn überhaupt aus?«

»Ich glaube, ich habe mich verhört! *Du* hast *mir* soeben eine Frage gestellt? *Mir?* Lass mich den Moment auskosten. Also: Hast du gewusst, dass die Milz wie ein Steak ohne Fett und Knochen aussieht?«

»Oh, vielen Dank! Ich weiß auch nicht alles. Aber wenn wir schon einmal dabei sind, den anderen auf die Schaufel zu nehmen, dann rate einmal, wer ich bin: Hüch möchte oinen Gemüschtwarenladen, in döm ich Ründerdung verkaufe, eröffnen. Johanna, kümmere düch um oine passene Ümmobülüe.«

»Das ist wirklich eine Frechheit. Die Rinderdungsache wäre auf jeden Fall ein Erfolg geworden … Oh, sie schläft. Wir sollten sie nicht –«

»Rosa, Schätzchen!«, brüllte Johanna und rüttelte an Rosas Schulter.

Sie blinzelte verschlafen in das runde Gesicht ihrer Freundin, das sich einen Zentimeter vor ihrer Nase befand. Ludwig stand verlegen lächelnd daneben.

Johanna grinste. »Deine Augenbraue zuckt so interessant.«

»Wo kommt ihr denn her?« Rosa streckte sich.

»Ludwig hat die ersten Aschenbecher-Entwürfe fertig und wollte uns seinen Katalog zeigen«, erklärte Johanna mit versteinerter Miene. »Ich war in Brunn und habe eine erstklassige Schinkenhaxe und einen Strick, an dem ich mich aufhängen möchte, erstanden«, setzte sie hinzu und sah Ludwig böse an. »Wenn du frisches Gemüse hast, machen wir einen Salat und sehen uns den Katalog an.«

Rosa blickte müde ins Tal, die Sonne stand tief, sie musste eingenickt sein. »Ja, alles da«, sagte sie und ging ins Haus.

Während Johanna Gemüse wusch und klein schnitt, bat Rosa Ludwig, ein paar Flaschen Wein aus dem Keller zu holen. Er tastete den gesamten Türrahmen ab, bis er den geheimen Lichtschalter fand. Sie wunderte sich jedes Mal, dass er die Stelle immer aufs Neue suchen musste.

Nachdem er mit den Flaschen zurück war, trug Rosa sie zu ihrem Steinbrunnen, der sich im östlichen Teil ihres Gartens befand. Sie stellte sie in einen Kübel und ließ ihn über eine Seilwinde in das dunkle Wasser gleiten. Die Kühle des Brunnenwassers war genau richtig, damit er sein gesamtes Aroma entfaltete. Rosa mochte es nicht besonders, wenn Weine im Kühlschrank gelagert wurden.

Ludwig breitete währenddessen seine Entwürfe auf dem Gartentisch aus. Rosa war noch immer verschlafen und sah, auf ihrer Küchenarbeitsplatte sitzend, Johanna zu, die ein leichtes Zitronendressing für den Salat anrührte.

»Wie läuft's im Organkeramikhandel?«, fragte Rosa und nahm einen großen Schluck Wasser, um endlich munter zu werden.

Johanna verdrehte die Augen. »Wir haben uns auf Organe geeinigt, die sich oberhalb der Gürtellinie befinden, das war ein Kampf!«

Rosa lächelte, sie bewegte leicht die Zehen, als sich die Katze an ihnen rieb. »Ich stell mich schnell unter die Dusche, sonst werde ich nie munter.«

Zwei Stunden später hatte sie täuschend echte Entwürfe von Leber, Lunge und Herz bewundert, gemeinsam mit Johanna und Ludwig eineinhalb Flaschen Wein getrunken und ein Drittel des saftigen Schinkens direkt von der Haxe geschnitten und mit Salat gegessen. Sie servierte auch das eingelegte Gemüse der Krautfrau aus dem Kahlenbergerdorf, und es kam bei den beiden so gut an, dass sie ihr alle Vorräte wegaßen.

Als die Sonne groß und orange am Horizont stand, verabschiedeten sich ihre Gäste, und Rosa begann, das Geschirr in die Küche zu räumen.

Sie wollte sich noch eine Runde die Beine vertreten, bevor sie sich wieder dem botanischen Atlas widmete. Als sie die Tür öffnete, fiel ihr Blick auf ein dunkles Auto, das in ihrer Auffahrt stand. Daniel Mühlböck lehnte an der Autotür, er sah müde aus.

Rosa blickte ihn entgeistert an und presste schließlich ein »Ich wollte gerade spazieren gehen, wollen Sie mitkommen?« hervor. Nervös schloss sie ihre Eingangstür ab.

Er nickte. »Danke, sehr gerne! Verzeihen Sie, dass ich einfach bei Ihnen hereinplatze.«

»... aber Sie waren zufällig in der Nähe«, leierte Rosa gelangweilt herunter.

Mühlböck lächelte. Sie schlugen den Weg den Hang hinauf in den Wald ein. Sie zog im Vorübergehen an einem dünnen Birkenzweig. Die zarten grünen Blätter dufteten nach Regen. Sie schob sich ein Blatt in den Mund und kaute darauf herum.

»Sind Sie schon weitergekommen bei Ihren Recherchen zum gemeinsamen Buch?«, begann er, als sie ein Stück schweigend nebeneinanderher gegangen waren.

Kurz wusste sie nicht, was er meinte, dann erinnerte sie sich an ihre Notlüge und brummte irgendetwas Unverständliches.

»Ich wollte Sie eigentlich an das gemeinsame Essen erinnern.« Er sah sie aufmunternd von der Seite an.

Sie ärgerte sich über ihre Sprachlosigkeit; sie war unsicher, was sie von Mühlböcks Erscheinen halten sollte. Erschrocken stellte sie fest, dass sie nach dem Nachmittagsgelage mit Johanna und Ludwig eine ziemliche Weinfahne haben musste.

»Es tut mir leid, dass ich nicht angerufen habe«, flüsterte Mühlböck.

»Hm.«

Die Straße, die sie gemeinsam entlanggingen, war im Mondschein fast weiß. Wie immer empfing sie das Rauschen der alten Bäume am Wegesrand. Auch wenn die Hitze wie ein schweres Tuch über der Talsenke lag, ging hier auf dem Hügel immer ein wenig Wind. Er fing sich in den Bergahornbäumen und den Zedern und rüttelte an den Wipfeln der drei Fichten, die hinter ihrem Haus standen. Man hörte ihn bis weit hinunter in das Tal, in dem er die Stille aufwirbelte.

Unvermittelt blieb Mühlböck stehen. »Sie haben nichts von dem verstanden, was in den Unterlagen in der Schachtel stand, hm?«

Rosa drehte sich zu ihm und schüttelte langsam den Kopf.

»Und es gibt auch kein Buchprojekt, oder?«

»Gibt es nicht«, antwortete sie leise.

»Was haben Sie dann in der Bakk Pharm gesucht?« Er sah sie fest an.

Sie überlegte kurz, ob sie ihm die Wahrheit sagen sollte. »Ich komme über seinen Tod nicht hinweg. Ich habe gehofft, irgendetwas zu finden, was er mir hinterlassen hat.« Sie wandte sich ab und ging langsam weiter. Mühlböck folgte ihr. »Es heißt immer, dass die Toten im Gedenken der Hinterbliebenen weiterleben. Das ist zwar tröstend, aber was ist mit den Hinterbliebenen selbst? Wie leben die mit den Erinnerungen an die Toten? Das mag für Sie egoistisch klingen, aber Tatsache ist, dass ich es nicht akzeptieren kann, dass mit Paul ein Stück von mir gestorben ist.«

Rosa beschleunigte ihre Schritte, als sie ihr Haus sah. In der Auffahrt verabschiedete sie sich schnell. Hinter der verschlossenen Tür lauschte sie dem Geräusch von Mühlböcks wegfahrendem Auto und nahm bestürzt wahr, dass sie mit dem, was sie ihm gesagt hatte, einen anderen Teil an Wahrheit preisgegeben hatte.

Wenig später lag sie im Bett und starrte an die Decke des Schlafzimmers, bis die Vögel lautstark den nahenden Morgen ankündigten. Danach fiel sie in einen leichten, fahrigen Schlaf, aus dem sie jedes Mal hochfuhr, wenn die Katze sich bewegte.

18

»Ich weiß nicht, was Sie von mir wolln«, meinte Hofmacher. »Sie schicken mir irgendwelche Leut, die mit Wattestäbchen in mein Mund herumstochern, und dann kommen S' her und stellen mir Fragen über meinen Großvater und von an Poln, der vor Wochen da war.«

»Genau.« Liebhart nickte. »Und was ist jetzt mit den Antworten?«

Hofmacher hatte Liebhart und Rosa nicht angeboten, sich zu setzen, und so standen sie vor dem niedrigen Tisch, an dem er saß und der mit einem ausgeblichenen Wachstuch bedeckt war. Er hatte einen Teller mit fetter Sulz vor sich stehen, das Fleisch schwamm in Öl und war mit rohen Zwiebeln belegt. Rosa konnte den Blick nicht von dem Teller losreißen. Ich könnte das um acht Uhr morgens nicht essen, dachte sie. Sie spürte, wie ihr langsam schlecht wurde.

Hofmachers tief liegende Schweinsaugen würdigten Liebhart und sie keines Blickes, sie starrten die Sulz auf dem Teller vor ihm an. Um seinen fleischigen Nasenrücken spann sich ein Sattel aus fettiger Haut. Das bunte Muster des Tellers schien sich darin zu spiegeln.

Sie sah über die wuchernden Weinreben, schmutzige Plastikbehälter stapelten sich an einer der Mauern des kleinen Weingartenhauses. Die Eingangstür hing nur noch an einer Angel, alles wirkte verwahrlost. Ein alter Hund schlief träge im Schatten des Volvos, der in der Einfahrt stand.

»Ich weiß nix über meinen Großvater. Er hat meinem Vater alles vermacht und ist, kurz nachdem er ausm Krieg heimkommen ist, gestorben.«

»Vielleicht mit vierunddreißig anderen Bewohnern aus dem Dorf?« Rosa atmete tief ein und versuchte, nicht auf das fette Fleisch auf dem Teller zu starren.

Hofmacher zuckte ein wenig zusammen. »Keine Ahnung, was Sie meinen. Er hat an Unfall ghabt, ist von einer Bierkutsche überfahren worden.«

»Wir werden das überprüfen«, meinte Liebhart.

Hofmacher winkte ab und stocherte auf seinem Teller herum. Er sah nicht einmal auf, als sich Liebhart und Rosa verabschiedeten.

»Komisch, dass ich mir von dem Verhör gar nicht mehr erwartet hatte«, meinte Liebhart zynisch, als er mit Rosa wieder im Wagen saß.

»Mich wundert's auch nicht mehr. Ich bin zu müde, und die Hitze setzt mir zu«, raunzte Rosa. Sie war noch nicht dazu gekommen, Liebhart von Daniel Mühlböck zu erzählen.

Als sie dazu ansetzen wollte, deutete Liebhart auf den Laden der Krautfrau, an dem sie gerade vorbeifuhren. »Ich werde Magda etwas von dem eingelegten Gemüse mitbringen, kommst du mit?«

Rosa nickte träge, sie erinnerte sich, dass Johanna und Ludwig nichts von ihren Vorräten übrig gelassen hatten. Im Laden standen diesmal nur drei Frauen. Frau Tobler schöpfte hinter der Verkaufstheke gefüllte Paprika aus großen Behältern in Plastiksäckchen.

Während Liebhart und Rosa warteten, meinte sie zu ihm: »Ich werde morgen noch einmal auf den Leopoldsberg gehen. Vielleicht hab ich ja eine Eingebung, warum man die Leute gerade an dieser Stelle im Hang vergraben hat. Vielleicht schau ich auch noch einmal bei Pfarrer Mullner vorbei.«

»Der Nasenweg von der Leopoldskirche weg ist schon freigegeben, der untere Teil des Weges allerdings noch gesperrt. Willst du dir das wirklich antun bei der Hitze?«

»Ich muss mir nur eine richtige Jause mitnehmen, dann schaff ich das schon.«

Liebhart sah sich im mittlerweile leeren Geschäft um. »Wie geht es dir mit dem botanischen Atlas?«, fragte er sie.

»Ich bin durch, kann aber nicht verstehen, warum Andrzej ihn sich hat schicken lassen. Es sind ausschließlich Pflanzen, die hier in der Region wachsen, abgebildet. Die einzige Auffälligkeit besteht darin, dass es sich hauptsächlich um giftige Pflanzen handelt.« Sie wandte sich der Krautfrau zu. »Bitte ein Glas von den mit Ziegenkäse gefüllten Paprika, aber ein kleines. Kann man besser im Rucksack mitnehmen.«

Frau Tobler musste ins Lager, um von dort ein paar Gläser zu holen.

Nachdem sie bezahlt hatten, verließen sie den Laden.

Als sie wieder im Auto saßen und durch die engen Gassen fuhren, meinte Liebhart: »Der Justizminister sitzt mir im Nacken. Alle im Ministerium haben panische Angst, dass etwas von dem Kannibalismus durchsickert. Im Moment stehen wir mit dem Fall ziemlich an.« Genervt rieb er sich die Stirn. Er blieb bei Rosas Auto stehen.

Sie sah aus dem Fenster, über dem Wasser im Hafen tanzten Mückenschwärme. »Stimmt. Wir können ja wohl schlecht jedes Haus im Dorf filzen, um die gestohlenen Kunstgegenstände zu suchen«, pflichtete sie ihm bei.

Sie verabschiedeten sich, und Rosa ging zu ihrem Wagen.

An diesem Tag wehte der Wind von Süden. Er strich die Gassen entlang, wirbelte Staub auf und beutelte die Zweige der Glyzinien, deren Blätter auf die Terrassenbänke der Heurigen regneten. Der Ort lag still in der Mittagshitze, nur die Schläge der Turmuhr erklangen gedämpft.

Rosa wollte in Brunn einen Espresso trinken und danach eine Runde schwimmen gehen. Der Abend, an dem Mühlböck plötzlich vor ihrem Haus gestanden war, ging ihr nicht aus dem Kopf. Sie hielt ihre Offenheit für unpassend und fragte sich, warum sie sich ihm gegenüber so gezeigt hatte. Abgesehen davon nervte sie der Stillstand im Fall Andrzej Zieliński genauso wie Liebhart.

Rosa nahm an einem der kleinen Kaffeehaustische Platz und versuchte, die Ereignisse, die sich um den Tod Andrzejs rankten, in einen neuen Zusammenhang zueinander zu setzen. Ihre Gedanken entglitten ihr jedoch immer wieder und sanken wie Steine in einen trüben See. Durch den Kaffee wurde ihr Kopf auch nicht klarer, nur ihre Hände begannen zu zittern, und ihr Magen rebellierte.

Wenn man im Kaffeehaus saß, konnte man die Oberfläche des Sellnersees durch den hoch stehenden Weizen der Felder sehen. Die Aussichtsboote, die Touristen von einem Ende des Sees zum anderen fuhren, sahen aus ihrer Perspektive aus, als ob sie auf einem goldenen Weizenmeer führen.

Sie schaffte es tatsächlich, für ein paar Sekunden dieses Bild einfach zu genießen; dann begann sie sich wieder den Kopf zu zerbrechen: über Daniel Mühlböck, über Paul und seine vermeintliche

Botschaft an sie. Warum nur hatte er ihr nicht einfach eine Nachricht zu Hause hinterlassen? Verärgert kickte sie einen kleinen Stein weg, der unter dem Tisch lag.

Sie wusste, dass sie mit ihrer Grübelei nicht weiterkommen würde, und griff zu einer Frauenzeitschrift, die auf dem Tisch neben ihr lag. Lustlos begann sie, darin zu blättern, und erfuhr, dass Falten unter den Achseln in diesem Sommer so was von *überhaupt nicht* gingen. Der Artikel war mit Fotos diverser Prominenter aufgemöbelt, von denen sie noch nie gehört hatte und die schonungslos mit den *entsetzlichsten* Falten unter den Achseln abgelichtet worden waren. Entnervt warf sie die Zeitschrift auf den Tisch zurück.

Sie rief nach dem Ober, um zu zahlen, und machte sich auf den Weg zu ihrem Schwimmplatz am See. Bei ihren ersten Zügen hatte sie das Gefühl, als hingen ihr Mühlsteine an den Beinen, sie spannte sich an und beschleunigte. Ihr Herz begann schneller zu klopfen, und nachdem sie ihre gewohnte Geschwindigkeit erreicht hatte, schwamm sie zügig bis zum gegenüberliegenden Ufer und zurück.

Das öffentliche Strandbad wurde von Touristen und Einheimischen belagert, deren Handtücher knapp nebeneinander am Ufer lagen. Die Liegewiese wirkte vom See aus wie ein bunter Flickenteppich. Sie sah quietschende und johlende Kinder über eine gewundene gelbe Plastikrutsche ins Wasser schlittern.

Heute wollte sie ihre Schwester anrufen. Anna war drei Jahre älter als sie, verheiratet und hatte zwei Kinder. Andreas war sechs und Luise vier Jahre alt. Die beiden Schwestern hatten ein gutes Verhältnis, obwohl sie einander nicht oft sahen.

Als Rosa den Steg erreicht hatte und sich auf das von der Sonne aufgeheizte Holz fallen ließ, war ihr Kopf angenehm leer. Sie spürte ihr Herz gegen die Planken pochen, so sehr hatte sie sich verausgabt. Da sie von der gestrigen Gartenarbeit einen leichten Sonnenbrand hatte, zog sie sich bald ihre Jean über, schlüpfte in ein T-Shirt und setzte sich barfuß in den Wagen.

Johannas Auto stand nicht in der Einfahrt, und als sie die enge Kurve vor ihrem Haus nahm, konnte sie sehen, dass schon wieder ein Teil der Fahrbahn abgebrochen war.

Obwohl bereits Mittag vorbei war, hatte sie keinen Hunger. Sie wollte noch ein paar Zaunbretter annageln und Brombeeren pflücken, die sich wild um den windschiefen alten Schuppen ihres Gartens rankten. Rosa ließ ihre Finger an den dicken, mit Dornen bewachsenen Zweigen geschickt vorbeiwandern und erntete so eine kleine Schüssel voll. Währenddessen schob sie sich immer wieder eine Beere in den Mund und ließ sie mit leichtem Druck der Zunge am Gaumen zerplatzen. Als sie fertig war, begann sie, die Staude etwas zurückzuschneiden und die Äste hochzubinden. So hoffte sie, bis in den Herbst hinein frische Brombeeren ernten zu können.

In der Dämmerung ging sie ins Haus. Ihr Blick streifte müde die zahlreichen Bildbände, die sie zur Bestimmung der Ikone und des Brustkreuzes aus ihren Regalen gezogen hatte. Sie blätterte im Stehen in einem großformatigen Buch über Ikonen. Die Figuren wirkten zerdehnt. Manchmal war eine Stirn im Vergleich zum Rest der Darstellung zu hoch oder eine Hand zu lang. Der Erlöser wies mit spitzen Fingern in die Sonne, die wie eine Scheibe am Himmel hing. Im Hintergrund starrte ihn ein Jünger an. Ihr fehlte im Moment der Zugang zu diesen Bildern. Sie stieg in den ersten Stock und ließ sich ein Bad ein. Das heiße Wasser brannte auf ihren von der Sonne geröteten Schultern.

Sie hoffte, heute Nacht endlich einmal durchschlafen zu können, auch im Hinblick auf ihre morgige Wanderung. Als sie überlegte, welche Schritte im Falle des ermordeten Andrzej als Nächstes zu tun wären, bemerkte sie bald, dass sie im Trüben fischte. Eine Sackgasse tat sich auf, und mit Sackgassen konnte Rosa nicht gut umgehen. Sie stieg schnell aus der Wanne und ließ den Abend, faul auf ihrem Sofa lümmelnd, vor dem Fernseher ausklingen.

***

Sterben hatte er sich immer anders vorgestellt. Er hatte vielen Menschen in ihren letzten Stunden beigestanden; er hatte sie kämpfen oder einfach nur aufgeben sehen. Jedes Mal hatte er es als bedeutend empfunden, da zu sein. Mit seinem eigenen Tod hatte er sich nie beschäftigt, da er der Ansicht gewesen war, ohnehin noch genügend Zeit zu haben.

So kann man sich irren, dachte er jetzt.

Der Rauch stieg ihm beißend in die Augen, er konnte sich nicht mehr bewegen und begann zu husten. Interessanterweise hatte er überhaupt keine Angst.

»Meine Bücher«, war das Letzte, was er dachte.

***

Von der kleinen, geduckten Pfarre standen nur noch ein paar rauchende Trümmer. Liebhart hatte Rosa angerufen, als sie gerade ihren Morgenkaffee trank. Nun stand sie vor dem abgebrannten Haus, und ihr Magen krampfte sich zusammen. Es tat ihr leid um Pfarrer Mullner, von dem man nur noch die Leiche bergen konnte.

Liebhart hatte sofort ein eigenes Brandteam aus Wien angefordert, damit die Leute aus dem Kahlenbergerdorf keine Spuren beseitigen konnten. Trotz allem war natürlich die Feuerwehr aus dem Ort zuerst am Schauplatz gewesen, um zu löschen. Die Leiche war schon zu Dr. Ahran nach Wien unterwegs. In der Luft hing der beißende Geruch des Feuers, das glücklicherweise gelöscht worden war, bevor es auf die alte Kirche hatte übergreifen können. Rosa sah den Tisch, an dem sie mit Liebhart während ihres Gespräches mit Pfarrer Mullner gesessen und Kirschlikör getrunken hatte und der nun halb verkohlt und mit nur noch drei Beinen in einer Ecke lag. Die meisten Bücher waren verbrannt, nur noch einzelne Exemplare lagen wie Vögel, die vom Himmel gefallen waren, offen und mit dem Buchrücken nach oben vom Löschwasser durchtränkt auf der Erde.

Der Brand war in der Nacht gegen elf Uhr ausgebrochen. Robert, den Rosa bei ihrem Heurigenbesuch vor ein paar Tagen kennengelernt hatte, stand mit in den Nacken geschobener Schirmmütze beim Eingangstor der Kirche und unterhielt sich mit ein paar Einheimischen, die alle betroffen auf ihre Schuhe starrten. Zwei Beamte versuchten, Informationen von ihnen zu bekommen, doch die Leute krochen nur tiefer in ihre Jacken und verschlossen ihre Gesichter.

Rosa konnte sich nicht aufraffen, die Trümmer näher zu untersuchen. Zum einen, weil dort das Brandteam aus Wien arbeitete, zum anderen, weil sie dummerweise Sandalen anhatte und die Gefahr, sich zu verletzen, ziemlich hoch war. So sah sie eine halbe Stunde zu, wie Beweise gesichert wurden, drehte sich dann um und ging einmal um die Kirche. Ihr Blick fiel auf den abgegangenen Hang, den sie in einiger Entfernung sehen konnte.

Sie dachte an die vier Menschen, die in den letzten Tagen und Wochen getötet worden waren. Wie die Morde zusammenhingen, konnten sie noch immer nicht sagen. Alles, was sie bis jetzt wussten, war vage. Sie sah zu der Gruppe der Ortsansässigen, deren Körperhaltung die reine Abwehr signalisierte.

Rosa wartete auf einen Gedanken, eine entscheidende Idee, die alle Rätsel wie eine Reihe Dominosteine umfallen ließ und sie endlich zu dem Mörder führen würde. Sie dachte an Johanna und mit welcher Leichtigkeit sie Dinge, die sich in ihrem Kopf zu einem undurchdringlichen Dickicht zu verfilzen drohten, einfach liegen ließ, um dann so lange zu warten, bis sich eine andere Tür auftat. Johanna hatte Vertrauen in ihre Welt, sie wusste, dass es immer eine Tür gab. Rosa war zu ungeduldig, sie war immer zu ungeduldig gewesen und hatte dafür vor einem Dreivierteljahr einen hohen Preis gezahlt.

Liebhart und Schurrauer traten zu ihr.

»Der Mörder hatte vermutlich Sorge, dass Pfarrer Mullner etwas ausplaudern könnte. Aber wieso hat er ihn erst jetzt umgebracht? Es ist schon Wochen her, dass Zieliński bei ihm war. Abgesehen davon ist er tot, dem konnte er also nichts mehr verraten«, meinte Liebhart.

»Dem nicht mehr, aber der Polizei«, gab Schurrauer zu bedenken.

»Der Mörder wusste mit Sicherheit, dass wir bei Pfarrer Mullner gewesen sind. Das ganze Dorf hat das gewusst. In so einem kleinen Ort kannst du dich nicht einmal in deiner Küche schnäuzen, ohne dass es alle wissen.« Rosa verschränkte die Arme vor der Brust.

Liebhart zog die beiden weiter von den Einheimischen weg. »Als wir damals beim Pfarrer waren, habe ich sonst niemanden im Haus gesehen. Trotzdem hat er nicht offen gesprochen. Also entweder war doch jemand da, oder Pfarrer Mullner hatte Sorge, dass er beobachtet wurde, und wollte uns das Blatt aus dem Kontobuch so unauffällig wie möglich geben.«

»Aber irgendetwas ist noch in der Pfarre gewesen, oder zumindest vermutete der Mörder, dass dort etwas war. Sonst hätte er ja nur den Pfarrer umgebracht und nicht gleich das ganze Haus abgefackelt.« Schurrauer wischte sich mit einem Stofftaschentuch den Schweiß von der Stirn.

Angespannt biss Rosa die Zähne zusammen. Sie massierte ihre Schulter, während sie den Blick über den Hafen schweifen ließ. Die feuchte Hitze, die vom Wasser aufstieg, trug auch nicht gerade dazu bei, dass sie sich besser fühlte. Die Luft am Horizont flimmerte ölig.

»Warten wir, was die Obduktion ergibt«, meinte Liebhart und eilte zum Brandplatz zurück.

Als Rosa nach Hause kam, stand Johanna bei ihr in der Küche. Das Radio lief leise, und sie knetete Mürbteig, wahrscheinlich um ihren berühmten Marillenkuchen zuzubereiten. Der süße Duft der mürben, kinderfaustgroßen Marillen lag schwer in der Luft. Rosa setzte sich auf die Arbeitsplatte neben Johanna. Sie sah auf die Terrasse und betrachtete, wie die dichten Efeublätter das Licht grün färbten.

»Ich gehe morgen auf den Leopoldsberg und schau mir noch einmal den Hang an«, sagte Rosa zu Johanna und steckte sich eine geviertelte Marille in den Mund. »Kommst du mit?«

»Niemals, Süße! Bei der Hitze lege ich mich an den Sellnersee und lasse, vollkommen teilnahmslos, Ludwigs Ausführungen über die Bedeutung des Banjospielens bei der Zucht von Süßwasserkrebsen über mich ergehen. Willst du nicht lieber mitkommen? Yvonne wird auch da sein, und wir wollen ein Picknick machen.«

»Ich komme gerne nach«, meinte Rosa, »aber ich möchte mich zuerst da oben noch ein wenig umsehen. Der ganze Fall setzt mir zu; ich will, dass er endlich gelöst wird.«

Am Abend, nachdem Johanna gegangen war, rief Rosa Liebhart an, um sich zu erkundigen, was die Obduktion Pfarrer Mullners ergeben hatte.

»Er ist durch einen Schlag mit einem stumpfen, runden Gegenstand aus Holz auf den Hinterkopf zuerst betäubt worden und schließlich in den Flammen umgekommen.«

»Erschlagen wie Andrzej«, murmelte Rosa. »Glaubst du, dass er gelitten hat?«

»Dr. Ahran meint, dass das nicht der Fall gewesen sei. Er war ohnmächtig und hat den Brand nicht mehr mitbekommen.«

»Das hoffe ich sehr für ihn.«

19

Rosa hatte erstaunlicherweise wie ein Stein geschlafen. Als sich die Dämmerung mit einem silbernen Streifen über den Hügeln ankündigte, wachte sie auf. Ihren Morgenkaffee trank sie auf dem Sofa, in eine leichte Sommerdecke eingewickelt. Die Gedankenflut hatte sich heute noch nicht eingestellt. Sie verspürte eine eigenartige Ruhe, die sie sich selbst nicht erklären konnte. Sie dachte an Mühlböck und räumte die Möglichkeit ein, dass ihre Ehrlichkeit unter Umständen Ratlosigkeit bei ihm erzeugt haben könnte und er ihr Verhalten vielleicht doch nicht lächerlich fand.

Um dieser ganzen Grübelei ein Ende zu bereiten, rufe ich ihn heute nach dem Ausflug an, beschloss sie und stand auf, um ein paar Brote und das kleine Glas mit gefüllten Paprika einzupacken.

Die Luft war noch klar und frisch, als sie mit ihrem Auto langsam die kurvenreiche Straße zum See hinunterfuhr. Da der Nasenweg, der vom Kahlenbergerdorf zur Kirche am Gipfel des Leopoldsberges führte, im unteren Drittel gesperrt war, wollte Rosa ihn von der St.-Leopolds-Kirche bergab Richtung Donau bis zur Sperre gehen. Sie parkte ihr Auto in der Nähe der Kirche und betrat den schmalen Weg, der unterhalb des wuchtigen Baus begann.

Zwischen den Bäumen am Hang des Berges hing Morgennebel. Sie zog eine dünne Sommerweste an, die sie in einer Stunde schon nicht mehr brauchen würde; die Luft war jedoch so kristallklar und kalt, dass sie keine Erkältung riskieren wollte.

Die spitzen, dicken Blätter der Flaumeichen wirkten im hellen Morgenlicht wie poliert. Sie blieb bei der Nasenweggabel stehen und beobachtete eine Smaragdeidechse, die sich, steif von der kühlen Nacht, auf einem Stein sonnte. Bei Kehre neun hatte sie einen ersten Ausblick auf den abgegangenen Hang. Sie spähte ins Tal und beschloss, bis zum großen Ravelin hinunterzugehen – einer weit herausragenden Plattform, von der aus sie den Hang mit ihrem Feldstecher absuchen wollte. Der Nasenweg führte streckenweise durch dichten Mischwald, der den Blick vollends verdeckte.

Als sie wenig später die Plattform erreicht hatte, stockte ihr der Atem. So nah war sie den verheerenden Folgen der Naturkatastrophe noch nicht gewesen. Sie stellte sich vor, dass in einer Nacht vor fast neunzig Jahren eine Gruppe von Männern in Tücher eingewickelte Körper den steilen Weg hinaufgetragen und sie neben der Grube abgelegt hatte. Fünfunddreißig Leichen lagen schließlich auf dem weichen Sandboden, dann begannen die Männer, die Körper hinabzuwerfen und sie zuzuschaufeln. Ob sie nach getaner Arbeit die Hüte abgenommen und gebetet hatten? Oder hatten sie sich einfach umgedreht und waren den Weg schleunigst wieder ins Tal hinabgestiegen?

Rosas Kehle war trocken. Sie steuerte die kleine Bank an, die an einer Mauer der befestigten Plattform stand. Nachdem sie fast eine halbe Flasche Wasser getrunken und währenddessen auf den Hang gestarrt hatte, beschloss sie, etwas zu essen. Auf der anderen Seite des Flusses verschwand die Spitze des Donauturms im milchigen Sommerhimmel.

Rosa biss in ein belegtes Wurstbrot und hielt dabei kurz das Glas mit den eingelegten Pfefferoni gegen das Sonnenlicht. Senfkörner und kleine Paprikakerne sanken langsam zu Boden, das Öl schimmerte golden durch das Glas. Sie schraubte den Deckel auf und griff zu. Während sie kaute, wandte sie ihr Gesicht in die Sonne. Als sie nach ein paar Minuten die Augen wieder öffnete, bemerkte sie am Horizont einen kleinen schwarzen Punkt. Sie hielt ihn zuerst für ein Flugzeug, bis sie erstaunt feststellte, dass der Punkt sich nicht wie ein Flugzeug näherte, sondern eher auszudehnen schien. Die Ränder des schwarzen Fleckes schillerten in Orange, Rot und Dunkelgelb. Sie stand langsam auf und trat an das Geländer der Brüstung. Der Punkt zog sich in die Länge und nahm elliptische Formen an, er bedeckte nun schon ein Drittel des Horizontes.

»Du darfst nicht zu lange ins Schwarze sehen«, meinte Paul.

Als Rosa sich umdrehte, stand er hinter ihr, die Hände in den Hosentaschen vergraben.

»Aber es ist so wunderschön und friedlich«, meinte sie und wandte sich wieder der Ellipse zu, deren Ränder sich jetzt in den unterschiedlichsten Blautönen auflösten und dabei spiralförmig zu drehen begannen. Das Blau des Himmels wurde in ihre Mitte gezogen, nun hatte der untere Rand auch schon die Donau erreicht. Wie ein dunkelblaues Band drehte sich der Fluss und wurde in die

Mitte der Ellipse gezogen. Rosa stieg auf die kleine Mauer und beugte sich weit vor. Das Grün der Bäume am Hang unter ihr löste sich im Wirbel auf, die Wipfel verschwanden mit peitschenden Enden. Rosa streckte die Hand aus, ihre Fingerspitzen wurden lang gezogen. Es kitzelte, und sie musste lachen.

»Tu es nicht«, rief Paul.

Rosa breitete die Arme aus, legte den Kopf in den Nacken, schloss die Augen und ließ sich nach vorn fallen.

»Wo steckt denn die blöde Kuh?«, brummte Johanna und wälzte sich auf den Bauch.

»Hat sie auch sicher gesagt, dass sie kommt?«, fragte Yvonne und dämpfte ihre Zigarette in einem kleinen silbernen Taschenaschenbecher aus.

»Ich finde, wir sollten sie suchen gehen«, meinte Ludwig und legte gewissenhaft die mitgebrachte Picknickdecke Kante auf Kante zusammen.

Die Sonne hing wie ein glutroter Ball ein Stück über dem Horizont. In zwei Stunden würde sie untergehen. Hunderte von Touristen hatten heute den Grund des Sees vor ihnen aufgewühlt und bunt schillernde Sonnenölflecken auf der Oberfläche hinterlassen.

»Und was ist, wenn sie in der Zwischenzeit hierherkommt, während wir zum Leopoldsberg rasen und uns dabei gegenseitig anbrüllen, weil wir uns noch immer nicht einig sind?«, warf Johanna ein. »Lasst uns noch eine Stunde warten, dann brechen wir auf.«

»Dann wird es dunkel, und wir finden sie nicht mehr«, widersprach Yvonne. »Wie wäre es, wenn ihr beide sie suchen geht, und ich bleibe hier?«

»Gute Idee«, meinte Johanna.

Sie fuhren zuerst zu Rosas Haus, vielleicht war sie nach ihrer Wanderung hergefahren, um noch ihre Schwimmsachen zu holen. Doch niemand war dort. Ludwig versuchte zum x-ten Mal, sie am Mobiltelefon zu erreichen. Wie schon den ganzen Tag über konnte keine Verbindung hergestellt werden. Johanna rief Liebhart an, er versprach, mit der Bergrettung zu telefonieren; nach ein paar Minuten rief er zurück und informierte Johanna, dass sie erst ausrücken werde, wenn Rosa länger als vermisst galt.

»Dann ist es stockdunkel, und sie werden gar nichts mehr sehen«, rief Johanna.

Liebhart beschloss, zum Leopoldsberg zu kommen.

Bis zur Nordbrücke stritten sie, wo sie ihre Suche beginnen sollten. Gegen Ludwigs Willen kurvte Johanna, nach Rosas Auto spähend, zuerst langsam durch die engen Gassen des Kahlenbergerdorfes, bevor sie zur St.-Leopolds-Kirche hinauffuhren, wo sie Rosas Auto auf dem Parkplatz entdeckten. Ludwig und Johanna stiegen aus und sahen durch die Scheiben des Geländewagens.

»Sie ist sicher den Nasenweg runtergestiegen«, meinte Ludwig.

»Sehe ich auch so. Ich nehme nicht an, dass die dumme Kuh in der Kirche sitzt oder Richtung Kahlenberg gelatscht ist.« Johanna wies Richtung Höhenstraße. »Also los.«

Sie gaben Liebhart ihren Standort durch, und nachdem beide sich eine Taschenlampe aus Johannas Kofferraum genommen hatten, begannen sie, den schmalen Weg bergab zu gehen. Dabei blieben sie öfter stehen, um in den Wald zu leuchten. Vielleicht lag Rosa verletzt unter einem herabgestürzten schweren Ast begraben.

»Seitdem sie auf Mörderjagd ist, muss man sich ununterbrochen Sorgen um sie machen«, schimpfte Johanna. »Falls sie jetzt schon wieder so einem Verrückten in die Hände gefallen ist, bekommt sie zu Weihnachten eine Knarre von mir.«

»Ich habe da gute Kontakte zu einem Onkel aus der ehemaligen Sowjetunion. Er kann dir an Handfeuerwaffen oder Tretminen besorgen, was immer du willst«, antwortete Ludwig mit leuchtenden Augen.

Johanna blieb stehen und sah ihn an. »Ludwig, hast du schon einmal etwas vom russischen Schwarzmarkt gehört und eventuell auch davon, dass der Handel mit solchen Waffen illegal ist?«

»Tatsächlich?«, fragte er erstaunt.

Als sie bei der Kehre neun ankamen, war es halb acht. Sie hatten noch eine Stunde Zeit, dann würde man hier die Hand vor Augen nicht mehr sehen können. Johanna pfiff wie eine alte Lokomotive, Ludwig sah sich besorgt nach ihr um, sie winkte ihm weiterzugehen.

Kurze Zeit später konnte sie nicht mehr. Sie ließ sich auf einem Baumstumpf nieder, der Schweiß rann ihr in Strömen über das Gesicht. Sie vereinbarten, dass Ludwig allein weitergehen sollte. Er wäre ohne sie schneller. Johanna würde sitzen bleiben, um auf Liebhart zu warten.

Als es dämmerte, war Ludwig kurz vor dem großen Ravelin. Auf dem Weg konnte er nur noch das Stück Boden erkennen, das die Taschenlampe vor ihm ausleuchtete. Er legte an Tempo zu, da er hoffte, das Ende des Weges zu erreichen, bevor es endgültig dunkel geworden war.

In der Ferne hörte er leichten Donner. Nicht das auch noch, dachte er.

Liebhart musste sehr dringend austreten. Obwohl er auf dem Nasenweg nichts mehr sehen konnte, drehte er die Taschenlampe ab und öffnete vor einem Baum die Hose.

Als er fertig war, hörte er eine Stimme ein paar Meter neben sich. »Das war echt knapp, du hättest mich beinahe erwischt.«

Er schrak so zusammen, dass er beinahe ausgerutscht wäre. »Bist du verrückt, kannst du nicht den Mund aufmachen, bevor ich vor dir pinkle!«

»Ich wollte dich unter keinen Umständen stören. Es ist unglaublich unangenehm, einen Berg mit voller Blase runterzusteigen. Ludwig ist weitergegangen. Es donnert, ich gehe zur Kirche zurück und ruf die Bergrettung an«, meinte Johanna und erhob sich. Liebhart sah ihr nach; als sie in der Dunkelheit verschwunden war, drehte er sich um und setzte seinen Weg fort.

Als Ludwig die Brüstung der Plattform erreicht hatte, war es vollkommen finster. Wäre die Nacht klar gewesen, hätte er besser sehen können, doch von Osten kam eine dunkle Gewitterfront auf Wien zu. Ludwig schrie Rosas Namen, seine Worte wurden vom Wind vertragen. Er stolperte über einen Stein und fing sich gerade noch, bevor er auf den harten Boden knallte. Der Lichtkegel seiner Taschenlampe zitterte. Er spürte die ersten Regentropfen, die der Wind in sein Gesicht blies. Das Plateau war nicht besonders groß, und so hatte Ludwig ein paar Minuten später alles abgesucht.

Gerade als er aufgeben wollte, sah er etwas flattern. Er ging im immer stärker werdenden Wind auf das Kleidungsstück zu. Es war eine dünne Strickweste, die Ludwig als Rosas erkannte. Sie lag am Boden unter einer Bank.

Das Gewitter würde bald den Leopoldsberg erreichen. Donner erschütterte den Felsen, und Blitzsalven zuckten über den Himmel. Ludwig suchte unter der Bank nach weiteren Hinweisen, nach ein paar Minuten ging er zur Brüstung und leuchtete den Hang hinunter. Da die Lampe zu schwach war, fiel der Lichtkegel nur ein paar Meter über die Felsen in die Tiefe. Er wurde von dem nun einsetzenden Regen reflektiert. Ludwig kniff die Augen zusammen, auf einem Felsvorsprung circa fünfzehn Meter unter sich sah er ein buntes Stück Stoff und einen Arm. Bestürzt brüllte er erneut Rosas Namen. Der Arm bewegte sich leicht. Der Rest des Körpers wurde von einer Latschenkiefer verdeckt, deren Äste im Wind hin und her peitschten.

Schimpfend rutschte Liebhart den Nasenweg hinunter. Er hatte Schuhe mit starkem Profil an, sonst hätte er keinen Schritt mehr gehen können. Der Regen prasselte auf seinen dicken Umhang aus Ölzeug, strömte in regelrechten Bächen zwischen den Felsen entlang und stürzte über ihre Kanten in die Tiefe. Donner wurde von Blitz abgelöst.

Als Liebhart das Plateau erreicht hatte, rief er nach Rosa und Ludwig, doch das Gewitter war lauter. Er ging weiter und sah im zuckenden Licht eines Blitzes eine Gestalt über die Brüstung des Ravelin steigen. Als er näher kam, konnte er Ludwig erkennen. Er lief auf ihn zu und schrie immer wieder seinen Namen.

Ludwig zeigte den Hang hinunter. »Sie ist da unten, da unten!«

Ein Blitz zerriss die Luft und fuhr in einen Felsen, nur ein paar Meter von den beiden weg.

Liebhart ließ sich erschrocken auf den Boden fallen. Er starrte in den Abgrund und konnte gar nichts erkennen, seine Taschenlampe ging aus, und auch mit Ludwigs konnte man kaum einen Meter weit mehr sehen.

Im Auto sitzend sah Johanna dem Regen zu, wie er die Zweige der Tannen zu Boden bog. Der Wind hatte Holz und altes Laub aus dem Wald geweht und es auf den Wagen prasseln lassen.

Durch das Unwetter hörte sie nicht, wie die Bergrettung mit zwei Autos auf den Parkplatz fuhr. Als sie sie bemerkte, stieg Johanna aus und war in Sekunden bis auf die Unterwäsche durchnässt.

Sie eilte auf die Einsatzkräfte zu und deutete den Nasenweg hinunter.

Liebhart überlegte einen kurzen Moment, einfach zu springen. Doch konnte er sich gerade noch zurückhalten und suchte nun in fieberhafter Eile die Felswand nach einem Steig ab, auf dem er zu Rosa gelangen konnte. Noch bevor er die Wand mit Ludwigs Taschenlampe ausgeleuchtet hatte, wusste er, dass er bei diesem Wetter keine Chance hatte.

Im Nachhinein konnte er nicht mehr sagen, wie lange Ludwig und er dort im Nassen lagen und unaufhörlich nach Rosa brüllten. Als vom schmalen Weg Lichtkegel auftauchten, sprang Liebhart auf und begann, wie wild mit den Armen zu wedeln.

Die Bergung dauerte über eine Stunde. Liebhart und Ludwig standen frierend und trotz Regenschutz vollkommen durchnässt etwas abseits, um die Rettungskräfte nicht zu behindern. Ein Arzt, der an einem Seil in die Tiefe gelassen wurde, untersuchte Rosa sofort vor Ort. Er stellte keine lebensbedrohenden Verletzungen fest. Sie delirierte, und als man sie, auf einer Bahre festgeschnallt, nach oben hob und ihr Kopf langsam über der Felskante auftauchte, konnte Liebhart im Schein der starken Bergungslampen sehen, dass sie lächelnd in einem fort sprach und den Kopf hin und her wand.

»Sie sollten wissen, dass ich mir das nicht gefallen lasse. Zwei herum, drei links …«, sagte Rosa mit heiserer Stimme zu Johanna.

Ihre Pupillen waren erweitert, die Haut an Hals und Kopf hochrot gefärbt. Sie musste immer wieder schlucken, ihre Schleimhäute waren vollkommen ausgetrocknet. »Kein toter Mann wird je mein Haus betreten; ich möchte dorthin zurück, und Sie haben nicht das Recht, mich hier festzuhalten … kein toter Mann … kein Recht. Zwei wieder aufnehmen und drei lassen … dann links …«

Man hatte sie an das Bett gebunden, da sie sich die Infusionsnadel, die eine Kochsalzlösung in ihre Venen leiten sollte, durch ihre fahrigen Bewegungen immer wieder aus dem Arm gerissen hatte. Das Ergebnis der Blutuntersuchung würde erst gegen Nachmittag vorliegen. Der Arzt hatte jedoch schon eine Vergiftung diagnostiziert und angeordnet, durch Aktivkohle das Gift aus Rosas Körper zu schwemmen.

Ihr war nicht viel passiert, sie war lediglich stark unterkühlt gewesen und hatte sich eine Hand verstaucht. Ihr Fall war durch ein paar Latschenkiefern, die in der Felswand wurzelten, abgefangen worden. Neben zahlreichen Abschürfungen hatte sie noch eine Menge blauer Flecken davongetragen.

Liebhart betrat das Zimmer und schloss leise die Tür hinter sich.

»Sie werden sich nicht einfach so vordrängen; ich weiß, wie ich mich wehren kann«, sagte Rosa zu ihm und sah ihn vorwurfsvoll an.

»Immer noch nichts Neues?«, fragte er Johanna.

»Nein«, brummte diese, »ich weiß ja nicht, was mit ihr passiert ist, nur muss sie verdammt noch mal die ganze Zeit wie eine geisteskranke Handarbeitslehrerin reden?«

Eine Schwester betrat das Zimmer und forderte beide auf zu gehen. Sie könnten sowieso nichts machen, und vielleicht beruhige sich die Patientin ja, wenn sie allein sei.

Als sie bei Ludwig und Yvonne im Warteraum saßen, jeder einen dampfenden Becher Automatenkaffee in der Hand, wollte Liebhart von Johanna wissen: »Hat sie irgendetwas zu dir gesagt, auf das du dir einen Reim machen kannst?«

»Nein, glaub mir. Ich habe ihr eine Stunde sehr gewissenhaft zugehört. Sie beschwert sich unaufhörlich, und wenn ich sie angesprochen habe, hat sie nicht auf mich reagiert. Und dann das ewige ›Links herum, zwei lassen‹, ich habe keine Ahnung, was das zu bedeuten hat. Gut, dass die Krankenschwester uns rausgeschmissen hat, es hat nicht viel gefehlt, und ich hätte Rosa einfach eine geknallt. Selten ist mir das Gerede eines Menschen so auf die Nerven gegangen.«

»Es ist vier Uhr morgens, wir sollten nach Hause fahren«, meinte Liebhart in die entstandene Stille.

Sie nickten alle und standen müde auf.

Rosa schlief erst gegen acht Uhr morgens ein. In ihren wirren Träumen vernahm sie ununterbrochen das Pochen eines Knüppels an die Wand eines Holzfasses. Nach einem leichten Dämmerschlaf erwachte sie mit ausgetrocknetem Mund und hatte einen sauren Geschmack auf der Zunge. Ihr Kopf schmerzte so stark, dass sie sich im Bett zusammenkrümmte. Schlagartig wurde ihr übel, und sie erbrach einen hellen Speisebrei quer durchs Zimmer. Ihre Hand zitterte, sie war schweißnass und schaffte es gerade noch, die Schwester zu rufen. Dann fiel sie wieder in einen dämmrigen Schlaf.

Dieser Zustand dauerte noch bis zum Morgen des nächsten Tages. In den kurzen Wachphasen wurde sie von Schüttelfrost gebeutelt und erbrach sich in einem fort. Ihr Blutdruck sank in den Keller, was die Übelkeit noch verstärkte. Sie lag im eigenen kalten Schweiß und konnte keinen klaren Gedanken fassen, da ihr Kopf fast zu zerspringen drohte.

Am Nachmittag kam Liebhart, doch er wurde nicht zu ihr gelassen. Man gab ihm einen Blutbefund, den er noch im Spital an Schurrauer ins Büro faxte. In Rosas Blut war eine hohe Menge an Scopolamin und Hyoscyamin festgestellt worden. Halluzinogene Drogen, die besonders in Nachtschattengewächsen vorkommen.

»Diese Pflanzen werden seit Jahrhunderten genutzt und leider auch missbraucht. Sie bewirken nach Verabreichung von fünf bis fünfzig Milligramm ein Delirium, das die Vorstellung unterstützt, fliegen zu können. Daher auch die Anwendung in Hexensalben und -getränken im Mittelalter«, klärte Schurrauer Liebhart am Telefon auf. »Ist die Dosierung zu hoch, kann es zu Harnsperre und Herzrasen bis hin zu Herzrhythmusstörungen und Kammerflimmern kommen. Innerhalb von vierundzwanzig Stunden tritt dann der Tod ein.«

Liebhart biss sich auf die Lippen. »Was meinst du, wie sie das Zeug zu sich genommen hat?«

»Keine Ahnung. Wir haben ihren Rucksack an einem Ast hängend gefunden, sie dürfte ihn in der Hand gehalten haben, als sie gefallen beziehungsweise gesprungen ist. Es war leider nichts mehr drinnen, und wir konnten auch nichts bergen. Der Regen hat alles weggeschwemmt. Sie muss das Zeug auf jeden Fall erst da oben eingenommen haben. Es wirkt in der ersten halben Stunde nach der Einnahme. Also wird sie es im Proviant dabeigehabt haben.«

Liebhart beschloss, zu Rosas Haus zu fahren und sich dort umzusehen. Er rief Johanna an, die einen Schlüssel hatte.

Rosas Balkontür war gekippt, und etwas Regenwasser hatte sich auf dem Wohnzimmerboden gesammelt. Während Johanna die Pfützen aufwischte, durchsuchte Liebhart Rosas Speisekammer.

»Weißt du, ob sie irgendwelche kulinarischen Vorlieben hat, wenn sie wandern geht?«, rief er Johanna von der Küche aus zu.

»Du meinst, ob sie nur Nüsse oder Rosinen isst? Sie nimmt sich das mit, was sie zu Hause hat. Aber sie geht immer gerne mit Proviant wandern.«

Liebhart verstaute das schmutzige Geschirr, das er im Geschirrspüler gefunden hatte, in einen Karton. Vielleicht hatte sie sich ja ein paar Brote auf einem Teller geschmiert.

Die beiden trennten sich. Johanna gab noch der Katze zu fressen, kontrollierte, ob alle Fenster im Haus geschlossen waren, und stieg dann seufzend ins Auto, um ins Flüchtlingsheim zu fahren. Liebhart stellte den Karton in den Kofferraum seines Wagens und brachte ihn nach Wien.

Paul lachte, er stand mit dem Rücken an die Wand gegenüber von Rosas Bett gelehnt und kuderte. »Du hast mich gerade einen miesen kleinen Gecko genannt. Dabei habe ich dich gewarnt, du solltest nicht ins Schwarze sehen.«

Rosa versuchte, sich so zu drehen, dass sie ihn sehen konnte. Nach jeder Bewegung ihres Körpers wurde ihr schlecht, und bittere Galle stieg ihr die Speiseröhre hoch. Sie blieb so lange ruhig liegen, bis sich ihr Magen wieder beruhigt hatte.

»Du stehst hier schon seit Stunden und lachst mich aus«, stöhnte sie und hob vorsichtig die Hand zur Stirn.

»Du bist zu unvorsichtig, Rosa, ich kann nicht mehr auf dich aufpassen. Du bist ein Hitzkopf und bringst dich immer wieder in Gefahr.«

»Wer hat dich umgebracht?«

Paul schüttelte den Kopf, sah sie lächelnd an und verschwand.

Als Johanna am Vormittag vorsichtig die Tür zu Rosas Zimmer öffnete, fand sie diese aufrecht sitzend und bedächtig an einer heißen, klaren Suppe schlürfend. Als zwei Stunden später Liebhart kam, hatten die beiden gerade einen heftigen Streit beendet und saßen einander mit verschränkten Armen bockig gegenüber.

Liebhart wollte wissen, was Rosa als Proviant dabeigehabt hatte. Sie konnte sich nicht mehr genau erinnern. Sie zählte Dinge auf, die sie in ihrer Vorstellung während ihres Trips gegessen hatte.

»Auf jeden Fall muss ich mir meine Zähne ansehen lassen. Ich glaube, mir ist ein Stück ausgebrochen und ich habe meinen Zahnschmelz an einigen Stellen eingebüßt. Der Arzt sagt, dass das nicht von der Droge kommen kann. Ich glaube, mich erinnern zu können, Moos gegessen zu haben, schmeckt nicht schlecht. Vor allem habe ich mich ein paar Minuten davor noch mit ihm unterhalten. Man baut eine ganz andere Bindung zu Lebensmitteln auf, wenn man mit ihnen sprechen kann.«

»Der Arzt meint, dass du dich vielleicht in ein paar Tagen wieder erinnern kannst. Wir haben an deinem Geschirr keine Spuren eines Gifts entdeckt. Bist du sicher, dass niemand dir aufgelauert und dich gezwungen hat, irgendetwas zu essen?«

»Da bin ich mir ganz sicher. Ich bin niemandem begegnet.« Über ihr Gesicht huschte ein dunkler Schatten. »Die letzten vierundzwanzig Stunden waren furchtbar. Ich möchte so etwas nie wieder erleben.«

»Ja, Schätzchen, so kann es einem ergehen, wenn man Drogen nimmt«, sagte Johanna. »Die Mehrheit berichtet von bewusstseinserweiternden Erfahrungen, nur du wirst zu einer verbitterten Handarbeitslehrerin, das muss man einmal fertigbringen.«

Liebharts Telefon läutete, er verließ kurz das Zimmer. In der Zwischenzeit verabschiedete sich Johanna und versprach, Rosa morgen wieder zu besuchen. Man wollte sie noch über das Wochenende zur Beobachtung im Spital behalten und am Montag entlassen. Rosa fuhr mit der Zunge ihre empfindlichen Zähne entlang, die fremde, scharfe Kante am abgebrochenen Zahn war besonders interessant. Als Liebhart wieder eintrat, sagte er zu ihr: »Beim Pfarrhaus handelt es sich um Brandstiftung.«

»Lass mich raten: mit Benzin.«

Liebhart nickte.

20

Johanna holte Rosa vom AKH ab und brachte sie nach Hause. Sie hatte eingekauft, da Liebhart alle Lebensmittel aus dem Haus ins Labor gebracht hatte. Sie wussten noch immer nicht, worin sich das Gift befunden hatte.

Johanna blieb einige Zeit bei Rosa, die sich langsam erholte. Nach zwei Tagen konnte sie feste Nahrung zu sich nehmen, ohne diese sofort wieder zu erbrechen. Ihre Pupillen hatten wieder eine normale Größe angenommen, und ihr brach auch nicht mehr bei der kleinsten Anstrengung der Schweiß aus.

Am Donnerstag hatte es schon um zehn Uhr morgens achtunddreißig Grad. Rosa lag im kühlen Wohnzimmer auf dem Sofa und las Zeitung, während Johanna in der Küche stand und Hühnerbrüste in eine leichte Marinade legte, um sie bis zum Mittagessen ziehen zu lassen. Unter normalen Umständen hätte es Rosa keine halbe Stunde zu Hause ausgehalten, sie hätte auf einem Ausflug oder auf Gartenarbeit bestanden. Doch durch die Nebenwirkungen der Droge war sie leider zu überhaupt nichts imstande, abgesehen davon tat ihr jeder Muskel im Körper weh, und eine alles lähmende Müdigkeit hatte sie fest im Griff.

Johanna wollte sie zu einem Seebesuch überreden. »Schätzchen, du klebst schon am Sofa fest. Wir brechen in einer halben Stunde auf, du bekommst einen Schattenplatz mit Liegestuhl und darfst Ludwig, Yvonne und mir bei unserer Schwimmkür zusehen.«

»Können wir nicht warten, bis die Eichhörnchen nicht mehr in der Hitze schmelzen?«, entgegnete Rosa müde und legte die Zeitung beiseite.

»Am See unten zerplatzen sie, das ist wie ein Feuerwerk, und das lassen wir uns nicht entgehen.«

Eine Stunde später hatten sie ihren Badeplatz am Ufer des Sees erreicht. Rosa trug einen breitkrempigen Sonnenhut, lag im Schatten auf einem Liegestuhl und sah Johanna bei ihrer täuschend echten Darbietung einer Bibermutter, die ihrem Kind das Schwimmen beibringt, zu. Leider wehrte sich Ludwig lautstark dagegen, das Biberkind zu sein.

Rosa fuhr sich mit der Zunge unablässig über die Zähne und beschloss, so bald wie möglich zum Arzt zu gehen. Sie sah ihren Freunden zu, wie sie im See schwammen, und versuchte, ihre Gedanken wieder auf die Reihe zu bekommen. Die Schmerzen nach dem Sturz von der Plattform und die Tatsache, dass ihr jemand nach dem Leben trachtete, beschäftigten sie so sehr, dass sie das Gefühl hatte, den Anschluss an die Ermittlungen um die Brandstiftungen und Morde verloren zu haben.

Obwohl sie noch sehr schwach war, spürte sie Unwillen darüber, dass sie im Fall auf der Stelle traten. Die befragten Familien mauerten gegenüber der Polizei. Auch im Labor konnte man keine Spuren finden, die sie weiterbrachten. Sie wussten nicht, wo die Mordwaffe war. Sie wussten nicht, wo die Ikone, mit der alles begonnen hatte, war und wo sich der restliche Kirchenschatz, so es denn einen gab, befand. Die Nachricht im Brustkreuz brachte nur die Gewissheit, dass »zu Michaeli im Kahlenbergerdorf der Teufel getanzt hatte«. Dann waren da noch fünfunddreißig Skelette von Menschen, die sich vor Jahrzehnten gegenseitig angefressen hatten und unter ungeklärten Umständen ums Leben gekommen waren. Und zu guter Letzt gab es noch die DNA auf Andrzejs Rucksack, die von einer Enkeltochter eines Verstorbenen aus dem Massengrab stammte.

Rosa stand vorsichtig auf, sie wollte ihre Zehen ins Wasser halten. Als sie in die Sonne trat, begann sie zu frösteln. Ihre Haut war sehr empfindlich, sie blieb ein paar Minuten stehen, um sich an die Wärme zu gewöhnen. Die erste Berührung mit dem Wasser schoss ihr wie ein Stromschlag bis in die Haarwurzeln. Als sie bis zur Hüfte im See stand, ließ sie sich ein wenig treiben. Schwimmen ging wegen des verstauchten Handgelenkes noch nicht. Trotz Plastikschiene konnte Rosa die Hand noch immer ein wenig bewegen, und das tat weh. Zehn Minuten später stieg sie wieder an Land und fühlte sich wie neugeboren. Das Herz schlug ihr bis zum Hals, aber die bleierne Trägheit war von ihr abgefallen. Sie setzte sich zu Yvonne auf eine karierte Decke. Als Johanna einen großen Picknickkorb mit Schinkenbroten und kalten Getränken anschleppte, verschob Rosa den Zahnarztbesuch auf den nächsten Tag.

Sie blieben noch bis zur Dämmerung am See, der sich in den frühen Abendstunden, als sich das Tageslicht am Horizont zurückzog, von Touristen leerte. Im Seerestaurant auf der anderen Uferseite deckten Kellner mit leuchtend weißen Hemden die Tische mit ebenso leuchtend weißen Tischtüchern. Rosa dachte an Mühlböck und daran, dass sie ihn am Tag ihres Ausfluges eigentlich hatte anrufen wollen. Sie fühlte sich aber zu schwach, um das jetzt nachzuholen. Die Zikaden begannen laut zu singen, als die Kerzen im Restaurant angezündet wurden und die vier ihren Badeplatz verließen.

Zu Hause schaltete Rosa ihr Notebook ein und ging ins Internet. Bis um neun Uhr las sie dort Artikel über Scopolamin und Hyoscyamin und in welchen Pflanzen es zu finden war. Danach stieg sie in ihr Schlafzimmer hinauf und schlief wie ein Stein.

»Das sieht nicht gut aus, was ist denn da passiert?«, fragte der Zahnarzt, während er Rosas Gebiss untersuchte.

Rosa hatte schon im Wartezimmer überlegt, ob sie dem Arzt von ihrem Trip erzählen sollte. Sie versuchte, mit weit geöffnetem Mund eine Antwort zu geben, natürlich ohne Erfolg. Erst als der Arzt einen Schritt zurücktrat und sie ansah, antwortete sie: »Ich muss auf irgendetwas herumgekaut haben.«

»Sie haben nicht auf irgendetwas herumgekaut, sie haben mit ihren Zähnen gewütet. Das muss doch schon währenddessen wehgetan haben?«

»Nein, ich habe gar nichts gemerkt …« Rosa sprach das letzte Wort langsam und gedehnt aus und glotzte dabei den Arzt an.

Da war er, der Moment, auf den sie gewartet hatte. Ein kleiner Mosaikstein hatte seinen Platz gefunden und ein großes Bild ergeben. Rosa konnte den Zusammenhang der seltsamen Ereignisse im Kahlenbergerdorf nun erkennen. Vom Rest der Behandlung bekam sie nichts mehr mit, so abgelenkt war sie von ihren Gedanken. Sie verließ zerstreut die Praxis und schlug langsam den Weg zu ihrem Auto ein. Der kleine Absatz ihrer offenen Sommerschuhe schlug bei jedem Schritt auf den Gehsteig.

Im Rhythmus ihrer Schritte murmelte sie: »Bilsenkraut, Hyoscyamus niger« – klack – »Alraune, Mandragora officinarum« – klack – »Stechapfel, Datura stramonium« – klack.

Als sie zu Hause angekommen war, nahm sie die Übersetzung des botanischen Atlasses und ging damit auf ihre Terrasse.

Die Katze kam aus einem ihrer Verstecke und legte sich neben Rosa auf die von der Sonne erwärmten Terrassensteine. Rosa beugte sich leicht zu ihr und kraulte ihr das Fell. Die Pfoten waren schmutzig, und die sonst zarte Haut der Ballen wurde im Sommer durch das Jagen und die Bewegung im Freien hart. Winzige Kletten hingen im Fell, Rosa zupfte sie gedankenverloren heraus, während sie im Atlas blätterte. Als sie ihre Vermutung bestätigt fand, schlug sie mit der flachen Hand auf das Papier, sodass die Katze erschrocken aufsprang.

»Du warst auf der richtigen Fährte, Andrzej«, sagte sie laut zu sich selbst.

Sie bemerkte nicht, wie es Nachmittag wurde und die Schatten länger wurden. Seit Stunden saß Rosa auf ihrer Terrasse und unterdrückte den Impuls, einfach wieder draufloszurennen und den Fall im Alleingang zu lösen. Sie überlegte, wie sie Liebhart ihre Entdeckung erklären sollte.

Als sie auf die Uhr sah, war es vier vorbei. Sie rief die Auskunft an, fragte nach Professor Wankels Telefonnummer und erwischte ihn gerade noch im Naturhistorischen Museum.

»Können Sie in den Knochen der Toten noch Drogen nachweisen?«

»Wenn Sie mir sagen, welche Drogen Sie meinen, kann ich es ja versuchen«, antwortete er.

»Suchen Sie nach Scopolamin und Hyoscyamin.«

»Und wie kommen Sie darauf, wenn ich fragen darf?«

»Ich bin mir sicher, dass Sie mit der Antwort rein gar nichts anfangen könnten.«

Am anderen Ende der Leitung herrschte ein paar Sekunden Schweigen, bis Professor Wankel antwortete: »Scopolamin und Hyoscyamin sind Alkaloide. Sie wirken zentralerregend oder zentralsedierend und beeinflussen den peripheren Kreislauf und das Vegetativum. Leider werden sie auch sehr schnell abgebaut. Ich bräuchte Haare, um diese Art der Vergiftung nachweisen zu können. Bei fast neunzig Jahre alten Knochen habe ich da so meine Zweifel.«

Rosa legte auf und dachte ein paar Minuten nach. Dann stand sie auf und lief ins Haus, um Liebhart anzurufen.

Er hörte ihr lange zu, sie sprachen über eine Stunde miteinander und wogen das Für und Wider ab. Der Chefinspektor kam zu dem Schluss, dass sie zu wenig Beweise für eine Verhaftung hatten; er ordnete eine Observierung an.

Der Samstag zog sich. Rosa, Liebhart und Schurrauer gingen noch einmal alles durch. Liebhart hatte beschlossen, bis zum Ende der kommenden Woche zu warten, bis dahin sollten auch die Untersuchungsergebnisse von Professor Wankel eingetroffen sein. Danach wollte er zuschlagen.

»Wenn Professor Wankel keine Ergebnisse liefern kann und die Observation nichts bringt, muss ich halt pokern«, meinte er augenzwinkernd.

Er teilte Rosa seine Sorge über einen erneuten Anschlag auf ihr Leben mit. Bevor sich die beiden wegen Liebharts Befürchtungen in die Haare kriegen konnten, beendeten sie die Besprechung und fanden eine wienerische Lösung, um die gespannte Atmosphäre zu lösen, indem sie nach Grinzing zum Heurigen fuhren. Schurrauer schloss sich an, und so saßen sie eine Dreiviertelstunde später auf ungemütlichen Holzsesseln beim Weingut Feuerwehr Wagner in der Grinzinger Straße. Mit jedem Achterl Weißburgunder wurden die Sessel gemütlicher. Die Sonne brach durch die dichten Baumkronen und warf scharfe Schatten auf den aufgewühlten Kies. Da noch keine Touristen von riesigen Reisebussen angekarrt worden waren und auch die Heurigensänger mit ihren vom Wein verquollenen Gesichtern im Schatten der Bäume Kraft für den Abend sammelten, war die Idylle fast perfekt. Trotzdem spürten die drei leichte Nervosität, da sich nun endlich eine Lösung des Falles abzeichnete.

Mitte der Woche kam die Nichte von Friedrich Kobald aus Kanada zurück.

»Wie wir vermutet hatten: Zieliński hat Kobald aufgesucht und ihn um Hilfe bei der Suche nach der Ikone gebeten. Er hat sich sehr gut mit dem alten Sammler verstanden«, resümierte Schurrauer das Gespräch mit ihr.

»Wieso weiß sie davon?«, fragte Liebhart.

»Obwohl sie in Deutschland und ihr Onkel in Wien gewohnt hat, hatten die beiden ein sehr enges Verhältnis.«

»Unser Glück.«

»Sie war erschüttert, als ich ihr die Todesnachricht überbracht habe. Der Sammler hatte ihr erzählt, dass ein junger Mann ihn um Hilfe gebeten hatte. Kobald war froh darüber gewesen, jemanden gefunden zu haben, der seine Leidenschaft für liturgische Kunstgegenstände zu teilen schien. Er hatte ihm seine Sammlung gezeigt, dabei dürften die Fingerabdrücke auf den Weihwassersprengel gekommen sein.«

»Na, jetzt wissen wir wenigstens darüber Bescheid. Aber wir haben noch immer keine Ahnung, wer Kobald erschlagen hat.«

»Die Nichte hat mir einen Tipp gegeben. Siegfried Böll, ebenfalls Sammler, hatte ihren Onkel schon lange gedrängt, ihm die Monstranz, die gestohlen worden ist, zu verkaufen. Kobald hatte sich oft darüber beklagt, dass Böll ihm regelrecht auflauerte, um ihn dazu zu bewegen. Ich werde einmal mit diesem Herrn Böll reden.«

Liebhart gab seine Zustimmung und stellte Schurrauer einen zweiten Beamten zur Seite.

Wenig später meldete sich Professor Wankel, um Liebhart die Untersuchungsergebnisse mitzuteilen.

»Sie sind ein Zauberer«, rief Liebhart und strahlte Rosa an.

Sie schlief in dieser Nacht schlecht, stand um sechs Uhr auf und ging in Gedanken immer wieder alles durch. Die Katze beobachtete sie, wie sie nervös durchs Haus tigerte und manchmal laut mit sich selbst sprach.

In Wien ließ sie ihr Auto stehen und stieg zu Liebhart in den Wagen, der schon auf sie wartete. »Wir haben Kobalds Monstranz gefunden«, war das Erste, was er zu ihr sagte.

»Ist nicht wahr! Bei wem?«

»Bei Herrn Böll. Er wurde sichtlich nervös, als Schurrauer mit einem Kollegen bei ihm aufgekreuzt ist. Stell dir vor, er hat die Monstranz nicht einmal versteckt, sie stand auf einem Regal in seinem Wohnzimmer.«

»Na, der war sich sicher, dass keine Spur zu ihm führt.«

Liebhart klopfte sich mit seinem Zeigefinger an die Schläfe. »Der ist nicht ganz dicht. Er war vollkommen davon überzeugt, dass sie ihm gehört und niemand sonst ein Recht hätte, sie zu besitzen.«

»Wie ist er denn zu dem Stück gekommen?«

»Er hat Kobald um ein letztes Gespräch gebeten, mit dem Versprechen, ihn danach in Ruhe zu lassen. Den Mord hat er allerdings nicht gestanden. Schurrauer verhört ihn gerade. Vielleicht packt er ja noch aus.«

Hoffen wir es, dachte Rosa und sah auf die vorbeiziehende Landschaft.

Sie fuhren schweigend ins Kahlenbergerdorf. Alles war genau geplant, es gab nichts mehr zu bereden. Sie warteten im Auto, bis keine Kunden mehr im Geschäft waren. Rosa wusste, dass Frau Tobler am Samstag immer pünktlich um zwölf die eisernen Läden vor die Fenster zog. Um fünf vor zwölf stiegen sie und Liebhart aus dem Auto und gingen auf das Geschäft zu.

»Und du bist dir ganz sicher?«, hakte Liebhart noch ein letztes Mal nach.

»Alraune, Stechapfel«, zählte Rosa auf, »und Bilsenkraut.« Sie sah Liebhart an und öffnete die Tür zum Laden.

Ihr Kommen wurde durch das Läuten der Glocke am Eingang angekündigt.

Rosa hörte Geräusche aus dem Lager, dann rief Frau Tobler: »Komme!«

Eigentlich war schon alles klar, als die Krautfrau durch den Vorhang aus bunten Plastikbändern trat. Sie sah Rosa an, und in ihrem sonst so reglosen Gesicht stand für einen kurzen Moment reines Erstaunen.

Liebhart drehte das »Wir haben geschlossen«-Schild, das an der Eingangstür hing, so, dass man die Aufschrift von draußen lesen konnte. Er und Rosa wussten, dass die Polizei bereits ihren Platz im rückwärtigen Teil des Hauses eingenommen hatte. Frau Toblers Fluchtwege waren abgeschnitten. Sie machte allerdings keinerlei Anstalten zu flüchten; ihr Gesicht nahm wieder denselben gleichgültigen Ausdruck an, den Rosa schon seit Jahren an ihr kannte. Die nächsten paar Sekunden dehnten sich, keiner sagte ein Wort. Rosas Blick fiel auf den Stampfer, der im Krautfass steckte. Er war aus Holz und rund.

Schließlich brach Frau Tobler das Schweigen. »Sie hättn das nicht überleben solln – so wie die anderen das auch nicht überlebt habn.«

»Die haben eine höhere Dosis bekommen. Damals hat man sich mit diesen Dingen noch besser ausgekannt. Ihr Stiefvater war ein ausgezeichneter Giftmischer«, sagte Liebhart langsam.

Frau Tobler biss die Zähne zusammen. »Sie können mir den Schatz nicht wegnehmen, er ist alles, was ich hab. Er gehört mir!«

»Er gehört nicht Ihnen, er ist gestohlen worden«, meinte Liebhart und winkte seine Leute herein.

Frau Tobler ließ sich ohne Widerstand von ihnen abführen.

Vor dem Geschäft hatte sich eine Menschentraube gebildet. Rosa sah in die Menge und überlegte, welche Gedanken wohl durch die störrischen Köpfe unter den fest sitzenden Hüten gingen.

Als sie im Begriff war, mit Liebhart ins Auto zu steigen, um zur Vernehmung nach Wien zu fahren – sie wollte unbedingt dabei sein, zu viele Fragen waren noch offen –, trat ein Polizist an den Wagen und sagte leise: »Herr Chefinspektor, das müssen Sie sich ansehen!«

Liebhart ordnete die Überführung von Frau Tobler nach Wien an und bedeutete Rosa, mit ihm zu kommen. Sie folgten dem Polizisten zurück in den Laden und durch den Vorhang hinter der Verkaufstheke in den rückwärtigen Teil des Hauses. Am Ende eines kurzen dunklen Ganges, in dem es stark nach Essig roch, führte eine kleine Tür in den Keller hinab.

Sie stiegen die abgetretenen Stufen einer schmalen Treppe hinunter. Der Raum, den sie nun betraten, war nur durch eine nackte Glühbirne, die von der Decke hing, beleuchtet. Der Fußboden bestand aus festgetretenem Lehm, wie es bei alten Häusern dieser Art üblich war. An drei Wänden standen große Holzfässer unter Regalen, die mit Gläsern eingelegten Gemüses vollgestopft waren.

Das Erste, was Rosa sah, war ein schwacher rotgoldener Schein zwischen den Fässern nahe der Treppe. Das Licht der traurigen Glühbirne brach sich in einer goldenen Monstranz, die zwischen den Behältern hervorlugte wie ein kleines Kind in einem kostbaren Kleid, das sich hier versteckt hatte. Rosa klappte der Mund auf, und sie schloss ihn die nächste Zeit vor Staunen nicht wieder.

Schwach schimmerte eine silberne Reliquienkapsel vom Regal mit den sauren Gurken. Zwischen den Gläsern mit eingelegtem Gemüse blitzte ihr wie ein Feuerstrahl der goldene Fuß eines Messkelches entgegen. Sie zählte acht Altarleuchten, die zwischen, hinter und vor den Gläsern auf den Regalen standen. Dazwischen lagen unzählige Medaillen, ein kunstvoller Türklopfer war an ein leeres Literglas gelehnt. Am Boden entdeckte sie ein circa fünfzig Zentimeter hohes goldenes, mit Edelsteinen besetztes Prozessionskreuz. Zwei Brustkreuze hingen an einem Haken, der in das Holzregal geschlagen worden war. Auf einem Krautfass konnte sie goldene Zierteller und -platten erkennen. Als sie sich zur vierten Wand umdrehte, stockte ihr der Atem. Der ruhige Blick des halb verlöschten Christusantlitzes einer Ikone sah sie an. Das Bild war ein Fragment, die Figuren, die ursprünglich um Christus dargestellt gewesen waren, waren durch die Berührung der Gläubigen kaum mehr zu sehen. Sie brauchte kein Labor, um festzustellen, dass es sich bei dem Bild um ein Werk des berühmten Ikonenmalers Andrej Rublev handelte, der um die Wende des 14. zum 15. Jahrhundert gelebt hatte. Aus der Dunkelheit von vielen Jahren tauchte das friedliche Gesicht Jesu voll unsentimentaler Güte in dem spärlichen Licht des Kellers auf.

Insgesamt schmückten acht Ikonen die Wand – und rechts oben entdeckte Rosa Andrzej Zielińskis Marienikone. Endlich konnte sie das Bild, das in schattierten Brauntönen gemalt worden war, im Original sehen. Auf dem Foto hatte man nicht die feine Ausführung der Falten, die das Gewand der Muttergottes warf, erkennen können. Der vergoldete Hintergrund war in den Jahren im Keller verblasst, schwach schimmerte er unter einer dicken Patina hindurch. Rosa trat näher an die Wand heran und entdeckte, dass das Oklad einer Dreifaltigkeitsikone, die in der Mitte der Wand hing, beschädigt war. Sie bat die Polizisten, nach dem fehlenden Metallstück zu suchen. Es wurde zwischen den Krautfässern gefunden, getrocknetes Blut klebte daran.

»Hier ist Andrzej gestorben.« Sie sah Liebhart an, der bis jetzt kein Wort herausgebracht hatte.

Er nickte kurz. »Damit ist der Keller ein Tatort«, sagte er und wandte sich zu den beiden Beamten. »Ich verständige die Spurensicherung aus Wien. Sie verlassen den Keller und schließen ihn ab. Rosa, bitte warte du auch oben, bis die Kollegen fertig sind; ich möchte, dass du die Kunstgegenstände später katalogisierst. Sie werden alle ins Labor der Kulturgutfahndung gebracht.«

Dann verabschiedete sich Liebhart, er wolle nach Wien fahren und mit dem Verhör von Frau Tobler beginnen.

Rosa stieg nach ihm die Treppe hinauf. Die Polizisten sperrten den Keller ab und traten mit ihr auf den Platz hinaus.

Jahrelang bin ich hier einkaufen gegangen. Unter meinen Füßen hat ein Schatz gelegen, und ich hatte keine Ahnung, dachte sie und blickte zum Kahlenberg hinüber.

Die Spurensicherung war eine Dreiviertelstunde später da. Männer in weißen Einwegoveralls sicherten den Tatort und brauchten dafür fünf Stunden. Rosa verbrachte die Zeit, indem sie langsam auf dem Platz hin und her ging. Ein warmer Wind trieb durch die Gassen und wirbelte Staub auf. Um fünf Uhr trat ein Beamter an Rosa heran und informierte sie, dass sie nun mit ihrer Arbeit beginnen könne.

Sie stieg erneut in den Keller, wo sich ihr zwei Mitarbeiter des Labors der Kulturgutfahndung vorstellten. Rosa vergaß die Namen sofort wieder. Die Kunstschätze wurden an ihren Plätzen fotografiert und in Beuteln in mit Holzwolle ausgelegte Truhen verpackt. Rosa plante, jedes Stück zu nummerieren, und wollte ihren Aufzeichnungen noch eine kurze Beschreibung hinzufügen. Sie entschied sich, mit den Medaillen zu beginnen, die stapelweise zwischen und hinter den Gläsern auf den Regalen lagen. Als sie ein großes Gurkenglas beiseiteschob, flatterten ein paar dicht beschriebene Blätter auf den Boden. Rosas Herz begann zu klopfen, als sie erkannte, dass es sich um dieselbe Handschrift handelte, mit der auch die Nachricht im Brustkreuz geschrieben worden war. Sie hob die Blätter langsam auf und begann zu lesen.

Das ist die Geschichte der großen Sünde.

Mein Name ist Margarethe Zehetmair, geborene Peuntner. Wir schreiben das Jahr 1919. Vor dem Krieg war ich mit Leopold Fuhrenbacher verlobt.

Dann war der Text durch das Vaterunser unterbrochen: *Pater noster, qui es in caelis: sanctificetur nomen tuum …*

Rosa überflog es und widmete sich dann wieder der Geschichte von Frau Zehetmair.

Ich war eine gute Partie, meinem Vater gehörte viel Land. Leopold ist mit seinem besten Freund Konrad Peuntner in den Krieg gezogen. Sie wa-

ren gute Soldaten. Doch sie hatten Gottloses getan. Auf Leiterwägen haben sie, durch Planen verdeckt, viel Gold, Kreuze und Bilder heimgebracht. Das hat mir Konrad später erzählt und dass das Gold ihm zustehen würde und nicht Leopold. Konrad hat es auch bei sich im Keller versteckt. Da Leopold nichts hatte und Konrad vermögend war, wollte mein Vater, dass ich die Verlobung mit Leopold löse und Konrad heirate. Ich hab mich überreden lassen, den Antrag angenommen und damit große Sünde auf mich geladen.

Dann kam ein Bußgebet, Rosa blätterte entnervt weiter.

Leopold und Konrad haben miteinander gebrochen. Kurz nach meiner Hochzeit war ich guter Hoffnung. Deshalb war ich nur kurz bei der Erntedankfeier am 28. September. Mein Mann ist geblieben. Am Morgen des nächsten Tages habe ich nach dem Aufwachen festgestellt, dass er nicht da war. Ich hab gedacht, dass er wahrscheinlich zu viel getrunken hatte und in der Nähe des Festplatzes in einen Heuschober gekrochen ist, um seinen Rausch auszuschlafen. Doch auch die zwei Knechte und drei Mägde, die das Fest besucht hatten, waren nicht nach Hause gekommen.

Ich bin also zum Festplatz zurückgegangen. Im Näherkommen ist von dort lautes Schreien und Wehklagen zu mir geklungen. Ich hab, meinen Bauch haltend, zu laufen begonnen und den Festplatz verwüstet vorgefunden.

Confiteor Deo omnipotenti …

So eine bigotte Person, ärgerte sich Rosa und blätterte zum Text weiter.

Frauen und Männer sind weinend zwischen den zerfleischten Leibern ihrer Kinder, Schwestern, Brüder gekniet. Der alte Ritzberg ist mir bleich entgegengetaumelt. Als ich den Körper meines Mannes gesehen habe, habe ich geschrien und bin hingelaufen. Ritzberg ist mir hinterher und hat mich festgehalten. Ich konnte nur sehen, dass Konrad die linke Gesichtshälfte abgerissen worden war. Dann hat Ritzberg mich nach Hause gebracht und mir erzählt, dass um drei Uhr früh nur noch ein paar junge Leute am Festplatz waren, auch mein Mann und Fuhrenbacher. Ritzberg hat den ganzen Abend gedacht, dass die beiden Männer vielleicht meinetwegen zu streiten anfangen würden, doch sie haben sich gut verstanden. Fuhrenbacher hat ein Fass Bier von seinem Wagen gehoben und alle, die noch da waren, eingeladen, es mit ihm auszutrinken. Ritzberg konnte nichts mehr trinken, er war schon so voll, dass er Angst hatte, nicht mehr den Weg zu seinem Haus zu finden, doch die jungen Leute haben sich eifrig bedient.

Fuhrenbacher hat aus einer Bierflasche, die er sich mitgebracht hatte, getrunken. Ritzberg ist das erst im Nachhinein aufgefallen. Er hat meinem Mann zugeprostet, der lallend zurückgeprostet hat.

Ein Mitarbeiter trat an Rosa heran. Er musste sie zwei Mal ansprechen, bevor sie überhaupt reagierte. Er wollte wissen, ob sie nun mit dem Verpacken der Ikonen beginnen konnten. Rosa gab zerstreut Antwort und las dann weiter.

Und dann ist das Entsetzliche geschehen: Die Gesichter der Leute haben sich zu verändern begonnen. Ein paar sind in die Knie gegangen und haben sich am Boden gewälzt, andere haben gesungen und getanzt. Das Treiben ist immer verrückter geworden. Plötzlich hat einer aufgeschrien. Ritzberg hat ein lachendes Gesicht mit einem blutverschmierten Mund gesehen, das sich am Hals eines Schreienden, den vier andere festgehalten haben, verbissen hatte. Aus der Halsschlagader des am Boden Liegenden ist das Blut herausgequollen. Drei Menschen haben sich grölend darüber hergemacht und es gierig getrunken.

Da ist dem Ritzberg schlecht geworden. Er hat alles, was er im Magen hatte, erbrochen und dann versucht, zwischen die Leute zu gehen. Sie haben ihn von hinten niedergeschlagen, und als er wieder aufgewacht ist, ging bereits die Sonne auf.

Ich hab am selben Tag meine zwei Mädchen zur Welt gebracht.

Die Leute haben die Toten zu den stillgelegten Sandgruben getragen. Dort habe ich Blumen für meinen Mann abgelegt. Dann habe ich zwei Ikonen der Kirche geschenkt.

Sub tuum praesidium confugimus, Sancta Dei Genetrix. Nostras deprecationes ne despicias in necessitatibus nostris, sed a periculis cunctis libera nos semper, Virgo gloriosa et benedicta, domina nostra …

Rosas Ungeduld über das erneute Gebet wurde im Keim erstickt, als ihr klar wurde, was sie hier in den Händen hielt: den Anfang des ›Sub tuum praesidium‹. Sie wühlte nervös in ihrer Tasche und suchte in ihren Notizen die Kopie des Blattes, das sie im Brustkreuz gefunden hatten. Es passte als fehlende Seite an das Ende der Aufzeichnungen.

… mediatrix nostra, advocata nostra, tuo filio nos reconcilia, tuo filio nos commenda, tuo filio nos repraesenta. Amen. Unsre Seelen sind verloren, zu Michaeli hat mit uns im Kahlenbergerdorf der Teufel getanzt. Anno Domini 1919.

Rosa ließ die Blätter sinken. Sie starrte eine Weile auf das geschäftige Einpacken der Mitarbeiter. Dann stieg sie langsam, wie betäubt, die Stufen des Kellers hinauf. Im Gehen wählte sie Liebharts Nummer.

Als Rosa zu Hause ankam, war sie so erschöpft, dass sie nicht einmal Hunger verspürte. Sie hatte lange mit Liebhart telefoniert und ihm von ihrem Fund erzählt, danach war sie wieder in die Kühle des Kellers im Krautgeschäft eingetaucht. Sie hatten über fünfzig Wertgegenstände gesichert, jedes Fass verschoben und jedes Glas mit eingelegtem Gemüse aus dem Regal genommen und durchleuchtet, da sie sichergehen wollten, dass sich auch nichts in den Gläsern befand. Aus den Fässern war das Kraut geschaufelt und die Regale von den Wänden geschoben worden. Rosa musste sich bei ihrer Arbeit sehr konzentrieren, immer wieder schweiften ihre Gedanken zu den schrecklichen Ereignissen vor fast neunzig Jahren zurück. Als sie schließlich verdreckt, durchfroren und nach Essig stinkend zurück auf den Hauptplatz trat, war es Mitternacht. Sie nahm ein langes heißes Bad und tröpfelte Zitronenöl in das Badewasser, um den Essiggeruch loszuwerden.

Um halb zwei ging sie schlafen und erwachte um fünf Uhr, putzmunter und mit einem Bärenhunger. Nach einem deftigen Frühstück aus Eierspeis mit Speck, frischem Schnittlauch, Orangensaft, einem Fruchtsalat und einer großen Tasse heißen Kaffees rief sie Liebhart an. Er nahm sofort ab und berichtete ihr, er habe bis zehn Uhr am Abend Frau Tobler vernommen, dann seinen Bericht geschrieben, und jetzt sei er wieder auf dem Weg in sein Büro, um die Vernehmung fortzusetzen. Sie schilderte ihm kurz, was sie alles im Keller entdeckt hatte.

»Die Kunstgegenstände werden auf Fingerabdrücke und andere Spuren untersucht, dann kannst du mit deiner Arbeit beginnen. Ich schätze, das wird so in einer Woche sein.« Liebhart klang erschöpft, aber zufrieden.

»Kann ich bis dahin bei der Vernehmung dabei sein?«

»Willst du dich nicht ein paar Tage ausruhen? In Wien schmilzt der Asphalt, so heiß ist es.«

»Ich glaube nicht, dass ich das schaffe. Bin viel zu aufgeregt, wenn ich an die Untersuchung des Schatzes denke. Ich habe so etwas wie in diesem Keller noch nie gesehen und mich wie Howard Carter bei der Entdeckung des Grabes von Tutanchamun gefühlt. Aber es gibt noch so viele Fragen, die uns nur Frau Tobler beantworten kann.«

»Na gut, Howard, dann sehen wir einander bei mir im Büro.«

21

Als Rosa Liebhart gegenübersaß, erzählte er ihr, dass die erste Einvernahme stockend verlaufen war und keinerlei Ergebnisse gebracht hatte. Die Ladenbesitzerin hatte sich als vollkommen resistent gegen harsch gestellte Fragen und die für die meisten Tatverdächtigen einschüchternde Anwesenheit der Polizei erwiesen. Zwei uniformierte Beamte hatten versucht, ihre Personalien aufzunehmen, bevor Liebhart mit der eigentlichen Vernehmung begonnen hatte. Doch Frau Tobler hatte eisern geschwiegen. Nach zwei Stunden hatten die Beamten entnervt aufgegeben.

»Und? Jetzt redet sie immer noch nicht?«, fragte Rosa und nippte an einer Tasse Kaffee.

»Es scheint sie nicht zu kümmern, was mit ihr passiert, nun, da ihr Schatz nicht mehr in ihren Händen ist. Aber«, fügte er augenzwinkernd hinzu, »ich habe sie gestern Abend nach dem Rezept ihres exzellenten eingelegten Krauts gefragt.«

Rosa hob erstaunt die Augenbrauen.

»Sie hat zögernd geantwortet. Ich habe ihr Zeit gelassen und ihr bis zum letzten Gefüllte-Paprika-Rezept aufmerksam zugehört. Danach habe ich mich verabschiedet und ihr mitgeteilt, dass sie erst einmal schlafen soll. Ich würde am nächsten Tag wieder mit ihr reden.«

Frau Tobler saß hinter einem Resopaltisch im Vernehmungsraum. Ihr grobes Gesicht war so ausdruckslos und massig wie immer. Liebharts Interesse an ihren Rezepten hatte offensichtlich das Eis zwischen ihnen gebrochen. Sie erzählte stockend und räusperte sich oft. Man merkte, dass sie es nicht gewohnt war, lange zu sprechen.

Rosa hatte in einem kleinen Zimmer neben dem Vernehmungsraum Platz genommen und verfolgte das Verhör auf einem Bildschirm. Besorgt stellte sie fest, dass ihr Mobiltelefon hier keinen Empfang hatte und Mühlböck sie nicht erreichen konnte.

Liebhart wollte von Frau Tobler wissen, wie sie an den Kirchenschatz gekommen war.

»Das is a lange Gschicht«, meinte sie.

»Wir haben Zeit.« Er lehnte sich zurück und schwieg.

Die Ladenbesitzerin begann langsam zu erzählen. »I bin a Bastard. Meine Mutter, Agnes Tobler, hat mich vor über fünfzig Jahren in die Welt geworfen.«

Das war ihre Formulierung: »geworfen«. Rosa konnte damit zuerst nichts anfangen. Am Ende des Verhörs kam sie zu dem Schluss, dass das wohl doch der beste Ausdruck für Frau Toblers Geburt gewesen war. Denn viel mehr hatte die Mutter für ihre Tochter in einem Dorf, in dem uneheliche Kinder zu dieser Zeit die größte Schande waren, wirklich nicht getan.

»Der Pfarrer wollt mich nicht taufen, die Leut im Dorf ham uns gschnitten.« Frau Tobler wischte sich mit der Hand über ihr Gesicht, bevor sie fortfuhr. »Mei Mutter hat den Fuhrenbacher gheirat, wie ich fünf Jahr alt war. Der hat mit seiner kaputten Hüften jemand braucht, der ihm in seinem Gschäft hilft. Dem Fuhrenbacher hat außer dem Laden und dem Haus nix ghört. Das Gschäft is nicht gut gangen. Mei Mutter hat immer gsagt, es is meine Schuld, weil ich ja ein Bastard bin.«

Frau Tobler erzählte, dass ihrer Mutter und ihr der Zutritt zu den Kellern in Fuhrenbachers Haus strengstens verboten gewesen war. Fuhrenbacher hatte einen großen Schlüssel, der an seinem Hosenbund hing und den er nie aus den Augen ließ. Bevor er sich schlafen legte, hatte er ihn unter sein Kopfpolster deponiert. Wenn er untertags in einen Heurigen ging, hatte er die Regale im Geschäft vollgefüllt und den Keller abgeschlossen.

»Wie war Ihr Verhältnis zu Ihrem Stiefvater?«, fragte Liebhart und schenkte ihnen beiden Mineralwasser nach.

Frau Toblers Gesicht verdüsterte sich. »Er hat immer nach mir treten.«

Am schlimmsten war es samstags, wenn er saufen ging. Um Mitternacht ist er zurück nach Hause getorkelt und hat zuerst seine Frau und dann das Kind verdroschen.

»Als Abschluss der Arbeitswoche«, fügte Frau Tobler bitter hinzu.

So war Berta Tobler, für ihre Mutter unsichtbar und für ihren Stiefvater ein Ärgernis, aufgewachsen. Einsam war sie, da die Dorfjugend ebenso wie der Rest des Dorfes keine Gelegenheit ausließ, um den Bastard seine Herkunft spüren zu lassen.

»Wie haben Sie von dem Schatz erfahren?«, fragte Liebhart behutsam.

»I wollt mich vorm Stiefvater verstecken und hab a Luke gfunden, durch die i in den Keller eingstiegen bin. Im Dunklen hab i auf ein spitzen Gegenstand griffen, der am Boden glegen ist, und hab mich in die Hand gritzt. I wollt Licht machen, hab aber Angst ghabt, dass er mich dann findt. I hab die Hand mit dem blutigen Schnitt auf mein Mund presst und den Atem anghalten. An dem Tag hat da Stiefvater nur mei Mutter dawischt. Die hat halt dann die doppelte Anzahl an Watschen kassiert.«

Rosa schnürte sich die Brust zusammen, wenn sie an das Leben des kleinen Mädchens dachte.

Am nächsten Tag war Berta wieder in den Keller geklettert, diesmal mit einer Schachtel Zündhölzer, und zu der Stelle gekrochen, an der sie sich am Abend zuvor die Hand verletzt hatte. Im aufflackernden Licht eines Zündholzes hatte sie einen Gegenstand hinter den Fässern hervorblitzen sehen. Sie hatte das Ding in die Hand genommen und darauf gehaucht. Als sie mit dem Stoff ihrer Schürze darüber gerieben hatte und der Glanz heller geworden war, war ihr warm geworden.

»Wie meinen Sie das?« Liebhart legte den Kopf schief.

»Na, das Ding hat so gstrahlt, dass mir ganz anders gworden ist.« Frau Tobler rang nach Worten. »Irgendwie hat's mich beschützt. Es war von da an mein Geheimnis.«

»Wissen Sie, was das für ein Gegenstand war?«

Sie zuckte die Schultern. »Ich hab als kleines Mädchen nicht gwusst, was ich da gfunden hab. Die ganzen Sachn warn irgendwie heilig, verstehn S'? Mit mir sind s' ja nie in die Kirche gegangen, sie haben sich wegen mir gschämt.«

Dann begann Frau Tobler aufzuzählen, was sie alles in dem Keller entdeckt hatte. Sie konnte die Gegenstände zwar nicht benennen, beschrieb sie aber mit einer Detailgenauigkeit, die Rosa erstaunte. Sie musste unglaublich viel Zeit mit der Betrachtung des Schatzes verbracht haben.

Die bunten Schmucksteine eines schweren Tellers waren für sie wie Zuckerln, die sie manchmal in den Händen von anderen Kindern gesehen, aber selbst nie bekommen hatte. Am meisten jedoch hatte es ihr eine Marienikone angetan.

Zuerst hatte sie mit dem Bild nicht viel anfangen können. Sie hatte den kleinen Jesus nicht als Kind erkannt; seine Züge waren nicht kindlich, er war einfach nur kleiner als seine Mutter dargestellt. Frau Tobler erinnerte sich noch sehr gut an den Nachmittag, als sie das erste Mal begriffen hatte, was da abgebildet war. Es war Mitte November gewesen und eiskalt im Keller, sie war neun Jahre alt gewesen und hatte am ganzen Körper gescheppert, da sie nur ein dünnes Winterkleid – ihr einziges – angehabt hatte. Sie hatte Stunden damit verbracht, auf die Stelle, wo die Wange des Jesuskindes die Wange seiner Mutter berührt, zu starren. Wie Maria ihren Sohn zu sich zog und ihn festhielt, als ob sie wüsste, was ihm eines Tages bevorstand.

»Plötzlich ist in mir etwas gerissen«, erklärte sie Liebhart.

Eine heiße Welle Schmerz hat ihren Brustkorb gedehnt, und Tränen sind ihr in die Augen gestiegen. Sie hat die Knie angezogen und ihr kleines Gesicht in den Ärmeln des Kleides vergraben, dann sind ihr die Tränen über die Wangen gelaufen.

Rosa biss sich auf die Lippen und dachte: Dem Mädchen ist bewusst geworden, dass ihre Mutter sie nie so berührt hatte und sie nie so berühren würde. Kein Mensch hatte sie je umarmt, niemand würde sich Gedanken um sie machen, niemand hatte je Sorge um sie. Für sie gab es keinen Trost und keine Hilfe.

Nach einer Stunde Weinen hatte sie sich zusammengerollt und war erschöpft auf dem lehmigen, kalten Boden eingeschlafen. Gerade an diesem Tag hätte der Stiefvater sie beinahe erwischt, da er in den staubigen Innenhof gekommen war, nachdem sie gerade aus der Luke gekrochen war.

Ohne Vorwarnung hatte er sich auf sie gestürzt; er hatte sie lange nicht in die Finger bekommen, da das Mädchen sich so oft wie möglich im Keller aufgehalten hatte. Frau Tobler konnte sich noch an seine Schnapsfahne erinnern. Noch bevor sie sich aufgerichtet hatte, hatte sie die erste Kopfnuss mit solcher Wucht getroffen, dass sie gegen die Wand gekracht war. Wenig später war sie auf einem alten umgekippten Krautfass im Hof des Hauses gesessen und hatte einen Apfel gegessen. Der Geschmack des Apfels hatte sich mit dem Blut vermischt, das ihr aus einer Schnittwunde über der Augenbraue, beigebracht vom Ehering des Stiefvaters, in die Augen gelaufen war. Sie hatte sich abwesend die Rippen gerieben, ein Tritt mit dem derben Stiefel hatte sie in die Seite getroffen. Am Kopf brannte die Stelle, auf die der Fuhrenbacher seine Faust hatte niederfahren lassen.

»Ich bin auf dem Fass gsessen, und die Schläge warn mir egal. Ich hab an dem Tag meine Mutter in dem Keller gfunden. Ich hab gewusst, dass mir jetzt nichts mehr passieren kann. Sie würd auf mich schaun.«

Als ihr Stiefvater vor Weihnachten in die Donau gefallen und ertrunken war, hatte sie kalte Genugtuung gefühlt und sich bei ihrer »Mutter« im Keller bedankt. Dann hatte sie im Krautkeller den Schatz hinter den Fässern versteckt. Niemand durfte ihn finden.

»Im Nachlass vom Stiefvater hab i a Kräuterbuch gfunden. Da hab i angfangen, die alten Rezepte auszuprobiern. Mei Stiefvater hat des a scho gmacht und a paar getrocknete Pflanzen zu den Fotos, die im Gschäft hängen, gsteckt. Der hat nur Pflanzen mit einer Rauschwirkung gsammelt.«

Frau Tobler war herangewachsen und immer dicker geworden, mit jedem Kilo hatte sie ihre Gefühle und Empfindungen zurückgedrängt, bis sie eines Tages ganz erloschen waren.

Auch nachdem ihre Mutter gestorben war, hatten die Dorfbewohner sie zu Michaeli weiterhin gemieden. Es hatte sie nie gekümmert. Die, die das grauenhafte Ereignis damals miterlebt hatten, waren inzwischen weggestorben, so war das Geschäft mit den Jahren besser gegangen.

Vor ein paar Jahren ist plötzlich eines Tages die ältere Zehetmair-Schwester in ihrem Geschäft gestanden. Sie musste schon an die neunzig gewesen sein. Ihr Blick war unruhig durch den Raum gewandert.

»Sie hat rumgschrien, sie wollt die Gschicht ihrer Mutter ham, die im Schatz versteckt is. I hab sie gfragt, wie i an dera Gschicht kommen sein soll. ›Weil dein Stiefvater sich, nachdem unser Vater gstorben is, einen Teil vom Schatz gholt hat, der Mörder, der Giftmischer!‹, hat sie immer lauter brüllt.«

Frau Tobler erzählte, dass sie an dem Abend in den Keller hinabgestiegen war und den Schatz einer genaueren Untersuchung unterzogen hatte. Sie hatte die Ummantelungen der Ikonen abmontiert und alle abnehmbaren Verzierungen entfernt. Insgesamt zehn dicht beschriebene Blätter hatte sie gefunden. Als sie diese gelesen hatte, stellte sie fest, dass ihr ein Großteil der Geschichte fehlte, und sie wusste, wo sie den finden konnte.

»Nur wie i an die Blätter von der Zehetmair komm, hab i no net gwusst – und dann is plötzlich dera Poln auftaucht.«

»Andrzej Zieliński?«, fragte Liebhart und sah Frau Tobler fest an.

Ihre Lippen wurden zu einem schmalen Strich, das Gesicht verhärtete sich.

»Er hat mir meine Mutter wegnehmen wolln«, stieß sie hervor.

Der junge Pole war eines Tages nicht weit entfernt von dem Laden gestanden und hatte Frau Tobler durch das Fenster angestarrt. Das war fast eine Woche so gegangen, dann war er zu ihr ins Geschäft gekommen. Sie hatte ihn angeherrscht, dass er verschwinden solle.

Er hatte nur gesagt: »Du Dieb! Ich alles wissen, von Zehetmair. Du Dieb! Du hast altes Bild von Maria und Kind von mir!« Und dann ist er wieder gegangen.

»I hab nimma schlafn können, weil die depperte Zehetmair angfangen hat, die Gschicht herumzuerzähln. I hab mi so gärgert«, bellte Frau Tobler. »Was bringt denn das heute noch! Die Leut von damals sind alle tot, mein Stiefvater ist tot!«

»Also sind Sie am 27. Mai zum Haus der alten Zehetmair gegangen.«

»I wollt sie eigentlich nur beruhigen und ihr klarmachen, dass es nur Schwierigkeiten macht, wenn sie nicht das Maul haltn würd. Doch die Alte hat nur herumgschrien und is auf mi losgangen. Da hab i sie vor ihre Hühnerbrust gstoßen, die Zehetmair ist wie ein Blattl Papier weiter ins Haus reingsegelt und dort liegn bliebn. I war froh, dass jetzt endlich a Ruh war.«

Sie hatte sich über die Alte, die noch geatmet hatte, gebeugt und einen folgenschweren Entschluss gefasst. »Ich hol mir jetzt auch noch das restliche Gold, den Teil von deinem Vater.«

Liebhart nickte. »Und wie ist es weitergegangen?«

Frau Tobler hatte das Haus durchsucht. Im ersten Stock war eine Kommode gestanden, mit dicken Vorhängeschlössern versperrt. Sie hatte die Schlösser aufgebrochen, und als sie die Laden aufzog, war ihr derselbe sanfte goldene Schein wie damals im Krautkeller entgegengeleuchtet. Sie hatte den Schatz in ihr Auto gebracht, zuletzt ein Brustkreuz.

Als sie an der alten Zehetmair hatte vorbeigehen wollen, war diese aufgewacht, hatte sofort wieder laut zu schreien begonnen und beim Versuch, aufzustehen, der Tobler kurz den Rücken zugedreht. In dem Moment hatte die, ohne viel nachzudenken, mit dem Brustkreuz zugeschlagen.

Rosa bemerkte, wie Liebhart sich anspannte, sie selbst hing an Frau Toblers Lippen. Wir haben Andrzej also zu Unrecht verdächtigt, einen Menschen umgebracht zu haben, dachte sie.

»Haben Sie Reue empfunden?«, fragte Liebhart.

Rosa kannte die Antwort.

»Na!« Die Tobler schüttelte heftig den Kopf.

»Was haben Sie gemacht, nachdem Sie Frau Zehetmair erschlagen hatten?« Liebhart lehnte sich zurück und sah Frau Tobler mit schief geneigtem Kopf an.

»Ich hab mir gedacht, jetzt erwischen s' dich, wennst nicht alles verbrennst!«

Sie hatte alte Zeitungen und Holz aufgeschichtet und den Stapel und die Einrichtung mit Benzin übergossen. Von draußen hatte sie dann durch ein geöffnetes Fenster ein Zündholz reingeworfen.

»Dann hab ich gschaut, dass ich wegkomm!«

Rosa fuhr nach Hause, als die Sonne gerade unterging. Das rötliche Licht war ein Zeichen des Hochsommers. Sie wollte noch in den Sellnersee springen. Sie sehnte sich nach dem kalten Wasser, das sie weit weg vom erbärmlichen Leben der Mörderin und zurück in ihr eigenes spülen sollte.

Es war schon dunkel, als sie sich vom Steg in den See gleiten ließ. Schwimmen bei Dunkelheit war ihr nicht geheuer. Sie besiegte die Unsicherheit, indem sie mit kräftigen Zügen losschwamm. In der Mitte des Sees ließ sie sich am Rücken liegend treiben und sah hinauf zu den ersten Sternen, die blinkend am klaren Himmel standen. Ihr Herz pochte bis zum Hals, sie hatte Durst und war froh, weit weg vom Verhörraum in Wien zu sein. Schlagartig fiel ihr Mühlböck ein, und sie beschloss, sich morgen Abend bei ihm zu melden. Langsam schwamm sie wieder zurück.

22

Am nächsten Tag saß Rosa um Punkt acht Uhr im Zimmer neben dem Vernehmungsraum. Sie hatte eine kleine Thermoskanne Kaffee dabei und zwei große Flaschen Mineralwasser.

Liebhart trat ein und begrüßte sie. »Siegfried Böll hat gestern Abend gestanden, Kobald erschlagen zu haben.«

Sie sah ihn lange an. »Nicht zu fassen, und das alles nur wegen einer Monstranz, die nicht einmal besonders wertvoll ist.«

Als Liebhart gegangen war und kurze Zeit später den Vernehmungsraum betrat, in dem Frau Tobler schon wartete, atmete Rosa tief ein; wenigstens der eine Mord war aufgeklärt. Liebhart nickte Frau Tobler zur Begrüßung kurz zu und begann: »Was haben Sie mit dem Schatz von Frau Zehetmair gemacht?«

»I hab alles in meinen Keller bracht und dort mit an Mittel sauber gmacht. I hab immer Stoffhandschuhe anghabt, damit i kane Fingertapser drauflass und das Gold schön glänzen konnt.«

Deswegen waren keine Spuren von ihr auf dem Brustkreuz, dachte Rosa.

»Dabei haben Sie die Aufzeichnungen der Mutter Zehetmair aus den Gegenständen geholt. Was haben Sie gedacht, als Sie die ganze Geschichte nun gekannt haben?«, wollte Liebhart wissen.

»Recht gschieht's denen, hab ich mir dacht.« Nach ein paar Sekunden fuhr sie fort: »Die habn sich dacht, dass ihna vergebn wird, wenns nachern der Kirche was spenden.« Sie lachte kurz hönisch auf.

»Wieso haben Sie Andrzej Zieliński umgebracht?«

Frau Tobler zuckte kurz zusammen. »Als die Zehetmair tot war, is der Pol rund um die Uhr vor meinem Haus gstanden. I hab Angst kriegt und mei Mutter in a Tuch eingschlagen und unter die Treppe im Keller hinter ein Regal gschoben. Als ob i gwusst hätt, dass der Pol bei mir einsteigen wird. Und des war dann ja auch so. I bin a paar Nächt später wach gwordn, weil ich a Geräusch ghört hab. I bin in den Keller nachschaun gangen, und er is schnell abghaut. Des Brustkreuz war weg, a paar Sachn warn verschobn wordn. I hab so einen Zorn kriegt! Da wollt i den Scheißpoln umbringen. Der hat des goldene Kreuz sicher nur mitgnommen, damit er's zur Polizei tragn kann und die ihm glaubn, dass da no mehr in mein Keller liegt«, gab sie zu und ballte die Fäuste.

Sie hatte hin und her überlegt, wie sie sich das Brustkreuz wiederholen könnte. In der Pension Schrattner konnte sie nicht einfach auftauchen, die Wirtin hätte wissen wollen, warum sie Zieliński suchte.

Zwei Nächte später hatte sie wieder ein Geräusch gehört. Sie war in den Verkaufsraum geschlichen und hatte den Krautstampfer aus dem Fass gezogen. Im Keller hatte Licht gebrannt.

»Der hat scho mei Mutter in der Hand ghabt. Er is auf mi losgangen und hat ma den Krautstampfer aus der Hand geschlagen. I hab das Erstbeste gnommen, was i dawischt hab. Des war a Ikone mit an schönen Goldrand, damit hab i mit aller Kraft zugschlagen. Dann is a liegn bliebn.«

»Was haben Sie dann gemacht?«, fragte Liebhart langsam.

»I hab meine Mutter aufghoben und ganz fest an mich drückt.«

Frau Tobler hatte im Rucksack von Zieliński das Notizbuch gefunden, es durchgeblättert und auf jeder Seite eine Zeichnung ihrer Marienikone gefunden.

»Der wollt sie mir wegnehmen, verstehn S'?«, rief sie aufgebracht. »Das hab i net zulassen können.«

Unglaubliche Wut hatte sie gepackt. Sie hatte ein paar Seiten aus dem Buch gerissen, war zu Andrzej Zieliński gegangen und hatte ihm die Blätter in den Mund gestopft.

»Er hat gwürgt und gröchelt, da hab i den Krautstampfer gnommen und ihm die Blätter tiefer ins Maul gstopft und auf ihn eingschlagen.« Dann brüllte Frau Tobler so plötzlich, dass Rosa erschrak: »Keiner nimmt mir mei Mutter weg!«

Liebhart schlug eine Pause vor. Frau Tobler wurde wieder in ihre Zelle gebracht. Er ging zu Rosa, sie bot ihm Kaffee aus ihrer Thermoskanne an.

»Wie geht's dir?«, fragte er sie.

Rosa schüttelte langsam den Kopf. »Um ehrlich zu sein, ich bin froh, wenn das Verhör ein Ende hat. Mich macht diese Lebensbeichte fertig, wie die Tobler aufgewachsen ist … und was aus ihr geworden ist. Ich kann das schon bald nicht mehr hören.«

»Verhöre sind nicht immer die Krönung einer Ermittlung.« Liebhart nahm einen Schluck Kaffee. »Ich hab das schon zu oft erlebt, als dass es mich noch besonders berühren würde. Obwohl ich sagen muss, dass die Geschichte der Frau streckenweise schon harter Tobak ist.«

Am späten Nachmittag wurde das Verhör fortgesetzt. Es sollte das letzte Mal sein, dass Rosa die Mörderin sah. Die Kunstgegenstände waren von der Spurensicherung freigegeben worden, und nach dem Wochenende konnte sie mit ihrer Arbeit beginnen. Sie freute sich schon sehr darauf und stellte nach den Tagen in dem kleinen Zimmer fest, dass sie es richtig getroffen hatte mit ihrer Berufswahl. Ihr waren Bilder und Zierrat lieber als die seelischen Abgründe von Menschen, die sich ihr, seitdem sie mit Liebhart zusammenarbeitete, auftaten.

Auf der anderen Seite der Glasscheibe fragte Liebhart: »Wie haben Sie den Leichnam von Zieliński zum Kuchelauer Hafen gebracht?«

Mit tonloser Stimmte antwortete sie: »I hab seine Händ und Füß mit an Seil zambunden, dann hab i ihn in a Plane eipackt und bin mit zum Hafn gfahrn. Da hab i ihn in a Fischerboot glegt und bin mit ihm rausgrudert, und an der tiefsten Stell hab i ihn reingworfn.«

»Den Rucksack haben Sie am Ufer versteckt? Da hätten Sie doch davon ausgehen können, dass der gefunden wird?«

»I wollt ihn eigentlich verbrennen, hab ihn aber dann vergessen. Einfach liegen glassen.«

»Das Pfarramt?« Liebhart lehnte sich vor und stützte sich auf dem Tisch ab.

»Diese Scheiß-Mure!«, fuhr Frau Tobler auf. »Das kann doch nicht wahr sein, dass ein paar Tage, nachdem ich den Poln in den Hafen gworfen habe, genau dort eine Mure abgeht.«

Es war ihr klar gewesen, dass die Polizei auf der Suche nach der Identität der namenlos Verscharrten ins Pfarramt vom Kahlenbergerdorf gehen und sich die Sterberegister ansehen würde.

»Deswegen der Molotowcocktail«, stellte Liebhart fest.

Frau Tobler nickte nur.

Nach dem Murenabgang war ihr noch immer keine Ruhe beschert gewesen. Es hatte sich herumgesprochen, dass Beamte aus Wien nun auch das Haus der Zehetmair untersuchen würden.

Liebhart fragte: »Wissen Sie, wer meinen Kollegen niedergeschlagen hat?« Sein Mund wurde schmal.

»Na, ich war's nicht«, stellte sie lakonisch fest. »Das ganze Dorf hat nicht wolln, dass die Polizei aus Wien herumschnüffelt.«

»Aber Sie waren bei Pfarrer Mullner?«

Frau Tobler nickte langsam. »Der war ein netter Mann. Es hat mir leidgetan um ihn. Die Kunden im Laden habn sich erzählt, dass die Polizei beim Pfarrer gwesn is. Da is ma eingfalln, dass in den Kirchenbüchern vielleicht auch was drinnen steht über die alte Gschicht. I hab wieder net schlafn können und hab gwusst, i komm net zu Ruh, wenn i net rausfind, was der Mullner der Polizei gsagt hat.«

Also hatte sie beschlossen, ihm einen Besuch abzustatten. Als sie, kurz bevor sie aufbrechen wollte, im Verkaufsraum gestanden war, war ihr Blick auf den Krautstampfer gefallen. Sie hatte ihn mitgenommen.

»Was haben Sie sich dabei gedacht?«, wollte Liebhart wissen.

Rosa wusste genau, was er mit dieser Frage bezweckte. Es bestand ein Unterschied zwischen vorsätzlichem Mord und Totschlag.

»Ich hätte die Antwort aus ihm rausgeprügelt!«, blaffte Frau Tobler.

Eindeutig vorsätzlich, dachte Rosa.

Pfarrer Mullner hatte lange bestritten, dem Polizisten und der Frau etwas verraten zu haben. Er hatte so getan, als ob er überhaupt nicht wüsste, wovon Frau Tobler gesprochen hatte.

»Da bin i zornig gworden. Wie er mir den Rückn zudreht hat, hab i den Krautstampfer aus der Taschn zogn und zugschlagn. Hab ihn gut getroffen, ist auf der Stelle umgfallen«, meinte sie nur. »Dann hab i des Haus nach den Kirchenbüchern durchsucht. I hab a was gfunden, beim Buch vom Jahr 1919 hat die Seite vom September gfehlt. Des hat eich der Pfarrer gebn. Da hab i gwusst, dass i was gegen die Frau tun muss, die immer mit ihna unterwegs war.«

»Was hätte das für einen Sinn gehabt? Sie hätten ja mich auch umbringen müssen.«

Rosa bemerkte, dass Liebhart nur schwer an sich halten konnte.

Frau Tobler rutschte nervös auf ihrem Sessel hin und her. »Die Frau is immer daherkommen und hat sich die Bilder, die mein Stiefvater im Laden aufghängt hat, angsehn. Das machen ja viele, während sie warten müssen, aber die hat sich die Bilder immer ganz anders angsehn.« Trotzig verschränkte sie die dicken Arme vor der Brust.

»Wie anders hat sie sich die Bilder angesehen?«, hakte Liebhart nach.

»Na, so genau halt. Als ob sie die Bilder auswendig lernen wollte, und da sind doch die Pflanzen, die mei Stiefvater verwendet hat. Und dann hat sie auch was von dem Poln und einem Atlas mit giftigen Pflanzen drin erzählt, als s' das letzte Mal mit Ihna da war. Da hab i gwusst, dass i was gegen die Frau tun muss.« Sie schüttelte den Kopf. »Die hätt mir mei Mutter weggnommen. Die hätt rausgfunden, woher mei Mutter kommen ist.«

Frau Tobler hatte mit Hilfe des alten Herbariums von ihrem Stiefvater eine Tinktur aus Bilsenkraut zubereitet. Rosa war öfter zu ihr einkaufen gekommen; da war es für Frau Tobler naheliegend, ihr etwas ins Gemüse zu mischen.

»Die hat sich extra ein kleines Glas für a Wanderung bestellt.« Frau Tobler tippte sich siegessicher an die Stirn. »Da hab ich im hinteren Teil vom Gschäft Bilsenkrautsaft in das Glas geben und es dann wieder verschlossen. Ich hab einen Schreck gekriegt, wie die ein paar Tage später vor mir gstanden ist. Ich hab mir dacht ghabt, die ist tot.«

»Falsch gedacht«, brummte Rosa.

23

Nachdem Rosa in die Auffahrt ihres Hauses eingefahren war, hatte sie sich erschöpft von der Hitze und vom Verhör aus dem Auto geschält. Die Befragung von Frau Tobler war abgeschlossen. – Und das war gut so, denn Rosa hatte kein Bedürfnis, in dem kleinen Zimmer ohne Fenster neben dem Verhörraum auch nur eine weitere Stunde zu verbringen. Sie hatte dabei sein wollen, wenn sich die verwirrenden Details der Mordfälle zu einem Ganzen zusammenfügten. Die Geschichte der Mörderin und ihre träge, schleppende Sprache, die stellenweise schwer verständlich war, hatten sie ziemlich mitgenommen.

Die Spurensicherung hatte den Kirchenschatz für Untersuchungen freigegeben; nach dem Wochenende konnte Rosa mit ihrer Arbeit beginnen.

Sie wusste nicht so recht, was sie mit sich anfangen sollte, und beschloss, sich ihrem verwahrlosten Garten zu widmen und ihr Haus zu putzen. In ihrem Kopf schwirrte das Gehörte der letzten Tage, dazwischen stieg immer wieder, wie das Pochen eines Herzschlages, ein Name in ihr hoch: Mühlböck. Rosa zupfte Unkraut, lockerte Erde auf, goss Beete, und so gelang es ihr, sich schon auf die kommende Woche und die Untersuchung des Kirchenschatzes zu freuen.

Als es dämmerte, schälte sie sich müde aus der erdverkrusteten kurzen Jean und dem verdreckten T-Shirt und ließ beides mit ihren alten Tennisschuhen, die sie immer zur Gartenarbeit trug, im Vorraum liegen. Für ein Bad war es noch zu heiß. Sie trat kurz entschlossen nackt auf die Terrasse und sprühte sich mit kaltem Wasser aus dem Gartenschlauch von Kopf bis Fuß ab. Als selbst ein Glas kühler Riesling und ein Schinkenbrot in der Größe eines Schlauchbootes nicht halfen, sie vollends zu beruhigen, beschloss sie, noch einen Abendspaziergang über die in der Dämmerung schwach beleuchteten Landwege zu machen.

Glühwürmchen stiegen über die Weiden, und Schwalben ließen sich mit spitzen Schreien im Sturzflug auf der Jagd nach Insekten vom Himmel fallen. Der würzige Duft von Heu, das zu Ballen gebunden auf den Feldern lag, hing in der Luft. Sie versuchte, jeden Gedanken an den Fall wegzuschieben. Vorsichtig bewegte sie ihr Handgelenk beim Gehen und stellte mit Freude fest, dass sie keine Schmerzen mehr verspürte. Nach kurzer Zeit fühlte sie sich von allen Sorgen und Grübeleien befreit. Sie blieb stehen, blickte über das Tal und hörte schwach die Abendglocke von der Kirche in Brunn zu ihr heraufklingen. Als die Nacht die Dämmerung verdrängt hatte, flogen kleine Fledermäuse dicht über ihren Kopf. Wie eine Seerose aus dunklem Wasser tauchte in ihren Gedanken die Formel aus Pauls Aufzeichnungen auf.

»Jetzt nicht«, versuchte sie sie zu verdrängen. »Einmal nicht denken.«

Doch es war zu spät. Um zu der angenehmen Leere im Kopf von vorhin zurückzufinden, drehte sich Rosa um und ging schnell nach Hause. Von Weitem sah sie einen Mercedes in ihrer Auffahrt stehen. Als sie näher kam, erkannte sie Daniel Mühlböck, der mit vor dem Körper verschränkten Armen an seiner Autotür lehnte.

Rosas Herz begann vor Freude zu klopfen, trotzdem sagte sie schroff: »Schon blöd, dass diese Telefone nie funktionieren, wenn man seinen Besuch ankündigen will, hm?«

Mühlböck lächelte entschuldigend. »Ich bin eher der spontane Typ. Darf ich mit hineinkommen?«

Rosa sah ihn lange an. »Nur auf ein Glas, ich muss noch arbeiten«, log sie, um nicht zu leicht versöhnt zu wirken. Sie sperrte die Tür auf und ging ins Wohnzimmer voraus.

Mühlböck stand lange vor den Bücherregalen, während Rosa zwei Weingläser aus der Küche holte. »Kann ich Ihnen irgendwie helfen?«, fragte er und stellte einen Band über die niederländische Malerei wieder an seinen Platz.

»Ja, können Sie, indem Sie eine Flasche Wein aussuchen. Ich habe einen kleinen Vorrat im Keller; die Tür gleich links vom Eingang.«

Rosa polierte die Gläser und überlegte, ob sie etwas Käse zum Wein anrichten sollte. Es fiel ihr ein, dass Mühlböck ja nicht wissen konnte, wo sich der Lichtschalter zum Keller befand. Als sie es ihm gerade zurufen wollte, hörte sie ein leises Klicken, und Licht fiel durch die Kellertür in den Vorraum. Erstaunt hielt Rosa im Polieren inne.

»Sie haben da ja eine erstaunliche Auswahl an Weinen«, hörte sie Mühlböck sagen, als er die Treppe wieder nach oben stieg.

In der Kellertür stehend sah er auf das Etikett der Flasche, die er in seinen Händen trug, griff, wie selbstverständlich, über den Türrahmen und schaltete das Kellerlicht wieder aus. Erst dann sah er auf, und ihre Blicke kreuzten sich. Rosa konnte nicht sagen, ob er ihre Verwunderung erkennen konnte.

»Ja, ich versuche, wann immer möglich, meinen Vorrat zu erweitern«, brach sie das Schweigen und fand, dass ihre Stimme unnatürlich klang. Unbehagen machte sich in ihr breit. Wieso wusste Mühlböck, wo der schwer zu findende Lichtschalter war? Gerade als sie ihr Misstrauen als kindisch abtun wollte, hörte sie Ludwigs Stimme, von Hundegebell untermalt.

»Aus, habe ich gesagt! Ihr müsst warten, bis wir zu Hause sind!«

Rosa lief an Mühlböck vorbei zum Eingang. Ludwig schreckte zurück, als sie die Tür aufriss und ihn erleichtert anstrahlte.

»Ludwig, du kommst früh, ich dachte, wir sind erst in einer Stunde verabredet.« Sie sah ihn durchdringend an.

Ludwig war mit Sicherheit die unverlässlichste Person, wenn es um konspiratives Verhalten ging. Seine Ehrlichkeit und sein mangelnder Durchblick ließen ihn, in diesem Fall zumindest, einfach nur blöd glotzen. Rosa schubste ihn ins Haus. Mit ihm ergossen sich seine Labradorwelpen wie eine weiche, wogende Welle in ihr Wohnzimmer und begannen sofort, überall herumzuschnüffeln.

Rosa wandte sich zu Daniel Mühlböck. »Es tut mir leid, Sie müssen jetzt gehen. Ich habe Ihnen ja gesagt, dass ich noch arbeiten muss.« Sie nahm ihm die Flasche aus der Hand und schob ihn zur Eingangstür.

Er drehte sich noch einmal um. »Wir holen das nach?«

Rosa antwortete unbefangen: »Ja, sicher. Das machen wir.«

»Diesmal melde ich mich.«

»Wunderbar, ich freue mich.« Schnell schloss sie die Tür.

Als Ludwig ansetzte, etwas zu sagen, brachte sie ihn mit einer Handbewegung zum Schweigen. Sie lauschte an der Eingangstür, bis sie hörte, wie das Auto startete und Mühlböck davonfuhr. Dann sah sie Ludwig nachdenklich an und meinte: »Er ist zur Kellertür gegangen, hat sie aufgemacht und das Licht angedreht, als wäre er hier zu Hause! Findest du das komisch?«

»Nein, wenn man einen Lichtschalter nicht am üblichen Platz neben dem Türrahmen findet, tastet man halt den Rahmen ab.«

»Hat Mühlböck auf dich irgendwie eigenartig gewirkt?«, wollte Rosa wissen.

»Ihr beide habt auf mich wie zwei Autos bei der Paarung gewirkt, ich habe überhaupt nichts verstanden. Was ich dich aber eigentlich fragen wollte: Hättest du vielleicht zehn Kilo frisches Rindsfaschiertes für mich?«

Rosa sah ihn an, als ob er verrückt geworden wäre.

»Ich habe vergessen, für die Hunde Futter zu kaufen«, erklärte er zögerlich, als er Rosas strengen Blick sah. »Und jetzt ist Wochenende, und die Geschäfte haben geschlossen, und da dachte ich …« Seine Stimme versagte.

Als Rosa Ludwig davon überzeugt hatte, dass kein Mensch einfach so zehn Kilo frisches Rindsfaschiertes zu Hause habe, und sie ihm den gesamten Inhalt ihrer Tiefkühltruhe mitgegeben hatte, stieg sie in den ersten Stock hinauf und ließ sich ein Bad ein. Das Lavendelöl im Badewasser tat seine Wirkung. Rosa spürte, wie sich ihre Schultern entspannten. Sie schloss die Augen und stellte sich vor, in einem klaren Bergsee zu schwimmen. Kein Laut drang über die spiegelglatte Wasseroberfläche zu ihr. Rosa tauchte mit dem Kopf ins Badewasser und hielt so lange die Luft an, bis sie nicht mehr konnte.

Als sie auftauchte, stand er über ihr.

Rosa war derartig erstaunt, dass sie sich gar nicht zur Wehr setzte, als er sie wieder unter Wasser drückte. Erst als ihr die Luft auszugehen drohte, begann sie, wild um sich zu schlagen. Ihr Herz raste. Sie bekam den locker sitzenden Haltegriff zu fassen und riss mit aller Kraft daran. Es gelang ihr, den Kopf für einen Moment aus dem Wasser zu heben und gierig Luft einzusaugen. Dann spürte sie wieder die kräftigen Arme um ihre Schultern, die sie unter Wasser drückten, der Griff glitt ihr aus den Händen. Sie stemmte sich mit den Beinen gegen den Wannenboden, bekam den Haltegriff wieder zu fassen und riss erneut daran. Mit einem Ruck löste er sich.

Rosa prügelte blind auf Mühlböck ein. Er war so überrascht, dass er kurz von ihr abließ und zurücktaumelte. Sie stemmte sich hoch, ohne den Haltegriff loszulassen, hustete und sog erneut gierig Luft ein. Während sie aus der Wanne stieg, schlug sie immer weiter auf ihn ein und begann laut zu schreien. Sie befürchtete auszurutschen, gleichzeitig waren ihre Angst und ihre Wut so stark, dass sie nicht aufhörte, ihn zu attackieren.

Mühlböck hatte die Hände über dem Kopf erhoben, und so trafen ihn ihre Schläge nur an den Armen; jedoch so heftig, dass er nach hinten wankte und über den Wäschekorb fiel.

Rosa spürte ein Handtuch unter ihren Füßen, schnell stieg sie drauf, um sie trocken zu bekommen und dadurch mehr Halt zu haben. Falls sie ausrutschten sollte, war das ihr sicheres Ende. Nicht einmal als er am Boden lag, konnte sie aufhören, auf Mühlböck einzudreschen. Bilder der Nacht vor einem Dreivierteljahr, in der sie zusammengeschlagen worden war, tauchten vor ihrem inneren Auge auf. Sie holte aus und hieb Mühlböck den Haltegriff in die Rippen.

Er jaulte auf und hielt sich die Seite. Rosa fiel das Gesicht des Mörders ein, der Moment, in dem er die Faust hob und ihr, die wehrlos am Boden lag, so hart ins Gesicht schlug, dass ihr die Nase brach.

Sie hob erneut den Haltegriff und schrie: »RAUS … AUS … MEINEM … HAUS … DU … SCHEISSKERL!«

Mühlböck stöhnte vor Schmerz. Sie konnte sehen, wie ihm Blut aus kleinen Schnitten, die der Haltegriff verursacht hatte, aus seinen Unterarmen trat. Dunkelrot zeichneten sich Flecken auf seinem weißen Hemd ab. Sie stieß ihn aus dem Badezimmer und den Gang entlang. Jedes Mal, wenn er versuchte, sich aufzurichten, brüllte sie und schlug zu.

Er rutschte die Stufen hinunter. Rosa kam ihm nach. Im Erdgeschoss bekam er ihren Knöchel zu fassen und riss mit aller Kraft daran. Sie verlor das Gleichgewicht und fiel nach hinten, der Griff glitt ihr aus der Hand.

Mühlböck sprang auf und presste sie auf den Boden. Er schloss seine Hände um ihren Hals und begann zuzudrücken. Vor Rosas Augen verschwamm sein Gesicht mit dem des Angreifers von damals. Tränen traten ihr in die Augen. Aus dem Augenwinkel sah sie den Haltegriff unweit ihrer rechten Hand liegen.

Sie spürte, wie Mühlböcks Hände sich immer enger und enger um ihre Kehle schlossen, hinter ihren Schläfen begann es zu pochen, sie tastete nach dem Griff und bäumte gleichzeitig ihren Körper auf, um ihn abzuschütteln. Der Druck hinter ihren Augen wurde stärker. Als sie schon glaubte, keine Kraft mehr zu haben, erreichte sie den Haltegriff, holte aus und schlug mit voller Kraft zu. Mühlböck ließ von ihr ab und griff sich an die linke Schläfe.

Rosa setzte sich mit einem Ruck auf und sog hustend und keuchend Luft ein. Während sie tief einatmete, taumelte sie zur Eingangstür.

Als sie die erreicht hatte, hörte sie Mühlböck zischen: »Ich krieg dich, und dann kill ich dich!«

Rosa sah ihre erdverkrustete Kleidung, mit der sie im Garten gearbeitet hatte, beim Eingang liegen und griff danach. Sie riss die Eingangstür gerade noch rechtzeitig auf, Mühlböck war hinter ihr und versuchte, sie an der Schulter zurückzuziehen. Rosa ließ die Kleidung fallen und bückte sich nach einem Kübel mit trockenen Blättern, der neben dem Eingang stand, holte aus und traf ihren Angreifer am Kopf. Dann raffte sie ihre verdreckte Gartenkleidung zusammen und begann zu laufen. Das Wichtigste waren die Schuhe, ohne Schuhe konnte sie nicht lange über stoppelige Felder oder harten Asphalt rennen. Sie hetzte die Straße zu Johannas Haus hinunter.

Als sie einigen Abstand gewonnen hatte, zog sie sich die Schuhe an und streifte das T-Shirt über, dann lief sie weiter. Mühlböck hatte lange gebraucht, bis er sich aufgerappelt hatte. Sie hatte ihm ordentlich zugesetzt. Als Rosa sein Auto starten hörte, wusste sie, dass sie um ihr Leben rannte.

Ihr Herz schlug heftig gegen ihre Brust; neben der Angst war sie so wütend, dass sie am liebsten umgekehrt wäre, um ihm den Rest zu geben. Nie wieder durfte jemand sie schlagen! Nie wieder durfte jemand sie so verletzen! Sie würde sich nie wieder so schutzlos fühlen wie in jener Nacht. Tränen rannen ihr die Wangen hinunter. Der Mercedes heulte auf und raste die Straße hinter Rosa her, als sie die erste Kurve mit der schadhaften Fahrbahn erreicht hatte.

Obwohl sie in Lebensgefahr war, registrierte sie ihre Umgebung bis ins Detail. Eine Fledermaus flatterte vor ihr auf und verschwand über den Feldern in die Nacht. Die Zikaden summten so laut, dass sie das Motorengeräusch des nahenden Mercedes fast überdeckten. Sie passierte die zweite Kurve. Am Waldrand meinte sie die Augen eines Rehs aufflackern zu sehen.

Der schafft mit dem Tempo die Kurve nicht, schoss es ihr durch den Kopf.

Sie lief auf Johannas Haus zu und begann, auf die Eingangstür einzuhämmern und zu schreien. Johanna war nicht zu Hause. Plötzlich wurde Rosa ganz ruhig. Ohne sich umzudrehen, wusste sie, was hinter ihrem Rücken passierte.

Es geschah alles wie in Zeitlupe. Sie legte ihre Stirn an die Tür von Johannas Haus, sie atmete aus und schloss die Augen, der Motor des Mercedes heulte auf. Sie atmete ein, plötzlich war nichts mehr zu hören. Sie atmete aus, ein Krachen. Sie atmete ein, in Johannas glänzend gestrichener Eingangstür spiegelten sich Flammen, die in Rosas Rücken hell aufleuchteten.

Draußen auf der abbröckelnden Fahrbahn erschallten Rufe und wurden über die Felder getragen. Löschfahrzeuge standen blinkend und mit brummenden Motoren auf der Straße. Schaulustige aus dem Ort standen am Rand der Straße und sahen zu den rauchenden Trümmern des Wagens. Mit jaulendem Martinshorn traf ein Rettungswagen ein.

Der Notarzt konnte nur noch den Tod von Daniel Mühlböck feststellen.

Johanna hatte Rosa in ihrem Wohnzimmer auf die Couch gesetzt. Als sie mit zwei Gläsern Cognac das Zimmer wieder betrat, stand Rosa am Fenster und sah den Einsatzwägen zu. Sie rieb sich ihr Handgelenk, das ihr wieder höllisch wehtat. Johanna rief Liebhart an, der eine Dreiviertelstunde später bei ihr eintraf.

Die Strahlen der Fahrzeugschweinwerfer fegten über Johannas Wohnzimmerdecke. Drei Polizeiautos standen mit blendend hellen Einsatzlichtern in einem nahen Acker. Ein Leichenwagen quälte sich die Straße herauf, die Leute machten ihm stumm Platz, und jeder vermied es, den verrenkten, blutüberströmten Körper anzusehen, der nun in einen Metallsarg gelegt wurde. Als er abtransportiert worden war, begannen die Schaulustigen, laut miteinander zu sprechen, befragten sich gegenseitig, während das Bergungsteam den Mercedes am Galgen eines Abschleppautos befestigte und sich gegenseitig Anweisungen zurief.

Rosa hatte noch immer kein Wort gesagt. Der herbeigerufene Arzt konnte außer einem Schock und den Würgemalen an Rosas

Hals nichts feststellen und empfahl ausreichend Ruhe. Er ließ ein paar Schlaftabletten für sie da und verabschiedete sich.

Zwei Polizisten standen unschlüssig im Zimmer herum, mit stockender Stimme begann Rosa ihnen zu erzählen, was vorgefallen war. Sie nahmen das Protokoll ohne Zwischenfragen auf, danach gingen sie mit Johanna zu Rosas Haus und sicherten dort die Spuren. Johanna raffte ein paar Kleidungsstücke für Rosa zusammen, füllte den Fressnapf der Katze, die nicht aufzufinden war, und schloss das Haus ab. Es verstand sich von selbst, dass Rosa heute bei ihr bleiben würde.

Als sie wieder ihr Haus betrat, fand sie Liebhart hilflos in einem Stuhl neben dem Sofa sitzend, auf dem Rosa mit dem Gesicht zur Lehne lag. Sie hatte die Augen geschlossen. Johanna zog Liebhart hoch und schob ihn in die Küche, wo sie ihm und sich einen Cognac einschenkte.

»Warum hat sie mir nichts gesagt? Warum muss sie immer ihren verdammten Sturschädel durchsetzen?« Liebhart strich sich mit der Hand über die Augen.

»Es konnte ja wirklich keiner wissen, dass Mühlböck so gefährlich ist«, meinte Johanna, doch ihrer Stimme war anzuhören, dass sie sich Vorwürfe machte.

Es war stockdunkel, als die letzten Einsatzwägen die Straße neben Johannas Haus hinunter langsam ins Tal fuhren. Johanna und Liebhart konnten das Wrack des Autos am Abschleppwagen sehen, es war kein gerades Stück Blech mehr daran.

Liebhart machte es sich in einem Fauteuil neben der Couch bequem. Johanna wickelte sich in eine Decke und setzte sich in einen Sessel direkt am Fenster. Ab und zu stand einer der beiden auf, um nach der schlafenden Rosa zu sehen.

Als die Sonne schon weit am Himmel stand, erwachte Rosa. Sie setzte sich auf und strich sich ihre wirren Haare aus dem Gesicht. Die Erde auf dem Arbeitsgewand, in dem sie geschlafen hatte, war durch das Badewasser und ihren Schweiß gestern Abend feucht geworden und in der Nacht an ihrem Leib getrocknet. Als sie aufstand, sah sie zu, wie kleine Bröckchen auf den Teppich rieselten. Liebhart und Johanna blickten auf, als sie die Küche betrat.

»Du hättest mir erzählen sollen, was du bei der Bakk Pharm AG herausgefunden hast!«, begann Liebhart, als Rosa sich zu ihnen an den Tisch setzte.

Sie nickte stumm. Johanna legte ihr einen Arm um die Schultern.

»Ich weiß, es tut mir leid. Pauls Tod war kein Unfall. Warum hätte Mühlböck sonst versucht, mich zu töten. Er war in meinem Haus und wusste, wo der Lichtschalter für den Keller ist. Ich habe das als nicht bedeutend abgetan. Das war ein großer Fehler, kein Fremder kann das wissen.«

Liebhart nickte. »Ich habe eine offizielle Anfrage an die Bakk Pharm AG gestellt. Sie haben vor einer Stunde angerufen und alle Vorwürfe von sich gewiesen. Es tue ihnen leid, was dir widerfahren ist, sie stellen das aber in keinerlei Zusammenhang mit ihrer Firma. Herr Mühlböck habe vollkommen eigenständig gehandelt, sie distanzieren sich von seinem Verhalten, werden aber trotzdem eine interne Untersuchung einleiten.«

Sie winkte müde ab. »Na klar tun sie das.«

Liebhart und Johanna beschlossen, gemeinsam in Rosas Haus zu gehen, um aufzuräumen. Rosa fühlte sich momentan nicht in der Lage, dorthin zurückzukehren. Sie wollte bei Johanna duschen und danach mit der Untersuchung des Kirchenschatzes in Wien beginnen. Liebhart protestierte, doch sie fragte nur, was sie denn seiner Meinung nach sonst tun solle? Zu Hause sitzen und sich den gestrigen Kampf wie in Endlosschleife immer wieder vorstellen? Liebhart sah ein, dass es für sie besser wäre mitzukommen.

Als sie in sein Auto stieg, vermied es Rosa, ihren Blick über das Feld zu der Baumgruppe zu lenken, an deren zersplittertem Holz und versengten Blättern das gestrige Ereignis abzulesen war. Obwohl sie es nicht mit Bestimmtheit sagen konnte, war sie davon überzeugt, dass die Bakk Pharm AG keinen weiteren Mörder schicken würde. Sie glaubte, dass Mühlböck tatsächlich aus Eigeninitiative gehandelt hatte, und teilte ihre Gedanken Liebhart mit, während sie Richtung Wien fuhren.

»Ich vermute, Mühlböck hat irgendwelche Geschäfte gemacht, die sich aus Pauls Projekt ergeben haben, von denen der Vorstand nichts wissen durfte. Die hätten sonst andere Mittel eingesetzt, um an mich ranzukommen.«

»Das denke ich auch, wir werden dort auf jeden Fall eine eigene

Untersuchung einleiten. Vielleicht kommen wir auch an den Karton heran, in dem Pauls Unterlagen aufbewahrt werden.«

»Ich bezweifle, dass es diesen Karton noch gibt«, meinte sie und öffnete das Fenster.

Der Portier des Bundeskriminalamtes am Josef-Holaubek-Platz war informiert und gab Rosa einen Besucherausweis, der für einen Monat galt, und einen Schlüssel für das Untersuchungszimmer, in dem der Schatz aus Frau Toblers Keller eingelagert worden war. Als sie die Tür zu dem Zimmer öffnete, glaubte sie, eine andere Welt zu betreten.

»Ali Babas Schatzhöhle«, flüsterte sie zu sich selbst.

Die Kunstgegenstände waren nach den von ihr zugewiesenen Nummern auf den Stahltischen angeordnet.

Der Geruch von altem Holz, Erde und ... Sie blieb schnuppernd stehen, traute ihrer Nase nicht und schnupperte nochmals. »Weihrauch! Ich glaub's nicht«, rief sie laut aus und spähte erschrocken aus der Tür auf den Gang, um sicherzugehen, dass sie niemand gehört hatte.

Nach all den Jahren in einem Keller mit eingelegtem Kraut und Gemüse verströmten die Ikonen noch immer den Weihrauchduft aus der Zeit, in der sie in orthodoxen Kirchen gehangen waren.

Kopfschüttelnd richtete sie sich in dem Zimmer ein, in dem sie die nächsten vier Wochen verbringen sollte.

Sie begann, wie immer, mit einer allgemeinen Beschreibung der Gegenstände. Bei der darauffolgenden Analyse sollte eine Einteilung der Werke nach ihrer Entstehungszeit getroffen werden. Die Besitzer sollten dann über Interpol gesucht und der Schatz an sie zurückerstattet werden. Natürlich mit gehörigem Presserummel.

Danach widmete Rosa sich zuerst der Muttergottesikone, die der Familie Zieliński gehört hatte, und unterzog sie einer genaueren Untersuchung. Die Innigkeit, mit der die Mutter ihren Sohn umarmte, war auf dem Original weitaus besser zu erkennen als auf dem Foto, das Rosa zu Beginn der Ermittlungen zur Verfügung gestanden war. Die Figuren waren mit einer fließenden Linie umrissen. Das Thema Liebe und ewige Verbundenheit von Mutter und Sohn war ausgesprochen gut getroffen.

Rosa krampfte ihre Hände um die Tischkante, als sie die kleine

Hand des Jesuskindes sah, das zärtlich die Wange seiner Mutter berührte. Nun konnte sie verstehen, was Frau Tobler mit diesem Bild verbunden hatte. Die Mörderin hatte nie Liebe von ihrer Mutter erfahren, deswegen war sie auch bereit, für diese Darstellung von Mutterliebe zu töten. Rosa verstörte das Mitleid, das sie für diese unförmige einsame Frau empfand, die mit dem Makel, ein Bastard zu sein, in einer brutalen Umgebung aufgewachsen war. Sie stand auf und ging schnell im Raum auf und ab, die Hände über ihren hellen, bunt gemusterten Sommerrock streichend.

Was für eine Verwüstung musste diese Kindheit in ihr angerichtet haben, was für eine innere Leere war daraus entstanden? Rosa sah aus dem Fenster auf die Autokolonnen, die sich Richtung Nordbrücke zogen. In den Dächern spiegelte sich die Sonne, die unbarmherzig vom Himmel brannte. Frau Tobler hatte von dem Tag erzählt, als ihr die Darstellung mit voller Wucht die Hoffnungslosigkeit ihrer eigenen Situation vor Augen geführt hatte. Rosa schluckte, als sie sich das kleine Mädchen, weinend im Keller vor der Ikone kauernd, vorstellte.

Ihr fiel die junge Witwe Agnieszka Zielińska ein. Sie sah das verschmitzte Lachen von Pfarrer Mullner und die bis zur Unkenntlichkeit verbrannten Gebeine der alten Zehetmair vor sich. Schnell ging sie wieder zum Tisch zurück und begann mit ihrer Arbeit.

Am Abend kam Liebhart vorbei; von seinem verschwitzten Zustand konnte sie auf die Temperaturen auf der Straße schließen.

»Wie geht's?«, fragte er knapp und ließ sich erschöpft in einen Sessel fallen.

Rosa war in ihrem Element und voller Elan. »Ich treffe gerade eine zeitliche Einteilung, wann die Ikonen entstanden sind.«

Liebhart goss sich Mineralwasser ein. »Ich wollte eigentlich wissen, ob du das gestrige Ereignis schon verdaut hast?«

Rosa zuckte zusammen, ihr tat jeder Knochen vom gestrigen Kampf mit Mühlböck weh. Ihr Hals schmerzte, und sie hatte Schwierigkeiten zu schlucken, aber während des ganzen Tages hatte sie kaum daran gedacht.

»Wie immer ist Arbeit für mich das beste Heilmittel«, meinte sie.

Liebhart merkte, dass Rosa nicht über Mühlböck reden wollte, und wechselte das Thema. »Wie machst du das mit der zeitlichen Einteilung?«

»Durch die Bearbeitungsspuren an den Holztafeln, auf denen die Ikonen gemalt worden sind, und die Analyse der verwendeten Farben kann ich Rückschlüsse auf das Entstehungsdatum ziehen.«

Er nickte interessiert.

»Je nach Holzart und Lage im Baumstamm weisen Bretter Äste auf, die die zukünftige Bildschicht gefährden könnten. Astlöcher können nach Jahren wie ein Pfropfen aus dem Bild hervortreten. In den Niederlanden und in Frankreich war es Tafelmachern unter Androhung hoher Strafen verboten, solche Tafeln zu benützen. In anderen Ländern war man allerdings kulanter. Kleinere Löcher wurden oft verkittet. Das Material, das man dafür verwendet hat, hilft mir bei der Datierung.«

Liebhart stand auf und beugte sich über die Muttergottesikone der Familie Zieliński, die Rosa mit der Bildseite nach unten auf ein weiches Tuch auf den Tisch gelegt hatte.

»Siehst du, das sind solche Unebenheiten.« Sie gab ihm eine Lupe in die Hand. »Im 12. und 13. Jahrhundert wurden sie mit einem Kitt aus Bleiweiß, Ziegelmehl und Wachs gefüllt. Im 15. Jahrhundert mit glutinleimgebundenen Sägespänen.«

Er nickte anerkennend.

»In Russland wurde als Bildträger, das Material, auf das die Ikone aufgemalt wurde, bevorzugt Lindenholz gewählt. Die Bretter sind in der Malerwerkstatt von Zimmerleuten bearbeitet worden. Allgemein kann man sagen, je älter eine Ikone, desto gröber sind die Hobelspuren zu erkennen und desto dicker ist der Bildträger.«

Liebhart beugte sich über den Tisch und betrachtete die Ikone von der Seite, ohne sie zu berühren. »Na, dann ist die aber sehr alt.«

Sie nickte. »Das muss nicht heißen, dass sie keine Fälschung ist. Fälscher sind ja auch informiert. Nach dem Hobeln werden die Holzbretter miteinander verleimt und auf der Rückseite mit Querleisten oder anderen Verklammerungen versehen. Erst in der Spätzeit verzichtete man auf solche Querleisten.«

»Das ist hier aber nicht der Fall.«

»Genau, auch ein Zeichen, dass das Bild sehr alt ist. Schließlich mussten die Zimmerleute auf der Vorderseite die Vertiefung, im Russischen ›kovèeg‹, anbringen.«

»Um den ›kovèeg‹ war also der Rahmen der Ikone?«

»Nein, er gehört noch zur Ikone und hat Platz für die Darstellung von Heiligen geboten. ›Kovèeg‹ bedeutet ›Reliquienkästchen‹. Darin erkennt man die enge Beziehung zwischen Ikone und Reliquie«, fügte sie hinzu. »Er wurde mit mechanischen Mitteln aufgeraut, um den folgenden Malschichten Halt zu geben. Der nächste Arbeitsschritt ist für mich auch ein Hinweis, dass die Ikone aus Russland stammt. Auf die aufgeraute Malschicht ist eine Leimschicht aufgebracht worden. Diesen Leim hat man in Byzanz und Griechenland aus Tierfellen gewonnen, in Russland aus Fischleim.«

»Und hier wurde Fischleim verwandt?«

Sie nickte. »Dann hat man eine Stofflage daraufgelegt. Das ist deswegen interessant, weil Frau Tobler eine besonders wertvolle Ikone von Andrej Rublev in ihrem Keller versteckt hatte.« Rosa deutete auf eine Christusikone.

Liebharts Blick folgte ihrem Fingerzeig. »Wieso ist das interessant?«

»Man hat damals für die Stofflage Stoffe aller Art verwendet. Vom Frauenkopftuch bis zu teurem Leinen. Auf einer Ikone von Andrej Rublev hat man eine gemusterte Tischdecke gefunden.«

Liebhart lächelte. »Du lässt dir das Muster dieser Tischdecke schicken und vergleichst es mit dem Stoff, den Andrej Rublev bei der Christusikone verwendet hat.«

»Ja, vielleicht hab ich Glück. Schon möglich, dass er eine Tischdecke für mehrere Bilder benutzt hat.«

»Da hast du ja noch ganz schön viel Arbeit vor dir. Ich frage mich, ob es nicht reicht, der Familie Zieliński die Ikone einfach zurückzugeben. Das Foto ist doch Beweis genug, dass sie ihnen gehört.«

Rosa hob die Schultern. »Wir wissen ja nicht, woher die Zielińskis die Ikone hatten. Sie ist einiges wert, die Familie muss ihrerseits auch beweisen können, dass sie ihnen zusteht. Da wird ein Foto nicht reichen. Geraubte Kunstgegenstände werden nur mit dem dazugehörigen detaillierten Bericht über ihre Herkunft zurückgegeben. Stell dir einmal den Skandal vor, wenn sich herausstellt, dass wir die Sachlage nicht genügend geprüft haben und auch nur *ein* Wertgegenstand in falsche Hände rückerstattet wurde. Das wirft kein gutes Licht auf die anderen Teile, die in die richtigen Hände gelangt sind. Aber jetzt würde ich sagen, du lädst mich zum ›Schnitzelwirt‹ ein.«

Liebhart sah sie wegen des abrupten Themenwechsels kurz verdattert an. »Rosa, es hat vierzig Grad draußen! Du kannst mir nicht erzählen, dass du jetzt Gusto auf ein Schnitzel hast, das so groß ist, dass du es dir einmal um den Körper wickeln könntest.«

»Doch, hab ich, und wenn ich in der Schüssel mit Erdäpfelsalat, die ich dazu bestellen werde, nicht baden kann, zahl ich.«

Die Tische, die auf dem Gehsteig vor dem Schnitzelwirt im 7. Bezirk standen, waren alle leer. Die Hitze des Tages stand wie ein dicker Watteballen in der Neubaugasse, in der sich das Wirtshaus befand.

Rosa ließ ihren Blick über die Hausfronten der kleinen Straße streifen, die sich in den letzten Jahren zu einer angenehmen Einkaufsalternative entwickelt hatte. In den alten gründerzeitlichen und sezessionistischen Häusern waren vorwiegend kleine ebenerdige Geschäfte untergebracht, die sich mit ihrem individuellen Sortiment von der Massenware, die auf der nahen Mariahilfer Straße angeboten wurde, abhoben. Das Haus gegenüber dem Schnitzelwirt hatte eine gelbe späthistorische Fassade, die verspielte Stuckatur um die rundbogigen Fenster war frisch weiß gestrichen. Rosa fand, dass die Fenster aussahen, als wären sie mit Schlagobers verziert worden.

Als der Kellner kam, fragte sie ihn, warum denn niemand draußen sitze. Er klagte, dass die Gäste wahrscheinlich vor der Hitze in der Stadt auf die Donauinsel geflüchtet seien.

»Jetzt haben sich die Ereignisse der letzten Wochen fast zur Gänze aufgeklärt.« Liebhart starrte fassungslos auf die unmenschlich große Portion Wiener Schnitzel mit Salat, die Rosa in sich hineinschaufelte.

»Bis auf den Überfall auf Schurrauer«, meinte Rosa und nahm einen großen Schluck Bier.

Er nickte nachdenklich. »Obwohl mir das überhaupt nicht behagt, ist es ziemlich unwahrscheinlich, dass wir den Täter finden.«

Rosa stimmte ihm zu. »Die Bürger vom Kahlenbergerdorf haben jahrzehntelang über das furchtbare Schicksal von fünfunddreißig Menschen dichtgehalten. Da wird auch jetzt keiner reden, wenn es um den Übergriff auf einen Polizisten geht.« Sie ließ ihren Blick über die Häuserfronten schweifen. Eine Gruppe Jugendlicher ging in bunter Sommerkleidung auf der anderen Straßenseite entlang. Sie lachten und unterhielten sich laut.

Liebhart stocherte lustlos in dem kleinen gemischten Salat herum, den er sich bestellt hatte. »Du beschäftigst dich doch dauernd mit den wertvollsten Kunstgegenständen. Kannst du dir vorstellen, für eine Ikone zu töten?«

Rosa schüttelte den Kopf. »Für Frau Tobler hatte der Schatz keine materielle Bedeutung. Die Marienikone von Andrzej ist ein wunderschönes Bild. Die Liebe der Mutter zu ihrem Sohn hat über Jahrhunderte Menschen berührt.«

Nach einer kurzen Pause widmete sie sich wieder ihrem Schnitzel und aß es bis auf den letzten Bissen auf.

Liebhart bestellte noch ein Mineralwasser und wechselte dann das Thema. »Meine Leute haben das Büro von Daniel Mühlböck auf den Kopf gestellt und außer sehr viel poliertem Chrom und glänzendem Glas nichts gefunden. Wie du schon vermutet hattest, ist der Karton mit Pauls Aufzeichnungen verschwunden. Das Team durchforstet gerade die Personalakten, ob sie irgendeine Spur finden können.«

Rosa nickte und zeigte sich nicht überrascht. »Vielleicht sollten wir die Verbindung Daniel Mühlböcks zu dem Mörder unseres letzten Falles überprüfen. Ich glaube immer noch, dass er beauftragt worden ist, Paul zu töten. Wie ist er sonst an das Foto von ihm am Komatsee gekommen, das er in seiner Collage verwendet hat? Vielleicht hat sogar Mühlböck ihn angeheuert?«

Liebhart versprach, sich darum zu kümmern, gab aber zu bedenken, dass gedungene Mörder selten Spesenabrechnungen oder Honorarnoten vorlegten, anhand derer man Verbindungen zu den Auftraggebern feststellen konnte.

Als sie zurück zum Auto gingen, sagte Liebhart: »Ich kann bis heute kaum glauben, dass du auf den Bildern in Frau Toblers Laden das Bilsenkraut und all die anderen Pflanzen, die der alte Fuhrenbacher gesammelt hatte, erkannt und es dir vor allem gemerkt hast.«

»Das ist mein Beruf. Du fängst Mörder, ich merk mir Bilder.«

24

Vier Wochen später war der Schatz vollständig untersucht. Rosa hatte zwei Assistenten zugeteilt bekommen, da, nachdem publik geworden war, dass Österreich geraubte Kunstgegenstände aus dem Ersten Weltkrieg restituieren wolle, der zeitliche Druck, die Analysen fertigzustellen, enorm gewachsen war. Nachdem sie ihren Bericht abgegeben hatte, konnten die unausweichlichen juristischen Streitereien losgehen.

Den August verbrachte Rosa mit Johanna, Yvonne und Ludwig. Sie trafen sich jeden Tag zum Schwimmen. Yvonne klagte, dass wegen der Hitze in Wien nichts los sei und sie auch keine Kunden habe.

Anfang September zog der Spätsommer in die Stadt. Schon konnte man junge Frauen sehen, die sich voll Freude in ihre neue, farbenfrohe Herbstkleidung warfen. Rosa wusste, dass die Wärme über Nacht verschwinden würde.

Dann kam der Herbst, die Jahreszeit, die Rosa am liebsten war. Temperaturabfälle innerhalb weniger Stunden um bis zu zehn Grad waren keine Seltenheit mehr.

Als sie eines Morgens aufstand, um mit Johanna nach Gumpoldskirchen zu fahren, war es schließlich so weit. Sie fuhren die Südautobahn unter einer strahlenden Herbstsonne bis zur Abfahrt Wiener Neudorf. Auf der Bundesstraße 17 warf Rosa einen Blick auf einen Ziegelteich, der knapp vor ihrem Ziel an der von Wienern schlicht »Siebzehna« genannten Straße lag. Der klare Herbsthimmel spiegelte sich im dunklen Wasser, das nach dem heißen Sommer nun die Gelegenheit hatte, sich wieder zu erholen.

Sie ließen das Auto am Parkplatz Badener Straße stehen und stiegen zum Wasserleitungsweg hinauf. Weinbauern boten dort inmitten der Reben den ersten Sturm des Jahres an. Johanna und Rosa blieben bei ein paar Ständen hängen, tranken den gärenden, trüben Traubensaft und sahen über die sanften Hügel.

Am Stand des Weingutes Spaetrot-Gebeshuber kamen sie mit der Winzerin ins Reden und bestellten gleich je eine Kiste Zierfandler und eine Kiste Rotgipfler, fruchtige Weißweine, die typisch für diese Region waren. Sie würden sich ihre Einkäufe am Rückweg von der Vinothek am Schrannenplatz in Gumpoldskirchen abholen.

»Ich nehm auch noch eine Kiste von der ›Großen Reserve‹ von 2007«, trällerte Johanna.

Rosa fiel der Zungenschlag ihrer Freundin auf, und sie begann zu zweifeln, ob sie den Aufstieg auf den Anninger noch schaffen würden. Sie ließ ihren Blick zum Kirchturm schweifen, der spitz aus den sanften Hügeln ragte. Auf sie wirkte es, als würde zwischen riesigen grünen Lippen eine kunstvolle Zigarettenspitze stecken. Sie kicherte, ihre Wangen begannen von der frischen Luft und vom Sturm zu brennen.

Die Weinreben an den Hängen des Anningers sahen aus wie mit einem riesigen Kamm gezogen. Es war früher Nachmittag, als sie den Trettenhauerweg beim Wasserleitungshaus betraten und bis zur Waldandacht aufstiegen. Johanna pfiff wie eine alte Dampflokomotive, deswegen setzten sie schweigend einen Fuß vor den anderen. Der Wald hatte sich in Herbsttöne getaucht, und die Hügel und Baumgruppen standen schattenlos und scharf umrandet unter der hellen Herbstsonne. Am Rastplatz bei der Waldandacht nahmen sie auf Holzbänken Platz und sahen einander mit geröteten Gesichtern an.

»Ich falle jeden Herbst auf diesen verdammten Sturm rein«, keuchte Johanna und lehnte sich erschöpft nach hinten.

»Du bist halt maßlos.«

»Du musst was reden. Ich darf dich an die Schweinesache vor eineinhalb Jahren erinnern, beim Schweinefest in St. Pölten.«

»Ludwig wollte zwanzig Kanister Jauche in meinem Auto transportieren. Ich hab eine ganze Sau kaufen müssen, damit nichts mehr in den Wagen passt, sonst hätte ich mein Auto wegschmeißen können.«

»Acht Wochen nur Schwein«, fuhr Johanna unbeirrt fort.

Rosa verdrehte die Augen, stand auf und ging Richtung Beethovenweg, der zur Veigl-Hütte führte.

»Schweinsbraten, Schweinssulz …« Johanna erhob sich schwerfällig und folgte Rosa.

Sie gingen einen Waldweg entlang, aus dem die Wurzeln der Bäume wie Adern ragten. Grell flirrte das Licht des Altweibersommers durch die hellen Blätter.

»Hast du gewusst, dass sich der Name Altweibersommer von den Spinnweben der Baldachinspinne ableitet?«, fragte Johanna.

Rosa nickte. »Sie lässt ihre Spinnfäden im Herbst durch die Luft segeln.«

Johanna setzte den Weg fort. »Schweinsschnitzel, Surbraten ...«

»Was ist eigentlich aus Ludwigs Aschenbechern in Organform geworden?«, versuchte Rosa Johanna von der nervtötenden Aufzählerei abzubringen.

Johanna blieb stehen und rieb sich die Nasenwurzel. »Na, rate einmal.«

Rosa drehte sich zu ihrer Freundin um und hob die Augenbrauen.

»Ein voller Erfolg! Ich hab mir gedacht, ich hör nicht recht. Unser Bürgermeister überlegt ernsthaft, Ludwig den Ehrenschlüssel von Brunn zu überreichen, wegen besonderer Verdienste um die Region.«

»Wie?«, stieß Rosa hervor.

»Ich habe mich darum bemüht, dass er seine schrecklichen Aschenbecher im Andenkenladen gleich bei der Kirche verkaufen darf. Thea Buchler ist mir noch einen Gefallen schuldig.«

»Ich glaube langsam, ganz Brunn steht in deiner Schuld.«

»So bin ich halt, ich gebe gerne und erinnere die Leute beizeiten daran.« Johanna grinste verschmitzt. »Auf jeden Fall hat Ludwig die Aschenbecher mit einem ›Grüße aus Brunn. Möge Ihnen die Lunge der heiligen Barbara Gesundheit schenken‹ oder irgend so einem Mist versehen. Die Touristen haben den Laden von Thea gestürmt. Frag mich nicht, warum, alle Aschenbecher waren innerhalb eines Wochenendes ausverkauft.«

Fünfzehn Minuten später erreichten sie die Veigl-Hütte. Sie setzten sich und bestellten schon reflexartig einen »Sturm«. Rosa warf einen Blick in das Innere der Hütte. An den urigen Steinwänden hingen landwirtschaftliche Gerätschaften. An alten Schienen unter der Decke waren exotische Geldnoten, die der Wirt als Zahlungsmittel akzeptiert hatte, befestigt. Eine dichte Weinrebe wucherte um das Vordach und tauchte die Tische darunter in grünes Licht.

Der Blick ins Tal war atemberaubend, milchig lag die Ebene des Wiener Beckens ausgebreitet vor ihnen. Sie aßen Speckbrote und bestellten beide noch ein Viertel »Sturm«.

Na, der Abstieg wird lustig, dachte Rosa.

»Was machst du jetzt in Sachen Bakk Pharm AG?«, wollte Johanna wissen und biss in ihr Brot.

Rosa zuckte zusammen. Die Arbeit an den Kunstgegenständen hatte sie so eingenommen, dass die Ereignisse um Pauls Tod für sie nicht so präsent waren.

»Liebharts Untersuchung in der Firma hat nichts ergeben und ist eingestellt worden.«

»Du hast gehofft, dass sie doch noch irgendetwas finden?«

Rosa lehnte sich zurück, sie zerknüllte die rot karierte Papierserviette in ihrer Hand. »Der Überfall von Daniel Mühlböck ist für mich die Bestätigung, dass er schon einmal in meinem Haus war. Und ich glaube, dass Paul ihn eingeladen hat. Er hat ihm vertraut. Wahrscheinlich haben sie ein Glas Wein miteinander getrunken, und Paul hat ihm gezeigt, wie man das Licht im Keller aufdreht.«

»Aber Mühlböck hat dir doch gesagt, dass er erst nach Pauls Tod zur Bakk Pharm AG gekommen ist«, gab Johanna zu bedenken.

Rosa zuckte mit den Schultern. »Er hat gelogen. Ich habe mich immer und immer wieder gefragt, warum Paul mir die für ihn wichtige Nachricht ›Gen. 16,1; Infer.‹ nicht einfach zu Hause hinterlassen hat. Dann hätte er mir auch das Rätselraten ersparen können, was diese verdammte Abkürzung eigentlich bedeutet.«

Johanna sah Rosa erwartungsvoll an.

»Weil Paul wusste, dass sie zu Hause nicht sicher war. Er konnte sich ausrechnen, dass Mühlböck zuerst dort nachsehen würde. Also hatte er sie in der Höhle des Löwen deponiert.«

Ein leichter Wind kam auf, die zarten Äste der Weinreben am Hang des Anningers begannen zu wippen. Das Land sah aus wie ein grünes Meer, dessen Oberfläche sich sanft kräuselte.

Sie brachen bald auf, stiegen durch den Wald hinunter und steuerten Gumpoldskirchen an. Der alte Kreuzweg führte sie direkt zur ehemaligen Burgkirche, die etwas erhöht lag. Dicke Mauern fassten einen Wassergraben ein, in dessen Oberfläche sich der Spätsommerhimmel spiegelte. Der mächtige Kastanienbaum vor dem Gotteshaus hatte sein Laub schon fast vollständig abgeworfen.

Rosa und Johanna strichen mit ihren Füßen durch die rostroten Blätter, die das Kopfsteinpflaster bedeckten. Tief geduckt lagen die alten Winzerhäuser entlang der Wiener Straße. Durch die weit geöffneten großen Tore konnte man in die schattigen Höfe blicken, in den Durchgängen standen riesige Kübel mit Oleander.

Johanna und Rosa beschlossen, nicht mehr in einen Heurigen einzukehren, es war bereits früher Abend geworden, sie hatten sich an Speckbroten vollgegessen, und der Sturm grummelte in ihren Mägen.

In der Vinothek Spaetrot am Schrannenplatz bestellten sie noch ein Achterl. Beide waren müde von der frischen Luft und der Wanderung. Sie nahmen auf hohen Sesseln Platz, die auf dem Gehsteig an der Wand vor der Vinothek aufgereiht waren. Die Winzerin und Besitzerin, Frau Gebeshuber, brachte ihnen Rotgipfler in hohen beschlagenen Gläsern. Rosa sah in die untergehende Sonne, die ihre letzten Strahlen fächerförmig durch die Badener Straße schickte und den Schrannenplatz orange einfärbte. Johanna unterhielt sich mit der Winzerin über die Ernte und bat sie, ihr noch eine Kiste roten »Sturm« mitzugeben.

Rosa schloss die Augen, die Sonne wärmte ihr Gesicht, während sie blind mit dem Daumen einen Tropfen an ihrem Weißweinglas auffing. Sie ließ den trockenen Wein im Mund kreisen, der Geschmack nach reifen Südfrüchten breitete sich auf ihrem Gaumen aus.

Gen. 16,1; Infer., dachte sie.

Danksagung

Ich danke unseren Kindern Lina und Paul für ihre Geduld und dem Team des Emons Verlages, im Speziellen Saskia Römer, für seine Genauigkeit.

Iris Strohschein
DAS BILD VOM TOD
Broschur, 224 Seiten
ISBN 978-3-89705-620-6

Ein Frauenkopf wird vor dem Kunsthistorischen Museum in Wien gefunden. Im Mund der Toten findet sich ein zusammengefaltetes Stück Leinwand. Kommissar Liebhart bittet seine langjährige Freundin, die Kunstwissenschaftlerin Rosa, ihm bei der Aufklärung zu helfen, denn es ist nicht der erste grausame Fund dieser Art. Rosa findet bei der Untersuchung der Leinwand ein Bild unter dem Bild – und stößt auf ein schreckliches Familiengeheimnis …

www.emons-verlag.de